W0288990

Versöhnt auf Helgoland

Travel & Date

Rike Stienen

Roman

Copyright © 2024 Rike Stienen
Impressum: www.rike-stienen.de/impressum
Lektorat: Susanne Hoffmann
Coverdesign: Dieter G. Hoffmann
Cover-Abbildung: www.stock.adobe.com
ISBN: 9798323881598
Independently published

Alle Rechte vorbehalten.
Ein Nachdruck ganz oder auszugsweise oder eine andere Verwertung ist nicht gestattet.

Versöhnt auf Helgoland

KAPITEL 1

„Ist Tante Paula schon hier, wenn wir aus der Schule kommen, Mama?“, fragt Max.
Emma blickt ihren Sohn mit rollenden Augen an, der sofort reagiert und die Portion Müsli hinunterschluckt. „Mit vollem Mund spricht man nicht, ich weiß.“
„Tust du aber trotzdem immer“, verkündet seine Schwester Sophie.
Max faucht sofort zurück: „Lern du endlich, Messer und Gabel richtig zu halten.“
„Hört auf zu streiten. Ihr müsst in fünf Minuten los“, spricht Emma ein Machtwort, während sie die belegten Brote für die Schulpause jeweils in eine Dose packt.
„Du hast meine Frage nicht beantwortet“, kritisiert Max, dieses Mal mit geleertem Mund.
„Ich hole eure Tante Paula gleich vom Flughafen ab. Bis ihr wieder hier seid, sind wir hoffentlich zurück.“
„Ich weiß gar nicht, wie sie aussieht“, stellt Sophie fest. „Ob sie uns etwas mitbringt von Amerika?“
„Träum weiter“, meint Max. „Die hat sich doch noch nie für uns interessiert.“
Sophie verzieht das Gesicht. „Wenn man zu jemandem zu Besuch kommt, hat man Geschenke dabei. Bestimmt hat sie daran gedacht. Zum Geburtstag und zu Weihnachten schickt sie uns ja auch etwas.“
„Wahrscheinlich bloß, weil sie sich als deine Patentante verpflichtet fühlt“, behält Max das letzte Wort.
„Schluss jetzt, ihr beiden. Zieht euch bitte an.“ Das Geplänkel ihrer Kinder nervt Emma. Vielmehr ist es aber die Tatsache, dass sich ihre Schwester aus heiterem Himmel angemeldet und nicht einmal verraten hat, wie

lange sie zu bleiben gedenkt. Emma plant gerne alles minutiös und ist für Überrumpelungen nicht empfänglich. Der spontane Besuch von Paula passt gar nicht in ihren Terminkalender.
Vor fünf Tagen rief sie mitten in der Nacht an. Emma war zu Tode erschrocken aus dem Tiefschlaf gefahren. Ihre Schwester hatte wohl die Zeitverschiebung zwischen Los Angeles und Regensburg nicht auf dem Schirm. Dabei fragte Paula nicht einmal, ob sie in Emmas Familie willkommen sei, sondern kündigte ihre Ankunft einfach an. Die Flugdaten schickte sie anschließend per Mail.
Emma erhielt gar keine Möglichkeit zum Widerspruch. Warum auch sollte sich ihre jüngere Schwester geändert haben? Sie glänzte schon immer mit übereilten Aktionen. Nicht zuletzt kam vor einigen Jahren die Mitteilung von ihr, in Las Vegas geheiratet zu haben. Von ihrem Auserwählten hatte sie zuvor nie etwas erzählt.
Emma kennt ihren amerikanischen Schwager bis heute nicht persönlich, sondern allein von Fotos. Lange hat sich Paula nicht mehr in Regensburg blicken lassen. Ihr letzter Besuch galt der Taufe von Sophie, als sie deren Patentante wurde.
„Servus, Mama“, verabschiedet sich Max, und Sophie schließt sich an, während sie Emma wie immer einen Kuss auf die Wange haucht, wenn sie das Haus zur Schule verlässt.
„Ciao, ihr beiden. Bitte passt auf euch auf.“ Emma kann es nicht lassen, diesen Appell jeden Morgen als Ritual abzudrücken.
„Tun wir sowieso“, versichert Max.
Noch meistern Emmas Kinder den Weg bis zur Grundschule gemeinsam. Das wird sich zum nächsten Jahr ändern, wenn Max auf das Gymnasium wechselt. Dann weiß Emma ihr Nesthäkchen nicht mehr von ihrem großen Bruder beschützt, was sie schon jetzt beunruhigt. Sophie ist eine Träumerin. Ihrer kleinen Tochter traut sie die Strecke momentan allein nicht zu. Wenn Max anders

Unterricht hat, bringt oder holt Emma ihre Tochter. Das brachte ihr bei ihrem Mann den Spitznamen Helikopter-Emma ein. Überhaupt hat Rainer einen anderen Erziehungsstil, was häufig zu Spannungen führt. Die Kinder nutzen seine Gutmütigkeit manchmal aus und fragen ihn zuerst, wenn es um eine Erlaubnis für etwas geht. Hat er bereits ja gesagt, kann Emma schlecht nein sagen.
Sie schließt die Haustür hinter ihren Sprösslingen und räumt in Windeseile den Frühstückstisch ab.
Rainer stellt sein benutztes Geschirr selbst in die Spülmaschine, wenn er, wie heute Morgen, Frühdienst im Krankenhaus hat, in dem er als Psychologe arbeitet.
Emma steckt ihr Handy nebst Geldbörse in ihre Handtasche und greift nach dem Schlüssel des Zweitwagens auf dem Schrank im Flur.
Mit knapp über einer Stunde Fahrzeit zum Münchner Flughafen rechnet Emma. Ohne Stau würden ungefähr dreißig Minuten verbleiben, um einen Parkplatz zu finden und das Gate aufzusuchen, an dem Paula herauskommen wird.
Nach den ersten gefahrenen Kilometern auf der Autobahn entspannt sich Emma allmählich. Sogar Vorfreude auf Paula keimt plötzlich auf. Hat sich ihre Schwester verändert? Optisch sicherlich, aber wie sieht es mit ihrem Charakter aus? Warum hat Paula keine Kinder mit Henry bekommen? Früher hat sie sich eine Familie gewünscht. Bei ihren Anrufen klang jedoch meistens durch, dass Henry und Paula zu sehr mit dem Aufbau ihrer Software-Firma beschäftigt waren. Mit siebenunddreißig Jahren wäre Paula noch nicht zu alt für eine Schwangerschaft.
Emma glaubt plötzlich an die Erleuchtung. Das ist es: Paula ist wahrscheinlich in anderen Umständen und will vor der Geburt nochmal in die alte Heimat zurück. Wie Emma aus Erfahrung weiß, unternimmt man mit Babys und Kleinkindern erst einmal möglichst keine langen Flugreisen mehr.
Das Schrillen des Autotelefons reißt Emma aus ihren

Gedanken. Sie schaut gar nicht aufs Display, sondern drückt auf die Freisprechanlage.
„Ich habe bereits mehrfach auf dem Festnetz probiert“, klingt die Stimme von Emmas und Paulas Mutter etwas vorwurfsvoll. „Wo steckst du denn?“
„Im Auto. Ich bin auf dem Weg zum Flughafen. Das habe ich dir per WhatsApp gestern Abend geschrieben.“
„Ach, ja, entschuldige. Das habe ich glatt vergessen. Wann landet Paula?“
„Voraussichtlich in einer Stunde.“
„Wieso kommt sie so plötzlich und sagt uns nicht einmal Bescheid?“
„Das weiß ich selbst nicht, Mama. Vielleicht hat sie Heimweh.“
„Und Henry? Ist der mit dabei?“, hakt Emmas Mutter nach.
„Nein, davon hat sie nichts gesagt. Ich muss mich konzentrieren. Gleich wechselt die Autobahn. Ich benachrichtige dich, wenn Paula gelandet ist.“
„Ja, unbedingt. Deine Schwester soll sich bitte mal bei uns melden. Wenn sie schon in Europa weilt, kann sie auch einen Abstecher zu uns nach Gomera machen. Wir würden uns riesig freuen.“
„Richte ich aus“, verspricht Emma.
Ihre Eltern leben seit drei Jahren als Rentner in den Sommermonaten auf Gomera, um ihrer Wanderlust zu frönen. Im Winter ist ihnen die Insel zu einsam und verlassen. Viele Restaurants und Cafés schließen dann, und es gibt wenig Abwechslung.
Emma begrüßt dies, denn ansonsten würden ihre Kinder die Großeltern nur selten sehen.
Max und Sophie verstehen sich blendend mit Opa und Oma und vermissen sie in ihrer Abwesenheit sehr.
Auch Emma wäre froh über ihre Unterstützung gewesen, als sie mit Corona längere Zeit vom Rest der Familie wegen der Ansteckungsgefahr isoliert im Gästezimmer lag. So gut es ging, hat Rainer den Haushalt neben seinem Job

erledigt, und Freundinnen haben sich mit um Max und Sophie gekümmert. Obwohl die Krankheit zwei Monate her ist, hat Emma Probleme mit der Atmung und fühlt sich energielos. Hoffentlich leidet sie nicht an Long Covid. Ausgerechnet morgen hat sie einen Termin beim Hausarzt. Ob sie ihn wegen Paula absagen soll? Besser nicht. Die nette Sprechstundenhilfe schiebt sie ohnehin ein. Vielleicht mag Paula mit in die Stadt und währenddessen bummeln, oder sie stattet dem Museum der Bayerischen Geschichte einen Besuch ab, das erst vor wenigen Jahren eröffnet wurde.
Fast verpasst Emma vor lauter Überlegungen den Wechsel auf den Flughafenzubringer.
Ein Lkw betätigt die Fanfare, weil sie ihm den Weg abschneidet und sich kurz vor seinen Kühler mogelt.
Mehrfache Betätigung seiner Lichthupe ist ihr gewiss.
Endlich erreicht Emma das Parkhaus des Terminals, in dem Paula ankommen wird. Etliche Kurven über mehrere Etagen sind notwendig, um einen freien Platz zu ergattern. Emma atmet tief durch, als der Motor aus ist. In solchen Stresssituationen bleibt ihr die Luft weg. Das war vor Corona nicht der Fall. Deswegen ist der Arztbesuch unausweichlich.
In der Ankunftshalle gibt die Anzeigetafel Auskunft über die Flüge.
Wie ärgerlich. Paulas Maschine hat eine halbe Stunde Verspätung. Hoffentlich wird es nicht mehr. Sofort treten Schweißperlen auf Emmas Stirn. Ihr Zeitplan droht zu kippen. Bevor die Kinder heimkommen, muss sie kochen. Es wird knapp, wenn Paula später eintreffen sollte, als im Moment angezeigt. Nur im äußersten Notfall greift Emma normalerweise auf Fastfood zurück, denn sie legt großen Wert auf gesunde Ernährung für ihre Sprösslinge. Sie selbst kämpft ohnehin seit der Geburt von Sophie gegen überflüssige Pfunde. Die erfolglosen diversen Diäten kann Emma gar nicht mehr zählen. Irgendwie hat sich inzwischen Resignation in ihr breitgemacht.

Zwar betont Rainer stets, dass er jedes Pfund an ihr liebt, aber Emma würde trotzdem gerne einige Kilos verlieren. Nach ihrer Corona-Erkrankung zeigte die Waage drei weniger an. Die Freude darüber währte nicht lange. Bereits nach einer Woche mit normalem Essen waren sie wieder auf den Hüften.

Wie Paula wohl aussieht? Sie achtete bereits in der Jugend auf ihre Figur und war viel disziplinierter als Emma. Wenn sie drei Kugeln Eis bestellte, verlangte Paula nur eine. Das hat wohl den Unterschied ausgemacht.

Allmählich steigt Emmas Spannung. Ob man bereits einen Schwangerschaftsbauch bei Paula erkennt? Bei ihrer Mutter hat sie bewusst nichts angedeutet. Ihre Schwester soll es den Eltern selbst mitteilen, die ja schon lange auf diese Verkündung warten.

Bloß traurig, dass ihr Enkelkind in Los Angeles aufwachsen wird.

♥

KAPITEL 2

Der Rücken schmerzt, und die Beine sehnen sich nach Auslauf. Paula ist bereits seit elf Stunden in der Luft. Starke Turbulenzen machten einen Umweg erforderlich, sodass die Maschine mit Verspätung in München landen wird.

Emma gefällt das bestimmt nicht, wie Paula vermutet. Es wirft bestimmt ihren wohldurchdachten Zeitplan durcheinander. Oder sollte sich ihre Schwester diesbezüglich geändert haben? Paula hat mit sich gerungen, ob sie nach München oder nach Gomera zu ihren Eltern fliegen soll. Die Entscheidung fiel schließlich zugunsten von Emma aus, von der Paula mehr Verständnis für ihre Situation erwartet als von ihren Eltern. Trotzdem plagt sie das schlechte Gewissen, die kleine Familie einfach zu überrumpeln. Sicher bringt sie die Alltagsroutine durcheinander, aber vielleicht darf sie sich nützlich machen. Zum Glück steht ein Gästezimmer zur Verfügung, wie Emma ihr erklärt hat.

Paula kennt das Haus nicht, das ihre Schwester und ihr Schwager vor einigen Jahren erworben und das sie, nach den Fotos zu urteilen, liebevoll restauriert haben.

Zu dumm, dass ausgerechnet jetzt Paulas und Emmas Eltern ihre Regensburger Zweizimmerwohnung für den Sommer untervermietet haben. Sonst hätte sich Paula dort vorläufig eingenistet. Niemand konnte ahnen, wie sich ihr Leben von heute auf morgen verändern würde, nicht einmal sie selbst.

Soll Paula sofort auf der Fahrt nach Regensburg mit der Tür ins Haus fallen? Oder soll sie ihre Lage am Abend Rainer und Emma gemeinsam erklären, wenn die Kinder im Bett sind?

Eine Stewardess stört ihre Spekulationen: „Bitte stellen Sie Ihre Rückenlehne in eine aufrechte Position und klappen Sie den Tisch hoch. Der Pilot beginnt bald mit dem Landeanflug." Dabei zeigt sie ihr wohl dosiertes Zahnweißlächeln.
Paula tut, wie ihr geheißen. Im Gegensatz zu ihrer betagten Sitznachbarin hat sie während des Fluges keine Sekunde geschlafen. Zu viele Gedanken schwirrten ihr im Kopf herum. Das rächt sich nun. Ihre Augen fühlen sich bleischwer an. Sogar der Konsum von etlichen Tassen Kaffee bewirkte nichts. Paula kämpft gegen ihre Müdigkeit. Der Jetlag verursacht sein Übriges. Irgendwie gilt es, bis heute Abend durchzuhalten. Das ist sie Emma und ihrer Familie schuldig. Auf ihre Nichte und ihren Neffen freut sie sich besonders. Sophie müsste in der zweiten Grundschulklasse sein, Max in der vierten. Ähneln die Kinder Emma oder eher Rainer vom Charakter her? Es wird spannend, das herauszufinden. Zugegebenermaßen hat sie sich nicht mit ihnen beschäftigt. Immerhin hat sie ihre Geburtstage nicht vergessen und entsprechende Päckchen geschickt. Selbstverständlich ebenso zu Weihnachten. Regelmäßig bedankten sich die beiden dafür, gaben aber ansonsten nichts von ihrem Leben preis. Wozu auch? Von der Tante im fernen Amerika hatten sie schließlich nichts. Paula gelobt Besserung. Wie sie weiß, beginnen bald die Pfingstferien. Sie könnte mit den Kindern das Freibad oder einen Freizeitpark besuchen. Dadurch hätte Emma mal Zeit für sich. Was ist, wenn die Familie einen Urlaub geplant hat? Diese Möglichkeit ist Paula bisher nicht in den Sinn gekommen. Sie könnte jedoch das Haus hüten.
Auf jeden Fall wäre der Garten bei ihr in guten Händen. In Los Angeles hatten sie zwar aus Zeitmangel einen Gärtner, aber Paula hat alle Pflanzen geliebt.
Gegen ihren Willen fallen ihr plötzlich die Augen zu. Wie lange dieser Zustand angedauert hat, weiß Paula nicht, als sich der Ellbogen ihrer Nachbarin in ihre Rippen bohrt. „Hey, Sie, wir sind gelandet. Aufwachen."

Benommen schnallt sich Paula ab.
Hektik bricht im Flugzeug aus. Alle drängen zum Ausstieg. Bewusst bleibt Paula so lange sitzen, bis der erste Schub draußen ist. Sie hasst es nämlich, gequetscht oder gar angefasst zu werden. Außerdem läuft das Gepäckband ohnehin meistens erst, wenn alle Passagiere sich bei der Ausgabe versammelt haben.
Sie behält recht. Glücklicherweise ergattert sie einen freien Gepäckwagen, mit dem sie sich ans Band stellt.
Leider kommen ihre Koffer in einigem Abstand an. Sie stapelt die drei Exemplare mithilfe eines Mannes aufeinander. Mit Mühe lässt sich der Gepäckwagen schieben, ohne dass die Koffer seitlich abrutschen.
Hoffentlich fällt Emma nicht gleich in Ohnmacht, wenn Paula mit dem halben Hausstand anrückt.
Vergebens hält Paula hinter dem Ausgang Ausschau nach ihrer Schwester. Sie kramt in ihrer Handtasche nach dem Handy.
„Paula, endlich", ruft eine vertraute Stimme. Sie dreht sich um, und Sekunden später liegen sich Paula und Emma in den Armen.
Tränen der Wiedersehensfreude laufen über ihre Wangen.
„So schön, dass du mich abholst", haucht Paula.
„Logisch, wenn du dich nach so langer Zeit mal wieder bei uns blicken lässt."
Paula bemerkt Emmas erstaunten Blick, als diese das Gepäck entdeckt.
„Was schleppst du denn mit dir?", fragt Emma. „Hätte ich das gewusst, wäre ich mit unserem Kombi gefahren. Hoffentlich passen die Koffer in meinen Kleinwagen."
„Tut mir echt leid", meint Paula zerknirscht.
„Hat das zusätzliche Gepäck kein Vermögen gekostet?", hakt Emma weiter nach.
Paula zögert einen Moment, mit der Wahrheit herauszurücken, entscheidet sich aber für einen späteren Zeitpunkt. „Nicht der Rede wert. Vielleicht besuche ich unsere Eltern auf Gomera. Deshalb habe ich Wanderzeug

eingepackt." Das entspricht sogar der Wahrheit.
Während Emma seitlich neben dem Gepäckwagen hergeht und mit einer Hand den obersten Koffer festhält, bugsiert Paula ihn durch die Halle in Richtung Tiefgarage.
Ihre Schwester beginnt mit Smalltalk: „Wie war dein Flug? Warum hattet ihr Verspätung?"
„Eine Schlechtwetterfront nötigte den Piloten zu einem Ausweichmanöver. Mir tun alle Glieder weh von dem langen Sitzen."
„Das glaube ich dir sofort. Deshalb haben wir euch bisher nicht in Los Angeles besucht. Für die Kinder wäre das zu anstrengend. Ich hoffe, dass es eines Tages klappt, wenn die beiden etwas älter sind."
Paula schweigt dazu, sonst müsste sie sich erklären.
Glücklicherweise erreichen sie im Aufzug die Etage, in der Emmas Auto parkt.
Zwei Gepäckstücke passen in den Kofferraum, und eins findet auf der Rücksitzbank Platz.
„Geschafft", stellt Emma mit zufriedener Miene fest. „Steig ein."
„Seit wann hast du ein eigenes Auto?", fragt Paula mehr aus Höflichkeit als aus wirklichem Interesse. Damit will sie vorläufig verhindern, dass Emma sich womöglich nach Henry erkundigt.
„Ich erzähle es dir gleich. Bitte tu mir den Gefallen und teile unseren Eltern kurz deine Ankunft mit. Ich habe es ihnen versprochen."
„Okay, mach ich." Paula ist froh über die Ablenkung und lässt sich Zeit, über WhatsApp eine Nachricht zu verfassen.
Inzwischen ist Emma aus dem Parkhaus gefahren. Zwar scheint sie sich auf die Wahl der richtigen Spur der abzweigenden Autobahn zu konzentrieren, was sie jedoch nicht davon abhält, Paula an Henry zu erinnern. „Hast du ihm auch Bescheid gegeben?"
Innerlich verdreht Paula die Augen. Als ältere Schwester kümmerte sich Emma in der Vergangenheit oft um

Angelegenheiten, die sie nicht persönlich betrafen. Daran hat sich offenbar nichts geändert. „Natürlich“, lügt Paula.
„Warum hat Henry dich nicht begleitet? Wir würden ihn gerne mal kennenlernen.“
Mit dieser Frage hat Paula gerechnet. „Er bedauert es genauso, euch nie begegnet zu sein. Seine Arbeit hat stets Priorität. Seit wir die Firma gegründet haben, gab es nie Urlaub für uns. Ich habe den Eindruck gewonnen, dass Henry keinen benötigt. Sein Laptop ist mit seinem Körper verschmolzen. Ich frage mich, wann Henry überhaupt schläft.“
„Euer Leben hört sich ungesund an“, kommentiert Emma Paulas Ausführungen. „Wie gut, dass wenigstens du mal eine Pause einlegst.“
Paula verkneift sich einen Seufzer. Stattdessen lehnt sie ihren Kopf an die Seitenscheibe, schließt die Augen und täuscht damit Müdigkeit vor. Auf diese Weise hofft sie, der Neugierde ihrer Schwester Aufschub zu leisten.
Tatsächlich schweigt Emma eine Weile, bis sie zu fluchen anfängt: „So ein Mist, einen Stau können wir nicht gebrauchen. Die Kinder haben bald Schulschluss. Ich muss noch etwas kochen.“
Das Auto kommt abrupt zum Stehen. Es geht nichts mehr.
„Ein Unfall?“, mutmaßt Paula.
„Bloß das nicht.“
„Können deine Kinder ins Haus?“
„Ja, Max hat einen Schlüssel. Trotzdem weiß ich sie nicht gerne allein daheim.“
„Max ist doch alt genug“, wendet Paula ein.
„Du hast keine Kinder.“
Automatisch fühlt sich Paula gemaßregelt. Zugleich wundert sie sich über Emmas spontanen Seitenblick auf ihren Bauch. Prompt fragt ihre Schwester geradeheraus: „Bist du schwanger?“ Dabei schenkt sie Paula ein wissendes Lächeln.
„Das wäre wunderbar. Wir alle würden uns riesig freuen.“
Paula nimmt ihr sofort den Wind aus den Segeln. „Wieso?

Habe ich einen Bauch angesetzt? Ich wiege noch genauso viel wie vor Jahren, als ich nach Los Angeles ging." Ein wenig Stolz auf ihre gute Figur schwingt in ihrer Stimme mit.

„Also kein Baby?"

„Nein. Das hätte ich dir längst berichtet."

„Schade, schließlich bist du im besten Alter, und ihr seid schon so lange verheiratet."

Ein Kommentar dazu bleibt Paula glücklicherweise erspart, denn die Autoschlange setzt sich langsam wieder in Bewegung. Es wird einspurig. Der Grund dafür entpuppt sich alsbald. Bei einem Lkw, der die rechte Fahrbahn blockiert, ist ein Reifen geplatzt. Die üblichen Gaffer verhindern ein zügiges Überholen.

„Ich kriege die Krise. In einer halben Stunde haben Max und Sophie die Schule aus", jammert Emma.

„Können wir sie nicht einfach abholen?"

„Das schaffen wir nicht. Außerdem sind die Rücksitze von deinem Koffer belegt." Emmas Hektik ist nicht zu übersehen. Sobald es nicht nach Plan für sie läuft, dreht sie am Rad. Kleine Schweißperlen bilden sich auf ihrer Stirn.

„Beruhige dich, Emma. Wir fahren im Drive-in vorbei und kaufen Pommes und Nuggets für alle. Sophie und Max freuen sich bestimmt darüber."

„Die essen Fastfood genauso ungern wie ich und Rainer", behauptet Emma.

„Echt jetzt? Ich erinnere mich, dass wir beide als Jugendliche heimlich Burger mit Pommes nach der Schule verdrückt haben und unsere Mutter sich anschließend wunderte, warum wir keinen Appetit auf Sauerkraut mit Kassler hatten. Alle Kinder lieben Pommes und Co. Da wären deine eine rühmliche Ausnahme. Die Tante aus Amerika spendiert eine Runde Fastfood."

„Ich weiß nicht", muckt Emma auf.

„Komm, stell dich nicht so an. Das ist mein Einstand bei euch."

„Okay, meinetwegen, aber bitte füttere meine Kinder nicht

hinter meinem Rücken mit irgendeinem Mist."
„Das würde ich nie wagen. Mein Ehrenwort."
Das erste Mal, seit Paula wieder mit Emma zusammen ist, lachen sie gemeinsam.
Mehrere Tüten auf Paulas Schoß beeinträchtigen zunächst die Sicht auf Emmas und Rainers Haus, nachdem sie sich mit Essen beim Drive-in eingedeckt haben.
Kaum hat Emma den Motor abgeschaltet, fliegt die Haustür auf.
Max und Sophie stürmen herbei.
Paulas Neffe reißt sofort die Beifahrertür auf. „Wow, soll ich dir die Tüten abnehmen, Tante Paula?", bietet er ohne jegliche Scheu an.
„Gerne, aber Tante brauchst du mich nicht zu nennen. Ich bin einfach die Paula."
Sophie hält sich schüchtern im Hintergrund, beziehungsweise umarmt ihre Mutter.
Als Paula ausgestiegen ist, fällt ihr Blick auf die schmucke Altstadtvilla. Rechts und links der Einfahrt säumen Robinien den Weg. Der Vorgarten sieht mit einigen Blumenrabatten sehr gepflegt aus. Zwei Töpfe mit Perlagonien flankieren die Eingangstür.
„Die Koffer kann uns Rainer später ins Haus tragen. Lasst uns erst einmal essen. Kalt schmeckt das Zeug pappig." Emma nimmt ihrem Sohn einen Teil der Tüten ab und trägt sie ins Haus.
Paula wendet sich indes Sophie zu. „Schön, dich endlich kennenzulernen. Du bist genauso hübsch wie auf den Fotos, die mir eure Mutter ab und zu schickt."
Offenbar ist Sophie nicht an Komplimente gewohnt. Sie läuft ohne ein Wort schnurstracks ins Haus.
„Sophie ist manchmal komisch bei Fremden", entschuldigt sich Max für das Verhalten seiner Schwester.
„Kein Problem. Mir ging es als Kind nicht anders. Ich war auch erst einmal misstrauisch. Sophie braucht eben Zeit, um sich an meine Anwesenheit zu gewöhnen." Entgegen Emmas Vorschlag, Rainer als Gepäckträger zu benutzen,

hievt Paula den Koffer von der Rücksitzbank, denn er enthält Mitbringsel für die Familie. Vielleicht taut Sophie bei ihrem Geschenk auf.

Paula staunt über den großzügigen Flur, von dem aus eine Treppe ins Obergeschoss führt. Sie deponiert ihren Koffer neben das Geländer, damit niemand darüber stolpert.

„Max, zeigst du Paula bitte ihr Zimmer?“, schallt Emmas Stimme aus der Küche. „Sicher mag sie sich frisch machen.“

Als Max Anstalten macht, ihren Koffer zu heben, wiegelt Paula ab: „Das hat Zeit. Wo ist denn eure Gästetoilette? Die reicht mir vorläufig.“

Max deutet auf eine Tür am Ende des Flures. „Die Küche ist gleich links davon.“

„Danke.“ Wenige Sekunden später erleichtert sich Paula auf der Toilette. Als sie anschließend in den Spiegel schaut, wird sie der dunklen Ringe unter den Augen gewahr. Mit kaltem Wasser erfrischt sie ihr Gesicht. Die lange Reise zollt ihren Tribut. Ob sie sich nach dem Essen eine Weile ausruhen darf? Oder wäre das unhöflich? Allmählich geben ihre Beine unter dem Körper nach. Wie sich Paula eingesteht, ist daran nicht nur der lange Flug schuld, sondern ihr desolater Gemütszustand.

Mit Mühe reißt sie sich zusammen, als sie die Küche betritt.

Diese präsentiert sich modern und zugleich mit dem Erker gemütlich. In ihm befindet sich die Sitzecke mit rundem Tisch und von einer Bank umgeben.

„Was magst du trinken?“, erkundigt sich Emma.

„Habt ihr Cola?“

„Nee, die dürfen wir nicht trinken“, äußert die bisher wortkarge Sophie.

„Dann gerne Wasser.“

Max schnappt die leere Karaffe und füllt sie mit Leitungswasser.

Bereits als Kind hat Paula die sprudellose Variante gehasst, schweigt jedoch dazu. Glücklicherweise gibt es Holunder-

blütensaft zum Mischen.
„Cool, dass ihr Pommes und Nuggets mitgebracht habt", meint Max mit vollem Mund, was ihm erneut einen kritischen Blick seiner Mutter beschert.
Sofort stellt Emma klar: „Paula hat uns dazu eingeladen. Das ist eine absolute Ausnahme."
Nach dem Verzehr verschwindet Paula kurz im Flur, um dem Koffer ihre Geschenke zu entnehmen.
Mit leuchtenden Augen hält Sophie später eine Barbiepuppe in der Hand und Max eine Actionfigur, die seine Sammlung komplettiert. Beide zeigen sich begeistert.
Für Emma hat Paula ein Seidentuch parat, über das sich diese erkennbar freut.
„Für Rainer habe ich auch etwas. Ich gebe es ihm später."
Paula kann ein Gähnen nicht unterdrücken. „Seid ihr böse, wenn ich mich ein bisschen hinlege?"
„Gar nicht. Das trifft sich gut", meint Emma. „Ich fahre die beiden gleich zum Klavierunterricht. Dann hast du deine Ruhe."
„Perfekt. Wo soll ich denn wohnen?"
Max springt auf. „Ich bringe dich nach oben."
Gemeinsam schleppen Paula und Max einen der Koffer in die erste Etage.
Das Gästezimmer ist einfach, aber gemütlich eingerichtet. Sogar einen kleinen Balkon mit Korbstuhl nennt es sein Eigen. Ein großer Eichenschrank spendet Platz für Paulas Kleidung.
„Handtücher findest du im Bad im Regal. Kannst dir welche nehmen", erklärt Max ganz der Gastgeber.
„Danke, du bist echt nett."
„Du auch. Spielst du Schach?", fragt Max.
„Früher ja, aber ich hatte lange keine Gelegenheit mehr dazu."
„Vielleicht hast du Lust, eine Partie mit mir zu spielen, wenn wir vom Klavierunterricht zurück sind."
„Gerne, wenn du nicht erst Hausaufgaben machen musst."
Eine wegwerfende Handbewegung suggeriert, dass Max es

damit nicht so eilig hat. „Papa muss mir sowieso bei Mathe helfen. Ich kapiere da was nicht."
„Du darfst mir dein Problem gerne zeigen. Mit Mathe kenne ich mich einigermaßen aus."
„Wirklich? Mama hat damit nichts am Hut."
Von unten ruft Emmas Stimme nach Max. „Wir wollen los. Komm bitte runter."
Als Max das Zimmer verlassen hat, zieht Paula sofort die Schuhe aus, um sich aufs Bett zu legen. Wie gut das tut.
Es dauert nicht lange, bis sie einschläft. Leider verarbeitet sie in ihrem Traum eine unschöne Szene mit Henry. Sie streiten mal wieder.
Es ist draußen bereits dunkel, als Paula aufwacht. Sie hat mehrere Stunden geschlafen. Warum hat sie niemand von der Familie aufgeweckt? Wie peinlich. Auf Strümpfen öffnet sie die Tür und staunt nicht schlecht, ihre beiden Koffer davor zu entdecken. Demnach ist Rainer längst im Haus. Sie schiebt sie ins Zimmer und steigt danach die Treppe hinunter.
Kein Laut dringt an ihr Ohr, was darauf schließen lässt, dass die Familie bereits schlafen gegangen ist.
Paulas Annahme bestätigt sich. Küche und Wohnzimmer sind leer.
Auf dem Esstisch entdeckt Paula einen Zettel, auf dem zu lesen steht:

Liebe Paula,
wir wollten dich nicht wecken. Solltest du Hunger haben, bedien dich bitte im Kühlschrank. Ein Bier wartet ebenfalls dort auf dich. Brot findest du im Holzkasten.
Ich habe morgen um 9 Uhr einen Termin bei meinem Hausarzt. Wenn du mit in die Stadt möchtest, stehe bitte rechtzeitig auf. Ansonsten darfst du natürlich so lange schlafen, wie du willst. Wie eine Kaffeemaschine funktioniert, muss ich dir nicht erklären. Fühl dich einfach wie zuhause.
Eine gute Nacht wünscht dir,
deine Emma

Tatsächlich verspürt Paula Durst und Appetit. Mit Genuss läuft das Bier ihre Kehle hinunter. Auch das Graubrot mundet ihr dick mit Butter bestrichen und Goudakäse belegt. Eine zweite Scheibe gönnt sie ihrem Magen gleich hinterher.
Danach räumt sie alles wieder zurück an seinen Platz und stellt das benutzte Geschirr in die Spülmaschine.
Emma hat den Esstisch im Erker bereits fürs Frühstück gedeckt. Ein fünfter Teller mit Tasse ist wohl für Paula bestimmt. Es tut ihr plötzlich gut, Teil dieser Familie zu sein. Wie sehr hat sie sich immer eine eigene gewünscht. Gerne hätte sie lieber am Herd gestanden und Kinder aufgezogen, statt sich um die Firma zu kümmern.
Zurück in ihrem Gästezimmer stellt Paula ihren Handywecker. Sie möchte unbedingt mit allen zusammen frühstücken und mit Emma in die Stadt fahren. Außerdem hat sie Rainer noch nicht begrüßt. Wie er wohl inzwischen aussieht? Paula hat mal für diesen Mann heimlich geschwärmt. Trotzdem wäre sie nie auf die Idee gekommen, ihrer Schwester Konkurrenz zu machen.
Max hat offenbar die Grübchen seines Vaters geerbt, während Sophie eher ihrer Mutter ähnelt. Beide Kinder findet Paula sehr hübsch. Emma darf stolz auf sie sein. Hoffentlich lernt sie ihre Nichte und ihren Neffen näher kennen. Wenn es ihr nach geht, hat sie unendlich viel Zeit dafür. Es fragt sich nur, wie Emma und Rainer darüber denken. Ewig kann sie jedenfalls nicht im Gästezimmer bleiben. Wie Paula aus den Medien weiß, sind Wohnungen in Deutschland zurzeit Mangelware. Besonders betrifft es Großstädte wie Regensburg. Zudem sind sie meist unbezahlbar. Zu dumm, dass die Wohnung ihrer Eltern untervermietet ist. Sie wäre als Übergangslösung super geeignet, um ihr Leben neu zu gestalten. Erst einmal müssen ihre Eltern überhaupt erfahren, wie es um Paula steht. Davor graust es ihr. Schließlich kam ihre spontane Hochzeit damals in Las Vegas bei ihnen nicht gut an. Sie haben Henry nie persönlich getroffen, obwohl Paula sie

ständig nach Los Angeles eingeladen hatte. Angeblich war ihnen der Flug zu beschwerlich.
Umgekehrt kam Henry nie in den Sinn, seine unbekannten Schwiegereltern auf Gomera oder in Regensburg zu besuchen. Ihm war allein seine Firma wichtig.
Obwohl Paula einige Stunden am Nachmittag geschlafen hatte, fällt es ihr nicht schwer, erneut ins Traumland zu gelangen, als sie kaum die Decke über sich gezogen hat.

KAPITEL 3

„Warum pennt Paula so viel? Ist sie krank?“, möchte Sophie beim Frühstück wissen.
„Quatsch, hast du noch nie von Jetlag gehört?“, plustert sich Max auf.
„Nee, was ist das?“
Rainer erklärt es seiner Tochter.
Paula platzt mitten in seine Schilderung.
„Guten Morgen. Hier bin ich. Entschuldigt bitte meine gestrige Müdigkeit. Jetzt bin ich wieder fit.“ Als Erstes umarmt Paula Rainer zur Begrüßung und reicht ihm eine Flasche Tequila.
Ihr Schwager lacht. „Danke, dass du meine Vorliebe abgespeichert hast.“
„Gerne.“ Paula setzt sich auf die Ecke der Bank neben Sophie, die ihr gleich den Brotkorb unter die Nase hält.
„Wow, Brezen. Da kann ich nicht widerstehen. Die habe ich echt vermisst.“ Anschließend schneidet Paula eine durch und bestreicht sie dick mit Butter.
„Die Brezen gibt es bloß wegen dir“, erteilt Max Auskunft. „Mama findet sie ungesund, aber Papa hat sie eben extra beim Bäcker um die Ecke gekauft.“
„Magst du Kaffee oder Tee, Schwesterherz?“, erkundigt sich Emma, ohne die Aussage ihres Sohnes zu kommentieren. Insgeheim ärgert sie sich darüber. Sie will vor Paula nicht ständig als Ernährungsapostel gelten.
„Kaffee, bitte.“ Paula wendet sich an Rainer. „Anscheinend hast auch du dir meine Vorlieben gemerkt, Schwager. Mega nett von dir.“
„Kein Ding. Ich esse selbst gerne ab und zu eine Brezen“, erläutert Rainer.

Emma gießt Paula und ihrem Mann frisch aufgebrühten Kaffee ein, ohne eine Miene zu verziehen. Rainer hatte keinen Auftrag, Brezen mitzubringen. Er sollte einfach einige Vollkornsemmeln erwerben. Will er sich bei Paula etwa gleich einschleimen? Da ist sie wieder, die Eifersucht auf ihre Schwester, die nach Emmas Meinung besser aussieht und intelligenter ist als sie. Während Paula ihr Informatikstudium in der Regelzeit abschloss, brach Emma ihre juristische Referendarzeit ab, als sie mit Max schwanger war. Bis heute nagt es an ihr, die zweite Staatsprüfung nie nachgeholt zu haben, geschweige denn eine ausreichende Rentenanwartschaft zu besitzen. Obwohl Emma eine leidenschaftliche Mutter und Hausfrau ist, überkommt sie manchmal Panik deswegen. Sobald Sophie alt genug ist, plant Emma, sich in irgendeiner Form beruflich zu betätigen. Es fragt sich nur, was sie arbeiten könnte. Im Moment fehlt ihr jegliches Vorstellungsvermögen.

„Seid ihr bereit für die Schule?", fragt Rainer. „Ich nehme euch heute mit."

Max und Sophie nicken gleichzeitig.

Wenig später drückt Emma ihren Kindern die Brotboxen in die Hand und verabschiedet sich von ihnen und ihrem Mann.

Zurück am Esstisch gießt sie sich einen weiteren Kaffee ein. „In zehn Minuten müssen wir aufbrechen. Magst du wirklich mitkommen?", vergewissert sich Emma bei ihrer Schwester.

„Klar. Ich bin ausgeruht und brenne auf einen Bummel."

„Okay. So viel hat sich in der Stadt nicht verändert. Lediglich das Haus der Bayerischen Geschichte und die Erneuerung der Steinernen Brücke kennst du noch nicht. Allerdings gibt es seit der Corona-Pandemie etliche Leerstände von Geschäften, die für immer schließen mussten."

„Ich bin gespannt. Wie lange wird dein Arztbesuch dauern?"

„Das kann ich nicht genau vorhersagen. Mein Termin

wurde dazwischengeschoben. Sicher muss ich eine Weile warten."

„Ist es etwas Besorgniserregendes, was dich zum Arzt treibt?", fragt Paula mit Stirnrunzeln.

„Ich habe seit meiner Covid-Erkrankung Atemprobleme und bin schnell erschöpft. Das möchte ich lieber abklären. Ich brauche meine Energie für den Alltag."

„Das tut mir leid. Hoffentlich kann dir geholfen werden", beteuert Paula, während sie ihre Tasse leert.

Eine halbe Stunde später trennen sich Emmas und Paulas Wege in der Innenstadt.

„Ich rufe dich an, wenn ich fertig bin. Am besten treffen wir uns danach im französischen Café. Weißt du noch, wo es sich befindet?"

„Aber sicher. Alles Gute. Bis später."

Emma biegt in eine Seitenstraße ab. Gerne hätte sie Paula längst ins Kreuzverhör genommen. Irgendetwas verheimlicht die Schwester. Bestimmt hat es mit Henry zu tun. Allerdings ergab sich bisher keine Gelegenheit, mit Paula allein zu reden. Den Abend hatte sie komplett verschlafen, und die kurze Strecke im Auto eben eignete sich ebenso wenig für ein Gespräch. Außerdem verspürt Emma eine innere Unruhe hinsichtlich ihrer bevorstehenden Diagnose.

Glücklicherweise beträgt die Wartezeit bloß zwanzig Minuten. Die Sprechstundenhilfe macht ein EKG und führt einen Lungenfunktionstest mit Emma durch, die dabei aus allen Knopflöchern schnauft. Ihr Gesicht läuft bei der Anstrengung hochrot an.

Anschließend schickt die Assistentin Emma zurück ins Wartezimmer. Nervös nestelt sie an ihrer Bluse. Bei dem Test ist ihr schnell die Puste ausgegangen. Kein gutes Zeichen.

Ihre Befürchtung bestätigt sich einige Minuten später.

Der Arzt redet nicht groß um das Problem herum: „Ich rate Ihnen dringend zu einer Luftveränderung. Ein

Aufenthalt an der Nordsee wäre optimal für Ihre Lunge. Leider zahlt das Ihre Krankenkasse nicht. Dafür sind Sie nicht krank genug. Könnten Sie die Kosten aus eigener Tasche zahlen?“
Emma fühlt sich mit dem Vorpreschen ihres Arztes überfordert. „Ich kann nicht einfach weg. Meine beiden Kinder brauchen mich.“
„Ja, gerade weil Ihre Kinder Sie brauchen, sollten Sie Ihre Lunge auskurieren. Was ist mit Ihrem Mann? Kann der sich nicht um den Nachwuchs kümmern? Bald sind Pfingstferien.“
„Das muss ich in Ruhe mit ihm gemeinsam überlegen“, weicht Emma aus. „Wie lautet Ihre Prognose, wenn ich mir keine Auszeit nehme?“
„Im schlimmsten Fall manifestieren sich Ihre Atemnot und die Erschöpfung. Wollen Sie das riskieren?“
„Natürlich nicht.“ Mühsam unterdrückt Emma ihre Tränen. Sie möchte sich nicht von Sophie und Max trennen. Ein Camper ist bereits für die Ferien demnächst gebucht, mit dem sie an die Adria wollen. Darauf freuen sie sich alle schon lange.
Der Arzt schreibt etwas auf einen Zettel, den er ihr zum Abschied reicht. „Hier sind zwei Adressen von Kurkliniken auf Norderney. Sollte dort nichts frei sein, schauen Sie im Netz nach privaten Institutionen, die Anwendungen anbieten.“
„Muss es unbedingt Norderney sein?“
„Nein, jede andere Nordseeinsel erfüllt den Zweck, Ihnen gesunde Meeresluft in die Lunge zu pumpen.“
So leicht lässt sich Emma nicht überzeugen. „Was ist mit dem Mittelmeer? Kaiserin Sissi hat ihre Lunge auch auf Korfu auskuriert.“
Der Arzt lacht. „Das ist richtig. Selbstverständlich kann das Mittelmeer eine heilende Wirkung ausüben. Mir erscheint es nur wichtig, dass Sie unter medizinischer Beobachtung Erholung und Linderung für Ihre Atemwegsprobleme finden. Haben Sie in den Pfingstferien

einen Urlaub am Mittelmeer mit Ihrer Familie geplant?", trifft er den Nagel auf den Kopf.
Emma nickt kaum merklich.
„Wenn Sie Ihren Alltag quasi im Urlaub fortführen, hilft Ihnen das meines Erachtens nicht weiter. In einer Klinik erhalten Sie neben einer individuellen Beratung eine entsprechende Ernährung und werden mit Atmenübungen angeleitet."
Der Augenblick ist für Emma gekommen, sich zu verabschieden. Der Arzt kann schließlich keine Entscheidung für sie treffen. Das muss sie mit Rainer gemeinsam.
Mit zittrigen Fingern wählt Emma draußen vor der Praxis Paulas Nummer an, die sich sofort meldet: „Ich bin schon im Café. Wie war's?"
„Das erzähle ich dir gleich."
Kurze Zeit später hockt sich Emma zu Paula an den Tisch.
„Ich habe mir ein Croissant mit Butter und Marmelade bestellt. Dazu einen Kakao. Was magst du? Ich lade dich ein", verkündet Paula.
„Nur ein Haferl Kaffee bitte."
Nachdem die Kellnerin die Bestellung entgegengenommen hat,
stellt Paula fest: „Du bist blass um die Nase. Was hat der Doktor dir geraten?"
„Ich soll eine Kur an der Nordsee machen. Meine Lunge hat es dringend nötig."
„Der hat Nerven. Geht so etwas von heute auf morgen?"
„Eher nicht." Im Folgenden erzählt Emma ihrer Schwester die Unterredung mit dem Arzt.
„Ihr plant also einen Camperurlaub?"
„Ja, in zwei Wochen beginnen die Schulferien. Ist das ein Problem für dich? Bisher hast du gar nicht gesagt, wie lange du bleiben möchtest." Erwartungsvoll schaut Emma ihre Schwester an.
Paula zögert einen Augenblick. „Ich kehre nicht nach Los Angeles zurück."
„Wie bitte?" Emma verschluckt sich am Kaffee, der

inzwischen gebracht wurde. „Was bedeutet das?"
„Henry und ich sind geschieden. Außerdem bin ich nicht mehr Mitinhaberin der Firma. Er hat mich ausgezahlt."
„Ich fasse es nicht. Warum hast du nichts erwähnt? Wissen das unsere Eltern?"
„Nein. Ich möchte sie auf die Distanz nicht mit meinen Problemen behelligen, sondern erst eine Wohnung und eine Arbeit finden. Natürlich will ich euch nicht zur Last fallen. Ich kann auch vorläufig in ein Hotel ziehen. Geld habe ich genug."
„Das kommt nicht infrage. Du kannst so lange bei uns wohnen, wie du möchtest. Das Haus steht ohnehin leer, wenn wir an die Adria fahren."
„Danke." Paula drückt Emmas Hand. „Das ist lieb von dir, aber frag vorsichtshalber Rainer, ob er einverstanden ist."
„Was sollte er dagegen haben? Du störst niemanden. Leider können wir dich im Camper nicht mitnehmen. Er hat nur Platz für vier Personen."
„Das will ich auch gar nicht. Ich hüte euer Haus und kümmere mich um den Garten."
„Wir werden sehen. Vielleicht können wir den Mietvertrag für das Wohnmobil stornieren." Emma schwirren die Gedanken durch den Kopf. Es ist ihr alles zu viel. Der Rat des Arztes und zusätzlich Paulas Geständnis. „Warum habt ihr euch getrennt? Hat Henry dich betrogen?"
„Nein, die klassische Variante war nicht der Grund. Ich wollte unbedingt ein Kind, Henry nicht. Ich dachte naiv, er würde umschwenken, wenn wir erst eins hätten, und habe extra die Pille ab und zu einfach bewusst nicht genommen. Irgendwann habe ich nicht aufgepasst und die Monatspalette im Bad vergessen. Prompt hat Henry sie mit den Lücken entdeckt und mich zur Rede gestellt. Ich habe alles zugegeben, was ihn unbeschreiblich wütend machte. In diesem Moment war mir endgültig klar, dass Henry sich nicht als Vater meines potenziellen Kindes eignete. Von da an haben wir uns nur noch gestritten. Darunter litt auch

die Arbeit, was mir jedoch egal war. Henry war das natürlich nicht gleichgültig. Er schlug schließlich vor, sich einvernehmlich zu trennen und bot mir für meine Verdienste um die Firma eine großzügige Ablösesumme an. Die Scheidung ging bereits nach sechs Monaten über die Bühne. Seit drei Wochen bin ich Single. Plötzlich bekam ich Heimweh und Sehnsucht nach euch. Ihr habt mir all die Jahre sehr gefehlt."

„Was ist mit dem Hausstand?", bohrt Emma nach. „Der steckt wohl kaum in deinen drei Koffern, oder?"

„Wir hatten unser Haus möbliert gemietet. Auf einige persönliche Gegenstände habe ich verzichtet. Ich orientiere mich völlig neu."

„Du tust mir leid. Ich dachte immer, du hättest dein Glück mit Henry gefunden."

„Er war mehr mit der Firma verheiratet als mit mir. Das würde sich in Zukunft nicht ändern. So bewahre ich mir die Chance, doch vielleicht noch ein Baby zu bekommen. Mit Henry wäre das unmöglich gewesen."

Emma wagt einen Vorstoß: „Warum hast du Henry überhaupt so kurz nach dem Kennenlernen geheiratet? Hättet ihr euch dafür nicht Zeit lassen können?"

„Hm ... das hing mit der Gründung der gemeinsamen Firma zusammen. Wir feierten dieses Ereignis an einem Wochenende in Las Vegas. Außerdem waren wir verliebt ineinander. Henry machte mir spontan einen Antrag, und ohne groß zu überlegen, standen wir in einer der zahlreichen Hochzeitskapellen und gaben uns das Jawort."

„So etwas kannte ich bis dahin bloß aus kitschigen Filmen. Du hast uns ganz schön überrumpelt." In Emmas Stimme schwingt ein vorwurfsvoller Unterton mit.

„Ich weiß. Es tut mir leid. Ich träumte immer, von Vater zum Altar geführt zu werden. Das habe ich mir mit dieser Blitzehe vermasselt, genauso wie eine große Feier mit allen Verwandten und Freunden. Henry und ich sind nach der bescheidenen Zeremonie gerade mal essen gewesen. Von Romantik keine Spur. Womöglich war dieser Grundstein

nicht geeignet, um weiter darauf aufzubauen."
„Ach, Paula, ich wünsche dir, dass du die Vergangenheit schnell abhakst und einen Neuanfang findest. Ich helfe dir dabei, soweit ich dazu in der Lage bin. Wie gesagt, du bist herzlich willkommen bei uns."
„Das ist super lieb. Wie und wann soll ich es unseren Eltern beichten?" Paula runzelt die Stirn.
„Planst du, sie auf Gomera zu besuchen? Dann erklärst du ihnen am besten alles persönlich."
„Ich brauche ein bisschen Zeit. Bestimmt hagelt es Vorwürfe von Mama und Papa, weil ich Henry überstürzt geheiratet habe. Inzwischen weiß ich, dass es ein Fehler war. Deshalb brauche ich keine Kritik oder Belehrungen."
„Vielleicht ist es tatsächlich besser, wenn du ihnen deine Situation zunächst schriftlich schilderst. Sie können sich dann untereinander abreagieren, bevor sie dir den Kopf waschen. Ich kann die beiden schlecht einschätzen, weiß allerdings, dass sie sich auch ein Enkelkind von dir gewünscht hätten. Dass Henry dafür untauglich war, werden sie verstehen und deine Trennung akzeptieren."
„Es tut gut, mit dir zu quatschen. Eine vertraute Person hat mir in Los Angeles gefehlt", gibt Paula zu.
„Hattest du keine sogenannte beste Freundin?"
„Nicht wirklich. Ich hatte kaum die Gelegenheit, neue Leute neben der Arbeit kennenzulernen. Die Frauen, die ich in unserer Firma eingestellt habe, waren zwar nett, aber als Vorgesetzte musste ich Distanz wahren. Wie sich jetzt erweist, war das goldrichtig. Ich gehe, und sie bleiben. Persönliche Dinge über mich würden jetzt die Runde machen und eventuell das Arbeitsklima stören. Obwohl es mir egal sein könnte, bin ich froh, mich niemandem anvertraut zu haben."
Emma schaut auf ihre Armbanduhr. „Können wir zuhause weiter reden? Heute möchte ich nicht wieder zum Drive-In."
Paula kichert. „Ich will mich nicht unbeliebt machen. Gehen wir. Ich helfe dir beim Kochen. Danke, dass du mir

zugehört hast."
„Ich bin und bleibe deine Schwester, auch wenn wir uns eine Weile aus den Augen verloren haben."
Nach dem Bezahlen der Rechnung schlendern sie in Richtung Parkgarage.
Wie löst Emma ihr eigenes Dilemma? Soll sie Rainer überhaupt die Wahrheit über ihren Gesundheitszustand sagen? Wenn sie ihn herunterspielt, können sie wie beabsichtigt an die Adria reisen. Oder soll sie den Kindern und Rainer den Urlaub wirklich verderben? Guter Rat tut Not.

♥

KAPITEL 4

Auf dem Weg nach Hause kehren Paula und Emma im Supermarkt ein.
Paula staunt, was alles für eine vierköpfige Familie in den Einkaufswagen wandert.
Während Emma ihre Liste abarbeitet, schweifen Paulas Gedanken zu ihrem alten Alltag zurück. In Los Angeles hat sie sich alles anliefern lassen, angefangen von Lebensmitteln über Kleidung oder sonstigen Gegenständen. Oftmals hat Henry spät abends nach der Arbeit noch etwas vom Inder oder einer Pizzeria bestellt. Im Nachhinein wundert sich Paula, dabei ihre Figur nicht ruiniert zu haben. Im Grunde hat sie ein trostloses Dasein an der Seite von Henry geführt. Seine anfängliche Leidenschaft für sie ist schnell seiner Erfolgssucht gewichen. Geliebt hat er nicht mehr Paula als Mensch, sondern als Ideengeberin für die Firma. Warum hat sie sich das all die Jahre gefallen lassen? Wollte sie sich nicht eingestehen, einen Fehler mit der voreiligen Hochzeit getätigt zu haben? Jedenfalls ist Paula erleichtert, Emma eingeweiht zu haben. Vor Rainers Reaktion scheut sie sich indes, und wie erklärt sie Sophie und Max ihre Situation am besten kindgerecht? Vielleicht übernimmt Emma lieber diese Aufgabe.
„So, ich habe alles. Magst du überhaupt Gemüselasagne?“, unterbricht Emma Paulas in die Vergangenheit abgeschweiften Gedanken.
„Kenne ich zwar nicht, aber hört sich lecker an. Ich bin gespannt. Was kommt da alles rein?“
Emma zählt die Zutaten auf: „Möhren, Spinat, Tomatensud, Lasagneplatten geschichtet und zum Schluss geriebener Käse mit Pinienkernen. Es ist das Lieblingsgericht

von Max und Sophie."
„Wir haben als Kinder Spinat mit Spiegelei gehasst. Weißt du das noch?", erinnert Paula.
„Logisch." Emma kichert. „Das lag wohl an den mangelnden Gewürzen. Unsere Mutter war nicht die begnadetste Köchin, aber das verraten wir ihr nicht. Auf Gomera hat Papa das Kochen übernommen. Wir denken uns, warum."
„Hahaha, ich war froh, als ich später in der Oberstufe in der Schulkantine essen durfte. Wir sind fies. Dabei hat Mama es sicher gut mit uns gemeint."
Emma relativiert die Kritik. „Dafür konnte Mama geniale Kuchen und Torten backen. Ich glaube, dabei hat sie ihre unterdrückte Kreativität ausgelebt. Nie vergesse ich die Marzipantorte zu meinem elften Geburtstag mit Barbie und Ken aus Schokolade als Top. Meine Freundinnen sind damals ausgeflippt vor Begeisterung."
„An die erinnere ich mich auch gut. Bei mir waren es zum achten Geburtstag die Micky Maus Figuren aus Nougat."
„Nicht zu vergessen, die mehrstöckige Hochzeitstorte, die sie Rainer und mir fabriziert hat", ergänzt Emma.
„Ja, um solch eine habe ich mich leider durch die Spontanhochzeit gebracht", sinniert Paula. Glücklicherweise vertiefen sie das Thema nicht weiter, da sie an der Kasse die Einkäufe aufs Band legen müssen.
„Darf ich bezahlen?", bietet Paula an.
„Quatsch. Du bist unser Gast."
„Ich würde mich aber wohler fühlen, wenn ich mich an den Lebenshaltungskosten beteilige." Ehe sich Paula versieht, hat Emma ihre Karte ans Gerät gehalten. Es wird andere Gelegenheiten geben, sich erkenntlich zu zeigen.
Während der Fahrt nach Hause bittet Paula ihre Schwester, die Familie über ihre Scheidung zu informieren. „Ich mag nicht ständig darüber reden."
„Kein Problem. Ich werde einen geeigneten Moment dafür finden."
„Danke, Emma."

„Allerdings kann ich dir nicht versprechen, dass Max möglicherweise bei dir nachhakt. Er ist sehr wissbegierig."
„Macht nichts. Ich werde ihm ehrlich antworten."

Nachdem Paula zusammen mit Emma die Einkäufe in der Vorratskammer und dem Kühlschrank verstaut hat, bietet sie ihre Hilfe bei der Zubereitung der Lasagne an.
„Das ist nett von dir, aber ich habe so meine Routine beim Kochen. Wie wäre es, wenn du die Zeit bis zum Essen nutzt, um unseren Eltern reinen Wein einzuschenken? Dann hättest du es hinter dir. Womöglich erfahren sie es sonst über Max und Sophie."
„Hm ..." Paulas Begeisterung hält sich zwar in Grenzen, aber Emma hat recht. „Okay, aber ich übernehme später das Aufräumen der Küche. Deal?"
„Deal."
„Bis später." Paula steigt die Stufen zum Gästezimmer hinauf. Die beiden Koffer stehen ungeöffnet im Weg. Sie schiebt sie unters Bett, denn sie enthalten Kleidung und Dinge, die sie momentan nicht benötigt.
Mit dem Laptop bewaffnet hockt sich Paula anschließend auf den kleinen Balkon mit Blick auf den Garten. Ein Teil ist in herrliche Blumenrabatten gegliedert, der andere als Spielbereich mit Schaukel und Kletterturm angelegt. Ein Paradies für Eltern und Kinder.
Zunächst findet Paula keinen Einstieg in die E-Mail an ihre Eltern. Mehrmals löscht sie die ersten Zeilen deshalb wieder. Soll sie lieber anrufen? Paula verwirft diese Idee sofort. Ihre Mutter tut sich am Telefon schwer, den anderen ausreden zu lassen. Mit Zwischenfragen würde sie Paulas Konzept durcheinanderwirbeln. Der Laptop dagegen ist geduldig.
Nach einigen untauglichen Formulierungen entscheidet sich Paula für eine minimalistische Variante ihrer Situation. Wie heißt es gleich? In der Kürze liegt die Würze.
Es reicht, wenn die Eltern ihre Scheidung erfahren und dass sie Amerika den Rücken gekehrt hat. Den Grund für

die Trennung von Henry nennt sie nicht.
Das Absenden der Mail verursacht ein mulmiges Gefühl. Natürlich werden sich die Eltern nicht einfach mit diesen wenigen Zeilen zufriedengeben.
Prompt läutet nach einer Weile Paulas Handy. So schnell hat sie nicht mit einer Reaktion aus Gomera gerechnet.
Zu ihrer Überraschung ruft ihr Vater an. Ist ihre Mutter etwa vor Schreck zusammengebrochen?
Bevor Paula den Anruf entgegennimmt, geht sie vom Balkon ins Zimmer zurück.
„Hallo, Papa“, beginnt sie mit klopfendem Herzen.
„Grüß dich, mein Kind. Ich gratuliere dir zu deiner Scheidung. Es war damals eine Schnapsidee, Henry holterdiepolter zu heiraten. Endlich bist du zur Besinnung gekommen.“
Paula weiß nicht, wie ihr geschieht, weil sie eine ganz andere Reaktion erwartet hat. „Und, Mama? Sieht die das wie du?“
„Die weiß es noch nicht. Sie geht einmal in der Woche mit einer Frauengruppe zum Wandern und kehrt erst am Abend zurück. Was genau hast du denn jetzt vor? Magst du nach Gomera fliegen? Wir päppeln dich auf. Bist du sehr deprimiert?“
„Nein, Papa, mach dir keine Sorgen. Ich hatte lange genug Zeit, um mich mit der Trennung anzufreunden. Trotzdem würde ich euch natürlich gerne wiedersehen.“
„Überleg es dir. Unsere Tür steht jederzeit für dich offen.“
„Danke, das ist lieb von dir.“
„Wie habt ihr euch finanziell auseinanderdividiert?“
„Henry hat mir eine großzügige Abfindung gezahlt, sodass ich mir in Ruhe eine neue Arbeitsstelle suchen kann.“
„Okay, das ist super. Dumm, dass wir unsere Regensburger Wohnung bis Ende September untervermietet haben und du sie nicht nutzen kannst. Auch wenn dir Emma und Rainer Unterschlupf bieten, ist das bestimmt keine Dauerlösung.“
„Notfalls ziehe ich in eine Ferienwohnung, bis ich weiß,

wie es mit mir weitergeht. Vielleicht finde ich in einer anderen Stadt eher einen Job. Mal sehen. Ich muss jetzt zum Essen. Bringst du Mama die Neuigkeit bitte schonend bei?"
„Du darfst dich auf mich verlassen."
„Danke, Papa, bis bald und grüß Mama von mir."
Kaum hat Paula das Gespräch beendet, klopft es an die Tür.
„Herein."
Max steckt seinen Kopf durch einen Spalt. „Essen ist fertig. Kommst du bitte?"
Paula klappt ihren Laptop zu und stellt ihn auf den Schreibtisch. „Wie war's in der Schule?"
„Ätzend. Ich freue mich auf die Ferien."
Zusammen treffen Max und Paula in der Küche ein.
Aus einer feuerfesten Form dampft es bereits auf dem Tisch.
„Setzt du dich wieder neben mich?", bittet Sophie.
Offenbar konnte Paula mit der Barbiepuppe bei ihrer Nichte punkten.
„Gerne. Wie war's bei dir in der Schule?"
Im Gegensatz zu ihrem Bruder fand Sophie den Unterricht mit Malen und Sport ganz okay.
„Haltet bitte eure Teller hoch, damit ich die Portionen verteilen kann", fordert Emma auf.
Nachdem das erledigt ist, probiert Paula. „Mega lecker", lobt sie die Köchin. „Davon mag ich sogar einen Nachschlag."
Auch die Kinder lassen es sich schmecken.
Nach dem Essen schickt Emma sie auf ihre Zimmer, damit sie ihre Hausaufgaben erledigen. Sie stößt auf Widerstand.
„Können wir nicht erst mit Paula eine Runde spielen?", verlangt Max.
„Au, ja", tutet seine Schwester in sein Horn.
Emma bleibt stur. „Erst die Arbeit, dann das Vergnügen. Paula läuft euch nicht weg."

„Das stimmt. Außerdem habe ich eurer Mutter versprochen, die Küche aufzuräumen. Später spiele ich gerne mit euch."
Murrend fügen sich die beiden in ihr Schicksal.
Als Paula mit Emma allein ist, fragt sie: „Hast du nicht mit ihnen über mich geredet?"
„Ich möchte das nicht zwischen Tür und Angel. Außerdem sollte es Rainer vor ihnen erfahren."
„Wann kommt dein Mann vom Krankenhaus zurück?"
„Am späten Nachmittag. Ich habe eine Bitte an dich. Vielleicht magst du mit Max und Sophie ins Freibad gehen, sodass ich mir zunächst die Nordsee durch den Kopf gehen lasse und mich mit Rainer darüber austausche."
„Klar, das tue ich gerne. Kann Sophie denn schon schwimmen?"
Emma lacht. „Sie hat das Seepferdchen bereits mit fünf Jahren bestanden. Mir war es total wichtig, dass Wasser keine Gefahr für meine Kinder bedeutet. Als wir dieses Haus kauften, gab es einen idyllischen Teich im Garten. Den haben wir gleich schweren Herzens eliminiert, damit kein Kind Schaden nimmt. Man hört immer wieder von Unfällen, bei denen die Kleinen sogar in einer Regentonne ertrinken."
„Ja, einfach schrecklich. Wir hatten einen Pool direkt an der Terrasse. Der wäre bei einem Kind zum Problem geworden. Allzu oft haben wir ihn ohnehin nicht benutzt."
Wie angekündigt räumt Paula das schmutzige Geschirr in die Spülmaschine, während Emma ihnen zwei Cappuccini zubereitet und fragt: „Wissen unsere Eltern Bescheid?"
„Ja, Papa hat gleich angerufen, aber Mama ist mit einer Gruppe Frauen zum Wandern." Mit einigen Sätzen schildert Paula die Reaktion des Vaters, die milder ausgefallen ist, als erwartet.
Emma schaut skeptisch. „Mama wird sich bestimmt sofort melden. Du wirst sie nicht einfach abspeisen können. Die Nennung von Details bleibt dir garantiert nicht erspart."
„Ich werde es überleben." Paula klappt die Tür der

Spülmaschine zu. „Jetzt suche ich nach meinem Badeanzug. Keine Ahnung, in welchen Koffer ich ihn gepackt habe."
„Und ich forsche im Netz nach den Adressen, die mir der Doc aufgeschrieben hat."
„Also hast du deine Meinung geändert und willst etwas für deine Gesundheit tun?" Paula ist ein wenig überrascht. Am Morgen hörte sich das anders an.
„Ich schließe es nicht aus. Mir geht es wirklich nicht gut. Vor Corona bin ich regelmäßig gejoggt. Jetzt schaffe ich keine hundert Meter mehr, ohne fast zu kollabieren, weil ich keine Luft mehr kriege. Der Doc hat mir keine Hoffnung gemacht, dass sich das von allein bessert. Sollten die Kliniken so kurzfristig keinen Platz für mich auf Norderney haben, erübrigt sich ohnehin eine Entscheidung, und ich brauche mit Rainer nicht zu diskutieren. Er freut sich schon, genau wie die Kinder, so lange auf die Reise an die Adria."
Paula hält argumentativ dagegen. „Für Rainer hat deine Gesundheit sicher Priorität. Ihr könntet die Tour in den Sommerferien nachholen."
„Mitnichten. Seit Corona boomt der Camperurlaub. Für den Sommer wird es keinen mehr auszuleihen geben."
Plötzlich steht Sophie im Türrahmen. Hat sie etwas von ihrer Unterhaltung gehört?
Es hat zum Glück nicht den Anschein, denn sie strahlt übers ganze Gesicht. „Wir können spielen. Ich bin fertig."
Paula greift den Faden gleich auf. „Was meinst du? Soll ich mit euch ins Freibad gehen?"
Sophies Augen leuchten. „Mega. Juchu. Ich sag's Max." Sie rennt in den Flur und Paula hinter ihr her, um ihren Badeanzug zu suchen.
Eine Viertelstunde danach sind sie alle startklar.
Emma erteilt ihre mütterlichen Anweisungen. „Bitte gehorcht eurer Tante. Springt nicht vom Beckenrand ins Wasser."
„Mama, wir sind keine Babys mehr", widerspricht Max.

„Genau“, pflichtet Sophie ihrem Bruder bei.
„Und stopft euch nicht heimlich den Magen mit Gummibären vom Kiosk voll.“
Paula verdreht die Augen. „War’s das, Schwesterherz? Darf ich die beiden wenigstens auf ein Eis einladen?“
„Meinetwegen.“ Emma zwinkert Paula zu, wohl als Zeichen, dass sie ihre Maßregelungen nicht zu ernst nehmen soll.
Bereits die Klinke der Haustür in der Hand vergewissert sich Paula: „Wann sollen wir spätestens zurück sein?“
„Abendessen ist um sechs. Auf einige Minuten kommt es aber nicht an“, meint Emma.
Endlich setzen sich Paula, Sophie und Max in Richtung Freibad in Bewegung.

♥

KAPITEL 5

Emma verliert keine Zeit, sondern fährt den PC im Arbeitszimmer hoch.

Die Homepages der vom Doc empfohlenen Kliniken sehen ansprechend aus. Am besten ruft Emma gleich dort an, um Gewissheit zu erlangen. Auf eine Anfrage per Mail bekäme sie vielleicht erst morgen eine Antwort. Eine Entscheidung müssen Rainer und sie möglichst schnell treffen.

Die erste Klinik erteilt sofort eine Absage. Bei der Zweiten gerät Emma an eine freundliche Ansprechpartnerin.

„Es tut mir leid. Für den besagten Zeitraum haben wir nichts mehr frei, aber meine Cousine leitet auf Helgoland eine private Institution, die sich auf Atemwegserkrankungen spezialisiert hat. Das Haus wird wie ein Hotel geführt und bietet zusätzlich Anwendungen an. Fachärzte betreuen die Gäste. Ganz billig ist es allerdings nicht. Ich gebe Ihnen mal die Telefonnummer. Verlangen Sie nach meiner Cousine. Sie heißt Waltraud Bichler. Berufen Sie sich auf mich."

Emma erhält die Nummer und bedankt sich.

Was soll sie auf Helgoland? Ist es nicht ein Zeichen, dass die beiden Kliniken besetzt sind?

Mehrere Minuten ringt Emma mit sich. Wenn auch dort kein Platz für sie frei ist, fahren sie mit dem Camper ans Mittelmeer.

Zu früh spekuliert. Im Hotel Möwennest kann Waltraud Bichler Emma tatsächlich ein Zimmer anbieten. Gerade hat jemand kurzfristig storniert. Sie könnte sogar neben den Anwendungen für die Lunge an einem Diätprogramm teilnehmen.

„Gönnen Sie sich bei uns zwei Verschönerungs- und Erholungswochen. Sie werden es nicht bereuen“, beteuert Frau Bichler geschäftstüchtig.
„Würden Sie mir das Zimmer bis morgen reservieren? Ich muss erst mit meinem Mann reden.“
„Das lässt sich einrichten. Es wäre nett, wenn Sie mir bis 10 Uhr Bescheid geben könnten.“
„Vielen Dank. Ich melde mich rechtzeitig.“ Emma verabschiedet sich. Sie ist hin- und hergerissen. Hoffentlich kommt Rainer bald nach Hause.
Als hätte er ihren Wunsch übers Universum gehört, taucht er eine Stunde eher als gewöhnlich auf.
„Nanu, niemand daheim?“, fragt er, als er Emma allein im Wintergarten beim Blumengießen aufspürt.
„Bin ich niemand?“, neckt Emma ihn.
Er haucht ihr einen Kuss auf die Wange. „Wo ist der Rest der Mannschaft?“
„Paula ist mit den Kindern im Freibad.“
„Super. Was fangen wir mit unserer Zweisamkeit an?“ Es blitzt in Rainers Augen.
Emma kennt diesen Blick, muss ihren Mann jedoch enttäuschen. Für eheliche Spielchen hat sie keinen Kopf. „Es gibt einige Dinge zu besprechen.“
Rainer setzt sich in einen Korbstuhl. „Das klingt ernst. Ist etwas passiert?“ Das Blitzen in seinen Augen erlischt auf der Stelle und weicht einem besorgten Gesichtsausdruck.
„Ich fange mal mit Paula an.“ Im Folgenden schildert Emma die Lage ihrer Schwester, während Rainer zuhört.
„Oh je, das tut mir leid für meine Schwägerin“, lautet sein Fazit. „Natürlich kann sie hier wohnen, solange sie will.“
„Nun zum eigentlichen Problem. Ich war heute Morgen bei unserem Hausarzt.“
„Konnte er dir helfen? Gibt es ein Mittel gegen die Atemnot?“
„Nein. Er hat mir dringend einen Aufenthalt an der Nordsee empfohlen.“ Emma wagt kaum, ihren Mann anzusehen.

„Du meinst sofort?“
„Die Pfingstferien würden sich anbieten.“
„Der Camperurlaub soll ins Wasser fallen?“ Rainer schaut entsetzt. „Unsere Kinder lynchen uns. Davon einmal abgesehen, können wir ihn nicht mehr stornieren und haben keine Versicherung dafür abgeschlossen.“
„Ich weiß. Es tut mir so leid.“ Emma hält die Tränen nicht mehr zurück. Unter Schluchzern versichert sie: „Ich ... mag uns das auch nicht verderben, aber von allein wird sich meine Lunge nicht regenerieren. Das hat der Doc unmissverständlich prophezeit.“
„Würdest du denn kurzfristig irgendwo an der Nordsee unterkommen?“
„Ja, auf Helgoland. Bis morgen wird das Zimmer für mich reserviert. Ich muss mich daher heute entscheiden.“
„Deine Gesundheit geht auf jeden Fall vor. Was hältst du davon, wenn ich mit Max und Sophie allein an die Adria im Camper fahre?“
„Waaas? Ohne mich? Das schafft ihr doch gar nicht.“
Rainers Lachen klingt künstlich. „Wieso nicht? Traust du mir das nicht zu? Während deiner Corona-Erkrankung habe ich schließlich bewiesen, mich um die Kinder kümmern zu können.“
„Ja, aber du konntest mich trotzdem alles fragen“, kontert Emma.
„Das funktioniert von unterwegs auch.“
„Macht es dir gar nichts aus, ohne mich zu verreisen?“, muckt Emma beleidigt auf.
„Sicher, Schatz. Haben wir jedoch eine Wahl, wenn du wieder ganz gesund werden sollst?“
Kleinlaut räumt Emma ein: „Nicht wirklich.“
„Ich schlage vor, dass wir mit den Kindern nach dem Abendessen offen darüber reden. Sie haben ein Mitspracherecht. Wenn sie auf den Camper verzichten, versuche ich jemanden zu finden, der in den Mietvertrag einsteigt. Wäre das ein Kompromiss?“
„Max und Sophie sind bestimmt total enttäuscht, wenn sie

in den Ferien hierbleiben müssen."
„Wir können mit Paula Ausflüge machen, zum Beispiel ins Legoland nach Günzburg."
Paula als Ersatzmutter? Irgendwie gefällt Emma diese Vorstellung nicht. Schließlich ahnt sie, dass ihre Schwester mal für Rainer geschwärmt hat.

Es kommt noch ärger, als sie nach dem Abendessen das Urlaubsthema diskutieren.
Max kämpft augenscheinlich gegen die aufsteigenden Tränen, während Sophie ihnen freien Lauf lässt.
„Wir ... freuen uns schon so lange", äußert Max. „Wie stehe ich vor meinen Freunden da, die mich um den Camper beneiden?"
„Ich weiß", mischt sich Emma ein. „Deshalb hat Papa vorgeschlagen, mit euch allein zu fahren. Wäre das eine Option?"
Sophie wischt sich die Augen mit dem Handrücken trocken und schmiegt sich an Emma. „Aber wärst du dann nicht sehr traurig?"
„Klar, aber ich möchte ganz fit werden, sonst kann ich nie wieder mit euch Radtouren unternehmen oder mit euch um die Wette laufen."
Sophie scheint zu überlegen. Plötzlich wendet sie sich an Paula: „Magst du nicht mit uns kommen? Du hast doch Zeit."
Vor Schreck fällt Emma die Kinnlade herunter. Diese Möglichkeit mutet schlimmer an als die Ausflüge mit Paula, von denen Rainer gesprochen hat. Schließlich würden ihr Mann und ihre Schwester zwei Wochen auf engstem Raum miteinander verbringen. Ein unerträglicher Gedanke, bei dem sich Emma auf Helgoland sicher nicht erholen würde. Zu ihrem Entsetzen erhellt sich Paulas Miene.
„Die Idee klingt gut, Sophie. Ich war ewig nicht am Mittelmeer, und wir könnten uns endlich richtig gut kennenlernen. Was sagst du dazu, Rainer?"

Er wirft einen Seitenblick auf Emma, die wie versteinert wirkt. Immerhin bezieht er sie ein: „Hättest du etwas dagegen? Paulas Unterstützung wäre kein Fehler."
Emma ist einer Ohnmacht nahe. Wie soll sie bloß reagieren? Vor ihren Kindern als eifersüchtige Ehefrau und Mutter gelten, wenn sie sich dagegenstellt? Auf Helgoland ständig ihre Schwester mit Rainer vor Augen haben? Sie traut Paula nicht recht über den Weg. Aufgrund ihrer Trennung von Henry ist sie wahrscheinlich besonders empfänglich für einen starken, männlichen Arm und Trost. Rainer kennt sich als Psychologe außerdem bestens mit solchen Situationen aus. Bei seinen Patienten gilt er als sehr empathisch und einfühlsam.
Emma spürt alle Augenpaare erwartungsvoll auf sich gerichtet. Irgendetwas muss sie jetzt sagen und richtet das Wort direkt an Paula: „Wolltest du nicht unser Haus hüten und die Zeit für deine Neuorientierung nutzen?"
Zu Emmas Bestürzung wiegelt Paula ab. „Auf zwei Wochen kommt es nicht an. Wenn ich dazu beitragen kann, dass du wieder ganz gesund wirst, tue ich das gerne."
Das Elend schlägt Emma unter die Augen. Sie ringt sich ein Lächeln ab. „Das ist lieb von dir, Schwesterherz."
„Juchu", jubeln Max und Sophie gleichzeitig, als wäre es bereits beschlossene Sache.
„Das wird ein Spaß", meint Max.
Auch das noch. Emma ist in den Augen ihrer Kinder bereits ersetzt. Etwa bei Rainer ebenso? Sein Gesichtsausdruck drückt Zufriedenheit aus. Fieberhaft überlegt sie nach einer Möglichkeit, damit Paula nicht im Camper mitfährt. Wie kann sie das verhindern? Momentan fällt Emma nichts ein. Soll sie Klartext mit ihrem Mann reden? Würde er es umgekehrt tolerieren, wenn Emma mit einem anderen Mann und den Kindern in Urlaub fahren würde? Zum Beispiel mit Oliver, Rainers bestem Freund und Patenonkel von Max? Das kann sie sich kaum vorstellen. Trotzdem wäre eine diplomatische Lösung die geschicktere Variante, als Rainer ihre Bedenken mitzuteilen. Auf

der anderen Seite hätte Sophie auf der Reise mit Paula eine weibliche Bezugsperson.
Unter dem Vorwand, Kopfschmerzen zu haben, zieht sich Emma vorzeitig ins Schlafzimmer zurück, während sich der Rest der Familie mit dem Spielen von Mensch-ärgere-dich-nicht vergnügt.
Um sich abzureagieren, stellt sich Emma zunächst unter die Dusche, als könnte das Wasser ihre Probleme in den Gully spülen.
Das Bad ist mit Dampf nach einer halben Stunde schließlich so vernebelt, dass Emma endlich den Hahn abstellt und in ein Handtuch gewickelt das Fenster aufreißt. Zufällig schweift ihr Blick in den Garten. Was sie entdeckt, gefällt ihr ganz und gar nicht.
Rainer und Paula haben die Kinder offensichtlich ins Bett geschickt und haben es sich auf den Liegestühlen bei einem Glas Rotwein bequem gemacht. Die Feuerschale spendet eine romantische Atmosphäre. Schmieden die beiden etwa bereits Urlaubspläne? Oder tröstet Rainer seine Schwägerin über die Scheidung hinweg?
Emmas vorgetäuschte Kopfschmerzen verwandeln sich in echte. Hinsichtlich ihrer Befürchtungen hat sie wohl recht. Ihr Mann versteht sich prächtig mit Paula.
Leise schließt Emma das Fenster wieder. Die beiden sollen sich nicht beobachtet fühlen.
Im Bett findet Emma indes keine Ruhe. Es gilt abzuwägen, was wichtiger ist: wieder vollständig gesund zu werden, wobei sie Rainer und Paula vertrauen müsste, oder den beiden erst gar keine Gelegenheit für eine Annäherung zu geben und das Zimmer in Helgoland abzusagen.
Obwohl kühlere Nachtluft durchs gekippte Fenster strömt, tritt Emma der Schweiß aus allen Poren.
Wäre Paula bloß in Los Angeles geblieben.
Nach einer Weile hört Emma ihren Mann im Bad hantieren. Schnell löscht sie die Nachttischlampe, um sich schlafend zu stellen. Leichter gesagt, als getan, denn als Rainer unter die Decke krabbelt, haucht er ihr einen Kuss

auf die Wange.
„Schläfst du schon, Schatz?"
Sie reagiert nicht.
Zum Glück lässt er sie daraufhin in Ruhe.
Während von Rainer alsbald Schnarchgeräusche zu hören sind, grübelt Emma weiter. Der Wecker zeigt noch elf Stunden an, bis sie in Helgoland Bescheid geben muss. Die Zeit rinnt ihr davon.

♥♥♥

Irgendwann im Morgengrauen ist Emma doch eingeschlafen, denn als sie die Augen aufschlägt, ist das Bett neben ihr leer. Rainer hat Frühschicht und Emma wohl mit Rücksicht auf ihre Kopfschmerzen nicht geweckt.
Mit flauem Gefühl im Magen zieht sie sich an.
Den Tisch hat Rainer bereits für alle gedeckt. Dafür erntet er Pluspunkte von Emma. Sie schätzt es an ihm, dass er sich für Haushaltstätigkeiten nie zu schade ist.
„Morgen, Mama", grüßt Max, nachdem er seinen Schulrucksack in die Ecke geschleudert hat. „Geht's dir wieder gut?"
„Ja, alles okay. Wo bleibt Sophie?"
„Ach, die trödelt, wie immer."
„Und eure Tante?"
„Die pennt wohl noch."
Endlich taucht Sophie auf.
Max bekommt einen Lachanfall. „Wie schaust du denn aus? Jede Hexe wäre neidisch."
Emma dreht sich zu ihrer Tochter herum. Tatsächlich haben ihre Haare offensichtlich heute Morgen keine Behandlung erfahren.
Sophie verteidigt sich: „Die Bürste ist weg. Mit dem Kamm tut es am Kopf weh."
„Haha, blöde Ausrede. Es gibt nicht nur eine Bürste im Haus. Gib zu, dass du zu faul warst", neckt Max.

„Hört auf", befiehlt Emma. „Sophie, wir gehen kurz ins Gästeklo, wo eine Bürste liegt."

Emma übernimmt lieber selbst die Regie und befreit Sophies Locken vom Filz.

Am Tisch vermeidet sie bewusst das Thema Urlaub.

Paulas Abwesenheit erleichtert die Situation. „Was möchtet ihr heute Mittag essen?"

„Spaghetti mit Tomatensoße." Die Kinder sind sich einig.

„Okay, ausnahmsweise. Jetzt müsst ihr los." Emma drückt Max und Sophie die Brotboxen für die Pause in die Hand.

Jeden Tag die gleiche Routine. Eine Auszeit davon wäre wirklich verlockend. Emma seufzt. In knapp zwei Stunden erwartet Frau Bichler ihren Anruf.

Emma war noch nie an der Nordsee, hat aber immer davon geträumt. Klare Luft, lange und breite Strände, nicht zu heiß. Einige Freundinnen schwärmen von den Inseln und verbringen jedes Jahr ihren Urlaub dort. Emma könnte nach ihrem Aufenthalt endlich mitreden.

Ihr Hausarzt hätte ihr außerdem nicht so ins Gewissen geredet, wenn die Luftveränderung für ihre Lunge nicht wirklich dringend nötig wäre.

Als Emma sich gerade einen frischen Kaffee eingegossen hat, taucht Paula auf. „Morgen, Schwesterherz. Hast du ein Aspirin für mich? Ich habe gestern zu tief ins Rotweinglas geschaut."

Schweigend fischt Emma das Gewünschte aus dem Schrank.

Unaufgefordert reicht sie Paula ein Glas Leitungswasser dazu.

„Danke, das rettet mich."

Am liebsten würde Emma fragen, ob Paula und Rainer mit dem Wein auf ihre bevorstehende Reise angestoßen haben. Sie beißt sich jedoch auf die Lippen.

„Du bist so wortkarg. Hast du immer noch Kopfschmerzen?", erkundigt sich Paula.

Plötzlich bricht es Emma wie aus einem bisher schlummernden Vulkan aus. „Ja, allerdings. Ihr beide

bereitet mir Kopfschmerzen."
„Wer?" Paula steht offenbar auf dem Schlauch oder täuscht es vor.
„Na, wer wohl? Rainer und du. Im Camper liegt ihr eng nebeneinander. Wie hättest du das gefunden, wenn ich mit Henry unter einer Decke gelegen hätte, als du ihn noch geliebt hast? Wäre das für dich okay gewesen?" Emma redet sich in Rage. „Ich befreunde mich mit dem Gedanken jedenfalls nicht und werde auf Helgoland mein Zimmer gleich absagen."
Paula schaut überrascht aus. „Ich sehe Rainer als Familie, eher wie einen Bruder."
„Pah, das kannst du einem Gaul erzählen. Du warst mal verschossen in ihn. Glaubst du, ich hätte das nicht mitgekriegt?"
„Das ist ein gefühltes Jahrhundert her. Verliebt ist außerdem der falsche Ausdruck. Er hat mir gefallen, aber als dein Freund, nicht als Objekt meiner Begierde."
Emma zieht die Reißleine. „Trotzdem will ich nicht, dass du als Ersatz für mich mit meiner Familie im Camper mitfährst."
Jetzt ist die Wahrheit ausgesprochen. Sie erleichtert Emma. Nun hat sie den Schwarzen Peter ihrer Schwester untergeschoben.
„Okay, selbstverständlich trete ich sofort von meinem Angebot zurück. Ich dachte, dir einen Gefallen zu tun." Paula wirkt zerknirscht. Offenbar hat sie nicht mit der Lava gerechnet, die Emma über ihr Haupt ausschüttet. „Aber du klärst deine Familie bitte auf. Dabei helfe ich dir nicht. Im Übrigen scheinst du Rainer auch nicht über den Weg zu trauen, von mir ganz zu schweigen. Ich lege mich noch mal hin", verkündet Paula und verlässt die Küche, ohne gefrühstückt zu haben. Lediglich das Glas Wasser mit der aufgelösten Aspirintablette trinkt sie aus.
Wenn Emma angenommen hat, sich nun besser zu fühlen, täuscht sie sich. Ihr wird bewusst, die ganze Familie gegen sich aufzubringen. Da bleibt bloß die Flucht nach

Helgoland.
Fünf Minuten später hat Emma das Zimmer im Hotel Möwennest verbindlich gebucht.

KAPITEL 6

Nachdenklich tankt Paula auf dem Balkon ihres Zimmers frische Luft. Darf sie ihrer Schwester wegen ihres Ausbruchs wirklich böse sein? Versetzt sich Paula in Emmas Lage, bringt sie plötzlich Verständnis auf. Es war keine gute Idee, auf Sophies Vorschlag einzugehen. Auch wenn es von dem Mädchen nicht gewollt war, hat er Emma augenscheinlich sehr verletzt. Sie muss sich überflüssig gefühlt haben.
Im ersten Moment erschien es Paula reizvoll, die Kinder und ihren Schwager ans Mittelmeer zu begleiten. Wie sehr hat sie sich nach Urlaub in den vergangenen Jahren gesehnt. Für Henry und sie gab es keinen. Wie will Emma ihrer Familie erklären, warum Paula nicht mitkommt? Weil sie sich lieber um einen neuen Job und eine Wohnung kümmern möchte? Wirklich eine verzwickte Situation.
Dabei kommt Paula auf einmal ein ganz anderer Gedanke. Sie könnte Emma nach Helgoland begleiten und endlich herausfinden, warum sie sich als Schwestern so voneinander entfernt haben. Sicher liegt es an der Distanz zu Los Angeles und dem Umstand, dass sie sich viele Jahre aus den Augen verloren haben. Ihr beider Leben lief völlig konträr. Paula möchte wieder an die Zeit anknüpfen, als sie als Jugendliche ein Herz und eine Seele waren. Wäre das überhaupt möglich?
Dazu müsste Paula mit Emma eine Weile allein verbringen, frei vom Alltagszwang und dem Rest der Familie.
Sie holt ihren Laptop nach draußen. Mal sehen, ob es auf Helgoland eine Unterkunft für Paula gäbe.
Bestimmt hat Emma neben ihren Anwendungen genug

Zeit, um sich mit Paula zu treffen und mir ihr die Insel zu erkunden. Das schafft Vertrautheit.
Nach dem Hochfahren des Laptops gibt sie in die Suchfunktion Hotels auf Helgoland ein.
Schließlich landet Paula auf dem Portal *Travel & Date*. Das Hotel Möwennest von Emma wird als ausgebucht angezeigt, deshalb fahndet sie nach einer Unterkunft in der Nähe. Nichts Freies verfügbar. So ein Pech. Lediglich auf der benachbarten kleinen Insel, namens Düne, wäre im Bungalowdorf ein Häuschen frei. Macht es Sinn, sich dort einzuquartieren? Nach Helgoland gelangt man per Fähre, die ständig hin- und herpendelt.
Auf der anderen Seite würde Paula ihrer Schwester nicht ganz auf die Pelle rücken. Diese könnte in Ruhe ihr Programm mit den Anwendungen durchziehen, während Paula sich von ihrer Vergangenheit erholt und Zukunftspläne schmiedet. Ab und zu könnten sie zusammen etwas unternehmen. Je länger Paula darüber nachdenkt, desto mehr gefällt ihr die Vorstellung sogar besser als der Camperurlaub.
Natürlich wagt sie es nicht, gleich zu buchen. Dann würde sich Emma erneut bevormundet fühlen.
Deshalb begibt sich ins untere Stockwerk, um Emma zu fragen. Aus dem Keller hört Paula Geräusche, deshalb steigt sie ein weitere Etage hinab.
Gerade bestückt Emma die Waschmaschine.
Als Paula sie anspricht, dreht sich ihre Schwester blitzartig um.
„Mensch, warum schleichst du dich so an?"
„Entschuldige bitte. Es war nicht meine Absicht, dich zu erschrecken."
„Das Aspirin hat wohl schnell geholfen. Geht's dir wieder besser?", lenkt Emma versöhnlich ein.
„Ja, ich möchte etwas mit dir bereden. Hast du einen Moment Zeit?"
„Ja, jetzt schon. Magst du dabei frühstücken?"
„Gerne. Hast du das Zimmer inzwischen gebucht?"

Emma bestätigt es.
Während Paula ihren Kaffee trinkt und eine Käsesemmel verdrückt, schildert sie Emma ihren Plan.
An deren Gesichtsausdruck kann Paula nicht ablesen, was die Schwester davon hält. „Natürlich liegt die Entscheidung bei dir. Nach wie vor bin ich bereit, auf euer Haus aufzupassen, wenn sich dafür keine Alternative bietet."
Erwartungsvoll fixiert Paula den Blick auf Emma.
Endlich entspannt sich deren Miene. „Warum nicht? Fürs Gießen der Pflanzen frage ich unsere Nachbarin. Ich habe es umgekehrt bei ihr auch schon gemacht."
„Mega. Dann sind wir beide uns einig?"
„Ja, aber Rainer und die Kinder werden das nicht verstehen", äußert Emma ihre Bedenken.
Entgegen ihres ursprünglichen Willens bietet Paula an: „Ich nehme das auf meine Kappe und werde ihnen meinen Stimmungsumschwung erklären."
„Klingt das nicht seltsam, wenn du plötzlich lieber mit mir nach Helgoland fährst?"
„Mag sein, aber dann stehst du nicht als die Eifersüchtige da. Ich habe lange darüber nachgedacht, was du gesagt hast. Umgekehrt wäre ich auch nicht begeistert. Es tut mir leid."
„Danke, dass du mich verstehst. Ich freue mich, wenn du mitkommst. An den Wochenenden habe ich sicher Freizeit, und so allein wäre das wahrscheinlich nicht so prickelnd. Am besten buchst du den Bungalow gleich."
„Soll ich nicht erst die Reaktion von deiner Familie abwarten?", wendet Paula ein.
„Wozu? Sie wird dich ja nicht umstimmen können, oder?"
„Nein."
„Okay. Worauf wartest du noch?" Emma schenkt Paula endlich ein Lächeln.
„Eine Frage. Wie gelangen wir nach Helgoland? Per Auto, Zug oder Flugzeug?"
Emma rauft sich durch die Haare. „Keine Ahnung. Fliegen ist wahrscheinlich umständlich, und der Bahn traue ich

nicht bei all den Verspätungen und Streiks. Wir können den Kombi nehmen, am Hafen parken und mit dem Schiff nach Helgoland schippern. Beim Fahren wechseln wir uns ab.“
„Ja, aber die Tickets für das Boot sollten wir schleunigst kaufen“, schlägt Paula vor.
„Das erledige ich, wenn du deinen Bungalow gebucht hast.“
„Einverstanden.“
Paula räumt ihr Frühstücksgeschirr auf und hastet in ihr Zimmer. Mittlerweile ist sie froh über die Lösung, mit nach Helgoland zu kommen. Vielleicht findet sie auf diesem Weg endlich heraus, ob Emma weiß, was damals zwischen Paula und Rainer in jenem Sommer vorgefallen war. Womöglich ist das der Grund, warum Emma nicht will, dass Paula mit an die Adria fährt. Insgeheim hofft Paula indes, dass niemand ein Wort darüber verloren hat und ihr Schwager weiter schweigt. Es wäre in seinem und auch Paulas Interesse.
Nachdem sie sich den Bungalow erfolgreich hat reservieren lassen, beschäftigt sie sich mit ihrem Urlaubsort eine Weile. Bis zur großen Sturmflut in der Silvesternacht von 1720 bis 1721 war die Insel Düne mit der Hauptinsel Helgoland verbunden. Jetzt ist sie bloß per Boot erreichbar, und kurioserweise befindet sich der Flugplatz auf ihr. Besonders freut sich Paula auf die Kegelrobben und Seehunde, die man ganz aus der Nähe am Strand bewundern kann. Flora und Fauna sollen auf dieser Nebeninsel einzigartig sein. Es wird also viel zu entdecken geben.
Später erkundet sie gemeinsam mit Emma ihre Anreise auf dem PC im Arbeitszimmer. Sie entscheiden sich für Cuxhaven als Ausgangsort für das Schiff nach Helgoland. Die Überfahrt dauert ungefähr zwei Stunden, je nach Wetterlage.
Emma bucht die Tickets nebst Parkplatz für den Kombi.
„Geschafft. Ich wünsche uns eine ruhige See. Mir wird schnell übel“, gesteht Emma.

Paula lacht. „Das hat sich wohl nicht gebessert. Ich erinnere mich an eine harmlose Tretbootfahrt, bei der dir sogar schlecht wurde. Eventuell solltest du dir Reisetabletten besorgen."
„Die können auf keinen Fall schaden. Überhaupt bleibt nicht mehr viel Zeit, die Reise vorzubereiten. Für Max und Sophie muss ich die Koffer packen und vorher alles waschen. Rainer kennt sich nicht mit den Bedürfnissen der Kinder aus."
Paula schmunzelt in sich hinein. Sie ahnt, dass es Emma schwerfallen wird, sich von ihrem Nachwuchs zu trennen.
„Am meisten Sorge bereitet mir die Ernährung", fährt Emma prompt fort. „Rainer kocht garantiert nichts Gesundes, sondern geht mit den Kindern in eine Pizzeria oder in ein Fastfood-Restaurant."
„Ist das für zwei Wochen denn so schlimm? Zum Urlaub gehört dazu, dass man über die Stränge schlägt. Mal nicht an einem Salatblatt zu knabbern, schadet Max und Sophie wahrscheinlich nicht." Paula beißt sich auf die Lippen. Indirekt hat sie an Emmas Erziehung Kritik geübt. Das steht ihr nicht zu.
Glücklicherweise spart sich Emma einen Kommentar, wirft ihr jedoch einen entsprechenden Blick zu.
Schnell lenkt Paula ab: „Willst du am Diätprogramm von deinem Hotel teilnehmen?"
„Auf jeden Fall. Das bietet sich an. Mit einigen Kilos weniger auf den Hüften heimzukehren, wäre genial." Emma schaltet ihren PC aus. „Hast du inzwischen mit Mama telefoniert?"
„Ja, heute in der Früh ganz kurz. Es war gut, dass Papa sie vorab über meine Scheidung informiert hatte. Offenbar nimmt sie es gelassener als vermutet. Auch sie drängt mich zu einem baldigen Besuch auf Gomera."
„Verständlich. Sie haben dich lange nicht gesehen."
„Ich habe genauso Sehnsucht nach unseren Eltern", räumt Paula ein. „Je nachdem, wie schnell ich einen Job finde, fliege ich nach Helgoland zu ihnen."

Anschließend hilft Paula ihrer Schwester in der Küche, die für das Mittagessen eine Tortilla plant. Dafür kochen zunächst die Kartoffeln auf dem Herd.
Gleichzeitig schneidet Paula Zwiebeln, was nicht ohne Folgen bleibt. Ihre Augen tränen.
Emma scheint es zu bemerken. „Weinst du aus Kummer um Henry oder wegen der Zwiebeln?"
„Eher Letzteres. Henry hat meine Tränen nicht verdient."
„Hast du überhaupt noch Kontakt zu ihm?", hakt Emma nach.
„Das lässt sich nicht ganz vermeiden. Ab und zu hat er eine Frage, die meinen Aufgabenbereich in der Firma betrifft. Ich bin nicht so gemein, ihm eine Antwort zu verweigern. Trotzdem hoffe ich, dass das bald aufhört, sonst kann ich nicht endgültig loslassen."
„Das stelle ich mir ohnehin schwierig vor. Immerhin hast du einige Jahre mit Henry zusammengelebt."
Paula wagt einen Vorstoß: „Gab es bei dir und Rainer nie eine Ehekrise? Oder hast du nicht mal mit dem Gedanken gespielt, dich von ihm zu trennen?"
„Wie kommst du darauf? Wir haben zwei Kinder gemeinsam. Selbst wenn es Differenzen gibt, reiße ich mich ihnen zuliebe zusammen. Ihnen die Familie zu nehmen, käme mir nicht in den Sinn, es sei denn, Rainer betrügt mich oder lügt mich ständig an. Das würde ich nicht aushalten. Vertrauen untereinander setze ich über alles. Wenn das einmal missbraucht wird, ist es schwer, es wieder herzustellen."
Paula hat auf einmal ein mulmiges Gefühl. Hätte sie Emma damals über Rainer aufklären sollen? Wäre es als Schwester nicht sogar ihre Pflicht gewesen? Wenn sie jetzt damit herausrücken würde, könnte sie eine Lawine lostreten. Das hätte für sie alle Konsequenzen. Es ist längst zu spät dafür. Reden ist Silber, Schweigen ist Gold. Paulas Mund bleibt versiegelt.
Nachdem Emma die Kartoffeln gepellt hat, schickt sie Paula in den Garten, um im Kräuterbeet Petersilie

abzuschneiden.
Gerne übernimmt sie die Aufgabe. Die Luft in der Küche wurde durch ihr Gespräch allmählich zu heiß.
Paula benötigt ihre Energie für später, wenn sie Rainer und den Kindern ihre Entscheidung mitteilt, nicht im Camper mit ans Mittelmeer zu fahren. Ob sie sehr enttäuscht sein werden?

♥

KAPITEL 7

Es herrscht Hektik im Haus.
Rainer hat den Camper abgeholt, um gleich nach Schulschluss mit Max, Sophie und Oliver in Richtung Adria zu starten. Nach der ersten Enttäuschung der Kinder, dass Paula nicht mitfährt, wandelte sich das Blatt plötzlich.
Der Patenonkel von Max bekam Wind von der Situation und bot sich gleich als Begleitung an. Sein Vorschlag löste Begeisterung aus. Oliver ist chronischer Single und für jedes Abenteuer bereit. Mit ihm werden sie auf jeden Fall eine Menge Spaß haben.
Sogleich steuert Oliver sein Surfbrett bei, das er mithilfe von Paula auf dem Dach des Campers befestigt. Sie kennen sich hauptsächlich von Sophies Taufe, hatten aber gleich wieder einen Draht zueinander, als Oliver neulich abends zum Grillen eingeladen war, um mit Rainer die Reise zu besprechen.
„Du hast lange in Kalifornien gelebt. Bist du auch gesurft? Wenn ja, wo?“, richtet Oliver das Wort an Paula.
„Leider habe ich viel gearbeitet. Wenn ich mir mal eine Auszeit gegönnt habe, bin ich nach Malibu gefahren oder zum Santa Monica Beach. Bestimmt sind dir diese Surfparadiese ein Begriff.“
„Und ob. Ich träume davon, einmal dort auf den Wellen zu reiten.“
„Wenn ich noch in Los Angeles wohnen würde, wärst du jetzt eingeladen.“ Paula staunt über sich selbst. Flirtet sie mit Oliver? Nichts liegt ihr ferner als das, obwohl Max‘ Patenonkel ein Hingucker ist mit seiner athletischen Figur, seinen blonden Wuschelhaaren und seinen saphirblauen

Augen. Auch wie er mit Max und Sophie umgeht, gefällt Paula. Es scheint nichts aufgesetzt oder künstlich an ihm zu sein. „Wo hast du das Surfen denn erlernt?“, fragt sie ihn. „In Regensburg und Umgebung wohl kaum.“
Oliver lacht gewinnend, wobei seine Grübchen am Mundwinkel zutage treten. „Meine Eltern besaßen einige Jahre eine Ferienwohnung am nördlichen Gardasee. Dort pfeift der Wind perfekt für Surfer. Ich habe als Achtjähriger einen Kurs gemacht und bin seitdem süchtig, Wind und Wellen ein Schnippchen zu schlagen. Nun habe ich Max versprochen, ihm das Surfen beizubringen. Ich freue mich richtig darauf. Wie du weißt, habe ich keine eigenen Kinder, denen ich meine Leidenschaft weitergeben könnte.“
Die Art und Weise wie Oliver das sagt, scheint sein Bedauern darüber auszudrücken. Wie anders er tickt als Henry.
Schmerzlich wird Paula bewusst, dass sie ihre Zeit mit ihrem Ex verplempert hat. Mit einem Mann wie Oliver hätte sie vielleicht längst eine Familie gegründet. Warum es bei ihm wohl bisher nicht geklappt hat? Bei Gelegenheit wird Paula ihre Schwester mal dazu aushorchen. Zu Paulas Überraschung meint Oliver unerwartet: „Wenn wir unsere Nummern austauschen, schicke ich dir Fotos von Max‘ Surffortschritten.“
Etwas perplex willigt Paula ein und reicht ihm ihr Handy, das sich zufällig in ihrer Hosentasche befindet.
Er tippt die Zahlen ein, gibt ihr das Handy zurück und zwinkert ihr mit einem Auge zu. „Übrigens würde ich mich umgekehrt über Fotos von Helgoland freuen. Dort war ich noch nie.“
Paula schenkt Oliver ein Lächeln. „Mal sehen, ob sich die Motive zum Versenden lohnen.“
„Wenn du darauf bist, sowieso“, klingt seine Reaktion kokett.
Gegen ihren Willen errötet Paula wie eine Pubertierende. Lieber flüchtet sie ins Haus, damit die peinliche Situation keine weiteren Ausmaße annimmt.

In diesem Moment taucht ohnehin Rainer mit zwei Koffern auf, die Oliver im Camper verstaut.
„Emma sucht dich, Paula. Ich glaube, sie braucht deine Hilfe“, ruft Rainer ihr zu.
„Kein Problem. Bin schon auf dem Weg.“ Sie entdeckt ihre Schwester in der Küche. Sogleich merkt Paula ihr eine gewisse Nervosität beim Beschmieren der Brote an. Um ihren Zeigefinder klebt ein Pflaster.
„Hast du dich geschnitten?“, erkundigt sich Paula.
„Ja, ich bin ein wenig durch den Wind.“
„Komm, ich mache mit den Broten weiter“, bietet Paula an.
„Danke. Das ist lieb von dir.“
„Kein Ding. Sag, was mit dir los ist? Ich merke dir an, dass dich etwas bedrückt.“
„Ach, ich habe mal wieder die Rotorblätter meines Helikopters angeworfen.“ Im Flüsterton erzählt Emma, was in ihrem Kopf herumschwirrt. Wegen Sophie macht sie sich Sorgen. Ihre zarte Tochter ist schnell überfordert. Werden die Männer Rücksicht auf sie nehmen? Zwar hat Emma diesbezüglich ihrem Mann bereits ins Gewissen geredet, aber trotzdem bleibt ein Rest Skepsis. Innerlich loszulassen, ist gar nicht so leicht. Sie muss es jedoch schaffen, damit sie sich auf Helgoland wirklich erholt.
„Sobald wir unterwegs sind, wird es dir besser gehen“, täuscht Paula Zuversicht vor. Sie weiß genau, dass Emma wahrscheinlich nicht ihren Familienschalter abdreht.
Weil Rainer die Adria bis zum Abend erreichen will und deswegen auf das Mittagessen verzichtet, stellt Emma mithilfe von Paula ein großes Lunchpaket für alle zusammen.
Der Moment des Abschiednehmens ist schließlich gekommen.
Ganz ohne Tränen geht er nicht vonstatten.
Vor allem Sophie klammert sich an Emma. „Mama, kann ich nicht mit dir und Paula nach Helgoland kommen?“
„Aber du freust dich doch auf das Mittelmeer. Es ist viel

wärmer dort. In der Nordsee kann man oft nicht schwimmen, und der ständige Wind pfeift einem um die Ohren“, redet Emma auf ihre Tochter ein, wobei ihr fast das Herz zu zerbrechen scheint.
Paula ahnt, dass Emma am liebsten nachgeben und Sophie mitnehmen würde.
Schließlich rettet Oliver die Situation. „Hey, Sophie. Du kannst uns nicht im Stich lassen. Denk an die Spaghetti und die Eisbecher, die auf dem Programm stehen. Magst du lieber Fischsemmeln essen?“
Sophie verzieht das Gesicht. „Igitt. Ich komme mit euch.“
Emma wirft Oliver einen dankbaren Blick zu, auch wenn sie wahrscheinlich mit seinen kulinarischen Versprechungen nicht einverstanden ist. Es wird sicher für sie mühsam werden, die Kinder nach dem Urlaub wieder von gesundem Essen zu überzeugen.
Endlich sitzen alle im Camper.
Emma und Paula winken ihnen hinterher. Intuitiv hakt sich Paula bei ihrer Schwester unter und meint: „Sie werden einen tollen Urlaub haben, glaub mir. Wir beide sollten nun auch packen.“
„Okay, gehen wir es an. Später kommt die Nachbarin vorbei, damit ich ihr das Gießen erkläre.“

Sie kehren ins Haus zurück.
Da Emmas Augenmerk auf den Sachen ihrer Kinder lag, hat sie an ihr Gepäck bisher keinen Gedanken verschwendet. Im Gegensatz zu einem Aufenthalt im Süden, benötigt sie auch warme, wetterfeste Kleidung. Glücklicherweise ist das Gewicht des Gepäcks im Auto nicht limitiert wie im Flugzeug.
Dennoch achtet Emma darauf, alles im Koffer zu verstauen.
Lose Dinge wären bei der Überfahrt auf dem Schiff unpraktisch.
Zunächst räumt Emma alles auf, was Rainer und die Kinder haben herumliegen lassen. Schließlich soll die

Nachbarin keinen Grund haben, über sie als Hausfrau zu lästern. Danach widmet sie sich ihrem Kleiderschrank. Neben zwei Sommerkleidern wandert auch ein Cocktailkleid in den Koffer. Wer weiß, vielleicht hat sie mit Paula Gelegenheit zum Tanzen. Ansonsten favorisiert Emma bequeme Sachen, wie Hosen, Pullis und T-Shirts. Badeanzug und –mantel dürfen ebenso wenig fehlen wie ein großes Handtuch für die Sauna. Akribisch geht Emma ihre Liste durch, die sie mittlerweile für den Urlaub erstellt hat. Das macht sie immer so, auch für ihre Familie. Sogar Rainer schätzt ihre Gründlichkeit.
Soll sie etwas zu lesen mitnehmen? Ihr Blick fällt auf den Nachttisch, auf dem ein angefangener Liebesroman liegt. Zumindest ihn steckt sie in ihre große Reisehandtasche.
Fast gleichzeitig treffen Emma und Paula in der Küche ein.
„Fertig gepackt?", fragt Paula.
„Ja, bis auf den Kulturbeutel, den ich erst morgen nach dem Zähneputzen in den Koffer stopfe."
„Ich habe meine Koffer umgeschichtet und die beiden, die ich nicht auf Helgoland brauche, zurück unters Bett geschoben. Ist das okay?"
„Klar. Dort stören sie niemanden. Hoffentlich ist es vom Parkplatz in Cuxhaven bis zum Anleger nicht so weit zum Schleppen."
„Womöglich gibt es einen Gepäckdienst", vermutet Paula.
„Mal sehen. Auf den Rollen lässt sich mein Koffer ganz gut schieben."
Paula gönnt sich ein Glas Sprudelwasser. „Ein bisschen aufgeregt bin ich schon, was uns erwartet. Vielleicht ist die Idee nicht so gut, auf der Nachbarinsel zu wohnen. Dort bin ich ziemlich abseits vom Geschehen."
„Auf der anderen Seite bekommst du nichts von dem Tagestourismus mit. Der soll schrecklich sein. Tagtäglich karren Boote Gäste an, die maximal vier Stunden auf Helgoland bleiben, um hauptsächlich zollfrei einzukaufen. Wie die Hornissen sollen sie über die Insel herfallen. Also

sei froh, dass du auf der Düne deine Ruhe hast. Am besten besuche ich dich an den Wochenenden. Wie du mir auf der Homepage gezeigt hast, verfügt dein Bungalow über ein Doppelbett."

„Vielleicht bin ich aber umgekehrt froh, mich ab und zu in der Zivilisation aufzuhalten. Die Düne ist mehr etwas für Familien und Naturliebhaber. Ich kriege sicher einen Einsamkeitskoller."

„Wir werden sehen. Blöd nur, dass du nicht bei mir im Hotel übernachten kannst und abends immer zurück musst."

„Hoffentlich fährt das letzte Boot zur Nebeninsel nicht so früh", wendet Paula ein.

„Gut, dass die Saison begonnen hat. Dadurch setzen sie die Fähren bestimmt öfter ein."

Es klingelt.

„Das ist meine Nachbarin. Ich drehe gleich mit ihr eine Runde durch den Garten. Bis später." Emma öffnet Frau Kock die Tür und begrüßt sie freundlich. „Danke, dass Sie sich um unsere Pflanzen kümmern. Am besten machen wir eine Besichtigung."

„Ja, gerne."

Emma zeigt Frau Kock die Blumen, die bei Trockenheit besonders empfindlich reagieren und öfter nach Wasser verlangen.

„Wie sieht es im Haus aus? Wie häufig soll ich die Zimmerpflanzen gießen?"

„Einmal in der Woche reicht aus." Emma führt Frau Kock durchs Wohnzimmer.

Von Paula ist keine Spur. Offenbar ist sie in ihr Zimmer geflüchtet.

„Ich stelle alle Töpfe aus dem Haus zusammen in den Wintergarten. Das erleichtert Ihnen die Arbeit."

Nach einer halben Stunde weiß Frau Kock über alles Bescheid und verschwindet mit dem Zweitschlüssel und der jeweiligen Handynummer von Emma und Rainer für den Notfall, nicht ohne einen schönen Urlaub zu

wünschen.
Den Abend verbringen Emma und Paula bei einem Glas Wein mit dem Warten auf ein Zeichen von Rainer, der sich sofort nach der Ankunft melden soll.
„Sie müssten längst angekommen sein“, jammert Emma. „Warum ruft er nicht an?“
„Beruhige dich. Du kennst die Brenner-Autobahn. Ein Stau nach dem anderen ist vorprogrammiert. Noch dazu haben heute die Pfingstferien in Bayern begonnen. Alles drängt in den Süden. Vielleicht sind sie auf eine Nebenstrecke ausgewichen oder suchen sich gerade einen Platz zum Übernachten.“
„Max könnte wenigstens einen Zwischenbericht schreiben. Er weiß, wie schnell ich mir Sorgen mache.“
„Slow down, Schwesterherz. Ich schlage vor, wir rufen unsere Eltern an und verabschieden uns.“
„Meinetwegen.“ Emma verspürt wenig Lust dazu, aber tatsächlich schadet eine kurze Zerstreuung nicht.
Paula nimmt bereits ihr Handy zur Hand. „Ich schalte die Freisprechanlage ein.“ Keine zehn Sekunden später trötet sie in den Apparat: „Hallo, Paps. Wie geht's euch?“
„Gut, obwohl es heute aus allen Kübeln schüttet, was sehr selten ist. Die Natur kann es gebrauchen. Seid ihr beiden startklar? Ist Rainer mit den Kindern bereits losgefahren?“
Paula erteilt ihm Auskunft.
„Ihr hättet alle nach Gomera fliegen sollen“, mischt sich plötzlich ihre Mutter ins Gespräch. „Was wollt ihr am Mittelmeer und an der Nordsee?“
Paula verdreht in Richtung Emma die Augen, wahrscheinlich als Zeichen, dass sie dieser Einwand nervt.
Daraufhin greift Emma ein. „Wir holen das nach, womöglich in den Sommerferien, vorausgesetzt, ihr findet ein Haus zum Mieten für uns.“
„Ich suche direkt eins aus“, verspricht die Oma von Max und Sophie.
Emma beißt sich auf die Lippen. Hätte sie bloß die Klappe gehalten. Eilig spricht sie ins Handy: „Bitte warte damit.

Rainer weiß noch nichts von meiner Idee."
Plötzlich rauscht es im Hörer. Die Leitung scheint abgebrochen zu sein.
„Mein Akku ist leer", verkündet Paula.
„Zum Glück. Ich mag es nicht, wenn Mama eine Idee sofort für ausgemacht hält."
„Willst du nicht mit deinem Handy nochmals bei den Eltern anrufen?", fragt Paula.
„Nein. Ich schicke ihnen eine Nachricht per WhatsApp, dass wir uns morgen aus Helgoland melden. Eine erneute Diskussion mit unserer Mutter erspare ich mir für heute."
Gesagt, getan. Kaum hat Emma ihre Zeilen abgeschickt, klingelt ihr Handy. „Oh, das ist Rainer. Endlich." Emma läuft in die Küche. Sie möchte nicht von Paula belauscht zu werden. „Hey, wo steckt ihr? Seid ihr wie geplant in Cavallino angekommen?"
„Nein. Wir hatten Stau. Die Kinder maulten, sodass wir kurz vor Verona einen Campingplatz angesteuert haben. Morgen fahren wir in aller Ruhe weiter. Jetzt gönnen wir uns erst einmal eine Pizza im Restaurant auf dem Gelände."
„Kann ich mit Sophie reden?", bittet Emma, die von ihrem Nesthäkchen selbst hören möchte, ob es ihm gut geht.
„Die Kinder sind bereits mit Oliver vorausgelaufen. Sophie ist wohlauf, mach dir keine Gedanken." Offenbar ahnt Rainer, wie es in Emmas Mutterherz aussieht. „Max und Sophie haben auf der Fahrt kein einziges Mal gestritten. Oliver ist ein Meister der Ablenkung. Wenn ich am Steuer saß, hat er Spielchen mit ihnen veranstaltet. Autokennzeichen den Städten oder Landkreisen zuordnen zum Beispiel. Ich wollte mit ihm gar nicht das Steuer überlassen."
Emma lacht. „Ich mag auch immer lieber fahren, als die Kinder im Wagen zu beschäftigen."
„Ich muss los. Bestimmt warten sie auf mich. Ich melde mich morgen von Cavallino. Euch eine gute Reise nach

Helgoland."
„Danke, grüß Oliver und die Kinder von mir."
„Und du Paula. Viel Spaß euch beiden."
Ehe Emma noch etwas fragen kann, hat Rainer aufgelegt. Anschließend erstattet Emma ihrer Schwester Bericht.
„Alles im grünen Bereich. Sie übernachten bei Verona."
„Siehst du. Umsonst aufgeregt. Jetzt sollten wir eine Mütze Schlaf nehmen. Um 5 Uhr läutet der Wecker."
„Daran darf ich nicht denken." Emma hasst es, früh aufzustehen. Leider bleibt ihr das im Alltag nicht erspart.
Sie wünschen einander eine gute Nacht.
Als Emma im Bett liegt, fühlt sie sich wie abgeschnitten von ihrer Familie. Nie zuvor war sie komplett von ihr getrennt. Rainer hat ab und zu einen Lehrgang in einer anderen Stadt und wohnt dann im Hotel. Auch die Kinder schlafen manchmal bei Freunden, aber noch nie waren alle gleichzeitig von ihr entfernt. Sie vermisst Max und Sophie jetzt schon schmerzlich. Ihre Abwesenheit kann Paula nicht ersetzen. Trotzdem ist Emma erleichtert, dass sie die lange Distanz nach Cuxhaven nicht allein mit dem Auto bewältigen muss. Soweit sie sich erinnert, ist Paula eine sichere Fahrerin.
Bevor Emma den Wecker stellt, wünscht sie Max und Sophie über WhatsApp eine gute Nacht.
Postwendend erhält sie eine Antwort von ihrem Sohn:

Wir essen Pizza und trinken Cola. Hier ist es total cool. Obwohl es bereits spät ist, toben viele Kinder herum. Nur Sophie fallen bald die Augen zu. Na, ja, sie ist eben noch klein.
Hab dich lieb, Mama.
Bussi von Max

Fast kommen Emma die Tränen vor Rührung. Offenbar hat Max sie nicht vergessen. Von Sophie erwartet sie keine Reaktion. Erfreulicherweise benutzt ihre Tochter das Handy eher selten und betrachtet es hauptsächlich als Notfallinstrument.

Um einer Anfrage ihrer Eltern vorzubeugen, teilt Emma ihnen mit, dass Rainer und die Kinder gut angekommen sind. Dass sie in Verona weilen und nicht in Cavallino, verschweigt sie. Womöglich würde ihre Mutter sonst Max morgen mit WhatsApp-Nachrichten zutexten.
Normalerweise schaltet Emma ihr Handy nachts aus. Dieses Mal wagt sie es nicht, sondern möchte für ihre Kinder erreichbar bleiben.
Nachdem sie den Wecker gestellt hat, löscht sie das Licht. Zweifel beschäftigen Emma, ob der getrennte Urlaub von ihrer Familie wirklich Sinn macht. Schafft sie es, den Helikopter für zwei Wochen am Boden zu lassen und sich ganz auf sich zu konzentrieren? Ihre angeschlagene Lunge macht es erforderlich. Schließlich möchte Emma wieder die Mama sein, die mit ihren Kindern um die Wette läuft, ohne nach wenigen Metern nach Luft zu japsen.
Wie viele Stunden Emma tatsächlich geschlafen hat, weiß sie nicht, als es um 5 Uhr heißt aufzustehen. Das Abenteuer auf Helgoland wartet.

KAPITEL 8

Zunächst verläuft die Autofahrt in den Norden einigermaßen problemlos, sieht man von der Rushhour am frühen Morgen ab. Emma hat zuerst das Steuer übernommen, worum Paula ihre Schwester gebeten hat.
Da sie den Kombi nicht kennt, möchte Paula als Beifahrerin ein Gefühl für den Wagen bekommen.
Emma ist zum Glück einverstanden, obwohl ihre Augenlider offenbar Streichhölzer benötigen. Ständig gähnt sie trotz drei Tassen Kaffees, die sie vor dem Start getrunken hat.
Bei Paula handelt es sich eher um einen Morgenmenschen. Wenn sie einmal in der Vergangenheit aufgestanden war, ging sie den Tag mit vollem Elan an. Tatsächlich machte sie ihre Arbeit in der Firma zusammen mit ihrem Ex-Mann gerne. Seit der Trennung haben sich Paulas Angewohnheiten merklich geändert. Manchmal weiß sie nicht, wofür sie aufstehen soll. Ohne konkrete Aufgabe erscheint ihr das Dasein sinnlos.
Emma dagegen lebt für ihre Kinder und Rainer. Wahrscheinlich stellt sich für ihre Schwester nie die Frage, wofür sie morgens ihr Bett verlässt.
Emma reißt Paula aus ihren auf Wanderschaft gegangenen Überlegungen: „Wenn du Hunger oder Durst hast, bedien dich einfach. An die Kühltasche hinter meinem Sitz müsstest du problemlos herankommen."
„Wollen wir nicht lieber eine Brotzeitpause einlegen, wenn wir Fahrerwechsel machen?", schlägt Paula vor.
„Meinetwegen. Bist du denn bereit?"
„Ja, die nächste Raststätte darfst du anpeilen."
„Gerne. Ich muss ohnehin den Kaffee wegbringen. Wie du

weißt, verfüge ich über eine schwache Blase."
Paula lacht. „Oh, ja, du hast unsere Eltern regelmäßig damit genervt. Kaum waren wir von zuhause losgefahren, wolltest du aufs Klo."
Emma stimmt in Paulas Heiterkeit ein. „Etwas gebessert habe ich mich inzwischen. Zum Glück haben Sophie und Max diese Marotte von mir nicht geerbt. Dafür wollen sie ständig unterwegs etwas essen und sauen das Auto ein."
Diese Art von Problemen ist Paula fremd.
Plötzlich brummt ihr Handy in der Tasche zu ihren Füßen. Ihre Neugier ist zu groß, um es zu ignorieren.
Zu ihrer Überraschung leuchtet auf dem Display Olivers Name auf:

Hallo, ihr beiden Globetrotterinnen,
Rainer hat mich gebeten, euch unsere Ankunft in Cavallino mitzuteilen. Er erledigt gerade die Formalitäten auf dem Campingplatz und meldet sich später bei Emma. Max und Sophie können es kaum erwarten, ins Meer zu springen. Das werden wir wohl gleich tun.
Ich hoffe, ihr kommt gut voran.
Bis bald,
Oliver

Ein Lächeln huscht über Paulas Gesicht. Ist es ein besonderes Zeichen, dass er sie benachrichtigt und nicht Emma?
„Wer hat dir geschrieben?", verlangt Emma zu erfahren. „Unsere Mutter?"
„Nein." Paula liest ihr den Wortlaut vor.
„Wieso wendet sich Oliver an dich? Seit wann kennt er deine Handynummer?" Emmas Frage klingt skeptisch.
„Wir haben sie gestern ausgetauscht. Ist das ein Problem für dich?"
Emma wiegelt ab: „Natürlich nicht. Du kannst deine Nummer geben, wem du willst."
Paula hält die Gelegenheit für günstig, nähere Einzelheiten über Oliver zu erfahren. „Wir sind beide die Paten deiner

Kinder. Das verbindet. Wieso hat Oliver überhaupt so spontan Zeit, sie und Rainer in den Urlaub zu begleiten? Hat er keine Festanstellung?"
„Oliver ist von seiner letzten Firma freigestellt. Er fängt in einigen Wochen in einem anderen Architekturbüro an."
„Hat er etwas ausgefressen? Das hört sich ungewöhnlich an", setzt Paula ihr Verhör fort.
„Hm ... er hat sich in eine Kollegin verguckt, auf die sein Chef ebenfalls ein Auge geworfen hat. Dabei ist der Typ verheiratet. Offenbar wollte die Tussi ihren Job nicht riskieren und hat sich für ein Verhältnis mit ihrem Chef entschieden. Oliver konnte das nicht mit ansehen und zog die Konsequenzen. Er kündigte. Wenigstens stellte ihn der Chef mit sofortiger Wirkung frei, zahlt ihm aber das Gehalt bis zum Beginn des neuen Jobs weiter. Oliver betrachtet es als Schweigegeld. Er tut mir echt leid. Mit Frauen hat er kein Glück. Dabei ist er so kinderlieb und hätte immer gerne eine Familie gegründet."
„Ja, er geht wirklich mit Max und Sophie total nett um."
„Gefällt dir Oliver?", fragt Emma unerwartet.
„Hm ... ich kenne ihn kaum." Paula bleibt auf der Hut. Sie lässt ihre Schwester nicht gerne in die Karten schauen. Würde sie eine gewisse Zuneigung zu Oliver zugeben, hätte sie keine Ruhe mehr vor Emma. Bestimmt würde sie Verkupplungspläne schmieden, aber Paula hat keine Ambitionen, sich Hals über Kopf ins nächste Unglück zu stürzen. Henry ist noch nicht verarbeitet.
Glücklicherweise taucht in diesem Moment das Schild für die nächste Raststätte auf.
„Na, endlich. Meine Blase platzt fast", gibt Emma zu.
Anschließend sucht sie einen Platz direkt vor der Toilettenanlage der Tankstelle. Vergeblich.
„Halt an und steig aus", schlägt Paula vor. „Ich parke den Kombi woanders und komme hierher. Ich muss nämlich auch mal."
„Du bist meine Rettung, Schwesterherz." Emma stoppt, und Paula setzt sich ans Steuer.

Da es sich bei dem Kombi um ein älteres Modell handelt, verfügt er über einen Zündschlüssel. Paula hat keine Mühe, etwas weiter entfernt eine Lücke zu finden. Bevor sie ebenfalls zur Toilette aufbricht, antwortet sie Oliver kurz:

Danke für deine Nachricht. Wir sind gut im Zeitplan und melden uns später aus Cuxhaven.
Liebe Grüße an alle,
Paula

Aus einem unerklärlichen Grund freut sich Paula über den Austausch ihrer Nummern. Auf diese Weise fühlt sie sich Oliver nahe, warum auch immer.
Als Paula den Wagen gerade abgeschlossen hat, vernimmt sie ein lautes Tatütata. Ein Unfall auf der Autobahn? Kein Rettungsfahrzeug zu sehen.
Dafür quietschen Reifen vor der Tankstelle. Ein Aufgebot an Polizeifahrzeugen und Einsatzkräften ergießen sich in Windeseile rund um das Gebäude und riegeln alles ab. Niemand kommt raus. Niemand kommt rein.
Paula erblasst. Was ist mit Emma? Ist sie etwa in Gefahr? Wurde die Tankstelle überfallen? Wie in Trance eilt sie bis zur Absperrung. Inzwischen haben sich bereits viele Schaulustige eingefunden, die mühsam von den Sicherheitsbeamten auf Abstand gehalten werden.
Trotzdem gelingt es Paula, sich vorzudrängen. Sie zupft einem Polizisten am Ärmel, der das nicht lustig findet und sie anherrscht: „Weichen Sie sofort zurück."
„Nein, nicht eher, bis Sie mir sagen, was hier los ist. Meine Schwester ist auf der Toilette. Ich will zu ihr."
Offenbar hat der Typ Mitleid mit Paula, die auf ihn sehr aufgeregt wirken muss. „Sie können leider nicht zu Ihrer Schwester. Das Gebäude wird nach einem Straftäter durchsucht, der in der Nähe aus einer Haftanstalt geflohen ist. Mit großer Wahrscheinlichkeit hält er sich hier auf dem Gelände auf."

Diese Aussage flößt Paula erst recht Panik ein. „Ein Mörder?“, fragt sie angstvoll.
„Nein, bitte beruhigen Sie sich. Wir tun alles, um niemanden zu gefährden.“
Paula fackelt nicht länger, sondern schreibt Emma über WhatsApp.

Wo steckst du? Bist du noch auf der Toilette? Draußen ist ein riesiges Polizeiaufgebot. Es wird ein ausgebrochener Häftling gesucht. Geht es dir gut?

Paula erhält keine Antwort. Sie schlägt sich an die Stirn, denn Emma hat ihre Handtasche mit dem Handy gar nicht mit auf die Toilette genommen. Die Ärmste weiß womöglich gar nicht, was Sache ist. So ein Mist. Erst jetzt wird Paula bewusst, was eine längere Verzögerung bedeutet. Sie werden womöglich die Fähre nach Helgoland verpassen. Erneut wendet sie sich dem Polizisten zu, der von weiteren Passanten belagert wird. Zufällig fragt einer genau das, was Paula auf der Zunge brennt.
„Wie lange dauert der Einsatz? Sie können uns doch nicht einfach ewig hier festhalten.“
„Das kann ich Ihnen nicht sagen. Meine Kollegen durchsuchen das Gebäude und vernehmen alle, die sich in ihm befinden.“
„Das können Sie nicht machen“, schimpft eine Frau. „Mein Mann ist da drinnen. Er wollte uns bloß was zu trinken besorgen. Wir müssen in zwei Stunden pünktlich auf der Hochzeit unserer Tochter sein.“
„Gute Frau. Sicherheit geht vor. Wir tun alles, damit Sie bald weiterfahren können.“
Da Emma nicht weiß, wo der Kombi geparkt ist, bleibt Paula zum Ausharren vor der Absperrung verdammt.
Ob der Ausgebrochene eine Waffe besitzt und womöglich die Insassen der Tankstelle als Geiseln nimmt, um sich die Flucht zu verschaffen?
Paula kämpft gegen aufsteigende Übelkeit an. Nicht

auszudenken, wenn auch Emma unter ihnen wäre.
Mitten in ihre Gedanken tönt ein Megafon:

„Wir bitten um Ihre Aufmerksamkeit. Hat jemand einen Anhalter im Auto oder Lkw mitgenommen, der hier an der Raststätte ausgestiegen ist oder sich noch in Ihrer Nähe aufhält? Falls ja, wenden Sie sich bitte umgehend an einen unserer Einsatzkräfte. Wir benötigen Ihre Hilfe. Der Mann, den wir suchen, ist etwa 185 cm groß und zweiundvierzig Jahre alt. Er hat dunkle Haare, trägt einen Bart und ist wahrscheinlich mit Sachen bekleidet, die ihm nicht richtig passen. Sollten Sie eine Person, auf die die Beschreibung zutrifft, gesehen haben, melden Sie das bitte auch. Jeder Hinweis kann zur Festnahme führen. Nehmen Sie niemanden in Ihrem Fahrzeug mit, den Sie nicht kennen. Vielen Dank für Ihr Verständnis und Ihre Mithilfe."

Um Paula herum reden alle durcheinander. Ein wahrer Tumult entsteht, dem sie entflieht, indem sie sich etwas abseits auf einen Mauervorsprung setzt. Soll sie Oliver über ihre Situation informieren? Lieber nicht. Rainer und die Kinder sollen keine Angst um Emma haben. Es reicht, wenn Paula sie hat.
Wie lange sie bereits auf ihrer harten Unterlage hockt, weiß Paula nicht, als sich plötzlich die Tür der Tankstelle öffnet und viele Leute herausströmen.
Wo ist Emma? Paula schaut sich die Augen aus dem Kopf, bis ihre Schwester endlich nach draußen tritt und sich suchend umsieht.
Paula fuchtelt mit ihren Armen und schreit mehrmals hintereinander: „Emma, hier bin ich."
Schließlich reagiert Emma und eilt auf Paula zu. Sie fallen sich um den Hals, unfähig, zunächst ein Wort zu sagen.
Paula findet als Erste zu ihrem Sprachzentrum zurück. „Wie geht's dir? Hat die Polizei den Kerl gefasst?"
„Ich bin okay, aber der Häftling läuft wohl weiter frei

herum. Können wir uns ins Auto setzen? Mir schlottern die Knie", bittet Emma.
„Natürlich." Paula hakt ihre Schwester sicherheitshalber unter und führt sie zur Beifahrertür des Kombis. „Warte, ich schaue nach, ob sich niemand im Auto versteckt hat."
Als Paula Emma grünes Licht gibt, steigen sie ein, verschließen den Wagen aber sofort von innen.
Zunächst trinkt Emma einen Schluck Wasser, bevor sie die Lage erklärt. „Es war schnell klar, dass der Häftling nicht im Gebäude ist, aber die Polizei hat uns alle ausgiebig verhört. Jeder musste seine Personalien angeben. Vorher durfte niemand die Tankstelle verlassen. Das hat leider bei mir länger gedauert, weil ich ohne meine Handtasche auf dem Klo war."
„Weißt du, was der Gesuchte verbrochen hatte? Ist er bewaffnet?"
„Keine Ahnung. Nähere Einzelheiten haben die Beamten nicht herausposaunt."
„Was haben sie dich denn gefragt?", bohrt Paula nach.
„Woher ich komme, wohin ich will, mit wem ich unterwegs bin und ob ich jemand Fremden im Auto mitgenommen habe. Oder ob mir irgendwo eine Person aufgefallen ist, auf die die Beschreibung der Haftanstalt passt."
„Meine Güte, was für ein Pech, dass wir ausgerechnet in diese Suchaktion geraten sind", meint Paula. „Wollen wir im Auto unsere Brotzeit essen?"
„Das kannst du gerne tun. Mir ist der Appetit allerdings vergangen. Ich möchte so schnell wie möglich hier weg. Haben wir überhaupt noch eine Chance, unsere Fähre zu erwischen?"
„Ja, die besteht, wenn wir nicht länger trödeln", äußert Paula. „Ursprünglich hätte ich auch auf die Toilette gemusst, aber vor Schreck ist der Blasendruck verschwunden."
„Dann lass uns keine Zeit verlieren. Ich bin so froh, dass du jetzt Gas gibst. Ich wäre dazu nicht imstande." Emma

stöhnt leise auf, während Paula startet und den Kombi zurück auf die Autobahn lenkt.
Es könnte knapp werden. Einen Stau sollte es möglichst nicht mehr geben und ebenso wenig eine Sperrung wegen eines geflohenen Häftlings.

KAPITEL 9

Emma entdeckt Schweißperlen auf Paulas Stirn. Seit dem Abenteuer an der Raststätte sitzt sie am Steuer. Leider ist Emma nicht in der Lage, ihre Schwester wieder abzulösen. Zu sehr hat sie die Sache mit dem Häftling aufgeregt.
Ihre Blasen haben sie vorsichtshalber auf Toiletten von Parkplätzen ohne Tankstellen entleert. Zu groß war die Sorge, eine weitere Sperrung könnte das Erreichen der Fähre endgültig verhindern.
Emma schaut auf die Angabe des Navis. Laut ihr haben sie nur wenig Zeit, das Auto zu parken und mit dem Gepäck aufs Schiff zu gelangen.
Als hätte Paula telepathische Fähigkeiten, fragt sie: „Wo hast du überhaupt einen Parkplatz reserviert? Müssen wir weit bis zum Anleger laufen?"
„Hm ... Rainer hat sich damit intensiv beschäftigt. Da unser Auto nicht gegen Elementarschäden versichert ist, wollte er unbedingt, dass ich einen gegen Hochwasser geschützten Parkplatz auswähle. Der liegt am Bahnhof, wo die Fahrzeuge sturmflutsicher und überdacht untergebracht sind. Von dort aus können wir den kostenlosen Bus-Shuttle zum Anleger nehmen."
„Schön und gut. Das haut zeitlich kaum hin", protestiert Paula. „Gibt es keine Parkmöglichkeit direkt am Anleger?"
„Doch", räumt Emma ein. „Gerade den sollte ich ja nicht buchen."
„Glaubst du im Ernst, dass um diese Jahreszeit eine Sturmflut droht? Rainer übertreibt. Bitte storniere den Parkplatz am Bahnhof und tausche ihn gegen den direkt am Deich. Wir haben keine andere Wahl, wenn wir das Schiff erwischen wollen."
Emma seufzt kaum wahrnehmbar. Leider hat Paula recht.

Sie muss es versuchen. Glücklicherweise ergattert Emma eine verständnisvolle Mitarbeiterin am Telefon, die den Parkplatz umbucht.

„Vielen Dank“, haucht Emma ins Handy. „Ich verleihe Ihnen in Gedanken einen Orden für Ihre Hilfsbereitschaft.“

„Puh, bin ich froh“, gibt sie gegenüber Paula nach dem Gespräch zu. „Jetzt darf nichts anderes mehr dazwischenkommen.“

In diesem Moment wird das normale Radioprogramm unterbrochen, und eine Stimme bittet um Aufmerksamkeit:

„Seit heute Morgen ist ein ausgebrochener Häftling flüchtig.“

Es folgt die Beschreibung des Mannes.

„Bitte nehmen Sie keinen Anhalter mit, auf den die Angaben passen. Sollten Sie diese Person bereits gesehen haben oder ihr noch begegnen, sprechen Sie sie nicht an, sondern informieren Sie sofort die Polizei unter 110. Vielen Dank für Ihre Mithilfe.“

„Einfach gruselig, dass der Kerl noch nicht geschnappt wurde“, meint Emma.

„Der ist bestimmt längst über alle Berge ins Ausland. Wahrscheinlich sieht er nicht mehr wie beschrieben aus.“

Emma pflichtet ihrer Schwester bei: „Meistens haben die Straftäter Komplizen, die ihnen gleich nach dem Ausbruch zur Seite stehen und ihnen eine andere Identität verschaffen.“

„Ich wüsste gerne, warum der Typ im Knast saß. Dann könnte man seine Gefährlichkeit wenigstens einschätzen. Schließlich hätte ich vor einem Steuerhinterzieher keine Angst. Warum die Polizei das nicht bekanntgibt, verstehe ich nicht.“

„Na, ja, die wollten uns in der Tankstelle auf keinen Fall in Panik versetzen“, vermutet Emma. „Stell dir vor, wir hätten gewusst, dass sie eventuell einen bewaffneten Mörder suchen. Womöglich wäre jemand vor Schreck in Ohnmacht gefallen oder hätte einen Herzinfarkt erlitten."

„Stimmt auch wieder. Haken wir die Geschichte einfach ab. Gleich sind wir am Hafen und sollten uns auf Helgoland freuen."

Wider Erwarten klappen das Parken und das anschließende Einschiffen ohne Probleme. Ihr Gepäck geben sie ab und werden es bei Ankunft im Zielhafen zurückerhalten.

Erleichtert plumpst Emma im Salon des Schiffes auf einen Sitz und hält den neben sich für Paula frei, die direkt zur Toilette musste. Nur langsam fällt die Anspannung der vergangenen Tage von Emma ab. Die Trennung von der Familie und die heutige Anreise haben ihr zugesetzt.

Da das Wetter nicht optimal für einen Aufenthalt draußen an Deck ist, tummeln sich viele Passagiere unter Deck herum. Vor allem Kinder laufen kreischend durch die Reihen. Automatisch denkt Emma an Max und Sophie. Kurz vor Ablegen des Schiffes hat sie ihrer Familie geschrieben, dass sie in Cuxhaven gelandet sind. Das Abenteuer auf der Raststätte hat sie dagegen lieber nicht erwähnt. Es reicht, wenn sie davon erst später erfahren.

Nach einer Weile taucht Paula mit zwei Bechern Kaffee und zwei Sandwiches auf. „Gar nicht so einfach, dich zu finden bei diesen Massen von Menschen." Sie reicht Emma ihr Getränk und das Sandwich und hockt sich neben sie.

Nach dem Verzehr meint Paula: „Ich muss raus. Hier drinnen ist es zu stickig. Kommst du mit?"

„Dann sind wir garantiert unsere Plätze los. Wenn es zu regnen anfängt, sehen wir alt aus. Sollen wir uns nicht besser abwechseln?"

„Meinetwegen. Ich peile die Wetterlage. Wenn sie stabil aussieht, hole ich dich in einer halben Stunde. Ansonsten übernehme ich die Sitzplatzwache, und du schnappst draußen nach Luft. Einverstanden?"

Emma nickt. Kaum ist Paula verschwunden, fallen ihr die

Augen vor Müdigkeit zu. Ob sie wirklich eingeschlafen war, weiß Emma nicht, als jemand auf ihre Schulter klopft. Erschrocken fährt sie hoch.
„Entschuldigung. Ich wollte Sie nicht erschrecken. Ist der Sitz neben Ihnen frei?“, erkundigt sich ein Mann. „Mir ist es an Deck zu windig.“ Er schenkt ihr ein gewinnendes Lächeln.
„Hm ... der Platz ist für meine Schwester reserviert, aber solange sie nicht da ist, können Sie sich gerne hinsetzen.“
„Danke, sehr freundlich von Ihnen.“ Der neue Nachbar zieht seine Steppjacke aus, bevor er sich neben Emma hockt.
„Machen Sie Urlaub auf Helgoland?“, beginnt er mit Smalltalk.
Emma verspürt nicht den Hauch von Lust, sich eine Unterhaltung von einem Fremden aufdrängen zu lassen. Deshalb antwortet sie einsilbig: „Ja.“
„Ich kenne mich ein wenig auf Helgoland aus. Wo sind Sie denn untergebracht?“
Zum Glück bleibt Emma ihm eine Erklärung schuldig, weil Paula in diesem Moment eintrifft. „Es ist herrlich an Deck. Komm mit hoch. Die Meeresluft wird dir guttun.“
Wie unterschiedlich die Menschen sind. Der Mann findet es zu windig, Paula dagegen genießt es.
„Okay, ich komme mit“, sagt Emma. Höflich wie sie ist, wünscht sie dem Fremden einen angenehmen Aufenthalt auf Helgoland.
„Wer war der Kerl auf meinem Platz?“, fragt Paula, als sie an der Reling auf die bewegte Nordsee starren.
„Keine Ahnung.“
„Hat er dich belästigt?“
„Nein. Er war zwar auf Smalltalk aus, aber dann kamst du gerade rechtzeitig. Wie du weißt, lasse ich mich nicht gerne auf eine Konversation mit Fremden ein.“
Paula lacht. „Vielleicht entgeht dir etwas. Manchmal sind Leute ganz interessant. Ich musste in meinem Job immer viel mit Menschen reden. Inzwischen habe ich mich daran

gewöhnt."
„Du kannst dich gerne neben den Mann setzen. Mein Platz ist womöglich noch neben ihm frei", neckt Emma.
„Scherzkeks. Ich bin nicht auf neue Bekanntschaften aus. Wir genießen lieber die Überfahrt."
Emma pumpt ihre Lunge voll mit einer Prise Meeresluft. Sie darf bloß nicht auf die Wellen schauen, sondern muss sich auf den Horizont konzentrieren.
Das Schwanken des Schiffes verursacht eine leichte Übelkeit bei ihr. Es gibt jedoch kein Zurück unter Deck. Wahrscheinlich ist ihr Platz auch längst besetzt.
Langsam nähert sich das Schiff Helgoland.
Emma und Paula erhaschen einen ersten Blick auf die charakteristischen roten Felsen der Insel. Nach und nach wird die markante Silhouette immer deutlicher sichtbar.
Auf der höchsten Erhebung thront ein Leuchtturm als Orientierungspunkt für die Schiffe, die in den Hafen einfahren.
Das Anlegemanöver funktioniert problemlos.
„Am besten warten wir, bis der erste Ansturm der Passagiere von Bord ist", schlägt Emma vor.
„Gute Idee. Unser Gepäck läuft nicht weg. Ich muss mich gleich erkundigen, wie ich auf die Insel Düne gelange."
„Es gibt bestimmt einen Informationsschalter. Isst du wenigstens vorher eine Krabbensemmel mit mir? So spät ist es noch nicht." Emma mag nicht plötzlich allein sein. Außerdem lädt die Promenade mit ihrer im skandinavischen Stil gebauten, bunten Häuserzeile zum Verweilen ein.
„So viel Zeit muss sein", stimmt Paula zu. „So arg drängt es mich nicht in die Abgeschiedenheit. Aber lass mich zuerst mein Ticket kaufen und erfragen, wo ich das entsprechende Boot zur Düne finde."
Nach zehn Minuten wagen Emma und Paula den Ausstieg und nehmen am Ende des Anlegers ihr Gepäck in Empfang. Danach peilen sie eine der bunten Buden an, die Krabbensemmeln anpreisen.

Emma stürzt sich auf eine freie Bank, während Paula sich zunächst ein Ticket und danach die Semmeln und Bier besorgt.
Sie stoßen bald danach auf ihre Reise an.
„Prost, Emma. Auf deine Erholung."
„Danke, gleichfalls."
Nach einer halben Stunde heißt es, Abschied zu nehmen. Paulas Boot fährt demnächst ab.
„Wir telefonieren später und tauschen uns über unsere Unterkünfte aus", meint Paula.
„Ja, auf jeden Fall. Magst du nicht hier vor Ort versuchen, ein Zimmer auf der Hauptinsel zu finden?" Plötzlich gefällt Emma der Gedanke, allein zurückzubleiben, gar nicht.
„Ich schaue mir meinen Bungalow wenigstens mal an. Sollte mir die Insel Düne gar nicht behagen, kann ich das immer noch ins Auge fassen. Heute hätte ich keine Nerven mehr dafür nach all der Aufregung."
Emma begleitet Paula bis zum Anleger der Dünenfähre. Kurz umarmen sie sich, bevor ein Matrose Paulas Koffer in Empfang nimmt.
„Mach's gut, Schwesterherz. Sobald du dein Anwendungsprogramm kennst, planen wir unser Wiedersehen." Paula besteigt die Fähre, während Emma nicht bis zum Auslaufen wartet.
Die Hotelbesitzerin, Frau Bichler, hat Emma angeboten, sie und ihren Koffer abholen zu lassen. Ein Anruf genügt. Diesen tätigt Emma nunmehr.
Das Hotel Möwennest liegt auf dem Oberland, das entweder zu Fuß über Treppen oder per Aufzug erreichbar ist.
Emma bevorzugt Letzteren, nachdem ihr ein Mitarbeiter von Frau Bichler den Koffer abgenommen hat.
Endlich steht Emma am Empfang ihres Hotels und wird freundlich von Frau Bichler persönlich begrüßt. Nach der üblichen Anfrage, wie die Anreise verlaufen ist, händigt sie Emma die Zimmerkarte und einen Bogen aus. „Alle

Anwendungen, die unser Haus anbietet, finden Sie darauf aufgelistet. Da morgen Sonntag ist, können Sie sich erst am Montag mit unserem Hausarzt beraten, was für Sie infrage kommt. Soll ich Sie gleich für eine Sprechstunde eintragen?"

„Gerne."

„Passt es um 9 Uhr?"

Zwar würde Emma lieber etwas länger schlafen, aber sie willigt ein.

„Frühstück gibt es bereits ab 7 Uhr. Alles Wissenswerte über unser Hotel und die Angebote erfahren Sie in der Broschüre auf Ihrem Zimmer. Natürlich dürfen Sie sich bei offenen Fragen immer an mich oder meine Mitarbeiter wenden. Ihr Zimmer liegt im dritten Stock zur Seeseite. Es gibt einen Aufzug oder das Treppenhaus. Ihr Gepäck befindet sich bereits im Zimmer. Nun wünsche ich Ihnen einen angenehmen Aufenthalt bei uns."

„Vielen Dank." Emma setzt sich in Bewegung.

„Einen Moment bitte", ruft Frau Bichler hinter ihr her.

Sofort hält Emma im Gehen inne. „Habe ich etwas vergessen?"

„Nein, nicht Sie, sondern ich. Abendessen gibt es in einer Stunde gleich dort drüben hinter der Glastür." Frau Bichler zeigt in die entsprechende Richtung. „Wollen Sie am Diätprogramm teilnehmen oder normal speisen?"

Emma überlegt nicht lange. „Ich entscheide mich für das Diätprogramm."

„Gerne. Habe ich notiert."

Am liebsten hätte Emma Frau Bichler gebeten, möglichst allein an einem Tisch zu sitzen, aber sie traut sich nicht.

Stattdessen benutzt sie den Aufzug in den dritten Stock. Zu ihrer Freude präsentiert sich ihr Zimmer als sehr gemütlich. Sogar ein Sofa steht zum Lesen oder Fernsehen bereit. Vom Balkon bietet sich eine atemberaubende Aussicht auf die Nordsee.

Tief atmet Emma die klare Meeresbrise ein, die ihr entgegenweht. Wie mag es wohl Paula angetroffen haben?

Ob sie schon bei ihr anrufen soll? Emma entschließt sich, erst einmal ihren Eltern die Ankunft auf Helgoland wie versprochen zu melden. Alsdann probiert sie es bei Rainer, der sofort abhebt.
„Hallo, Schatz. Bist du auf der Insel gelandet?"
„Ja, und ich habe ein tolles Zimmer mit Meeresblick."
„Das gönne ich dir. Und Paula? Ist sie auch zufrieden mit ihrer Unterkunft?", hakt Rainer nach.
„Das weiß ich nicht. Wir haben uns am Hafen getrennt. Paula musste ja eine weitere Fähre zur Insel Düne nehmen. Ich telefoniere später mit ihr. Erzähl mir lieber von Max und Sophie. Was habt ihr heute gemacht?"
„Natürlich wollten die beiden sofort an den Strand und ins Meer. Max hat bereits auf Olivers Surfbrett seine ersten Stehversuche hinter sich. Er stellt sich gar nicht so ungeschickt an."
„Kommt Sophie da nicht zu kurz?", vermutet Emma gleich besorgt.
„Wir haben uns ein Tretboot mit einer Rutsche gemietet. Das hat Sophie total gefallen. Ich passe auf, dass sie genauso viel Spaß hat wie ihr Bruder. Wieso vertraust du mir nicht?" Rainers Frage klingt ein wenig vorwurfsvoll.
„Das tue ich", beteuert Emma eilig.
„Dann ist es ja gut."
„Sind die Kinder in der Nähe? Ich würde gerne mit ihnen sprechen."
„Die sind mit Oliver auf dem Abenteuer-Spielplatz hier auf dem Gelände. Sollen sie dich später mal anrufen?", bietet Rainer an.
„Wahrscheinlich bin ich gerade beim Abendessen. Vielleicht telefonieren wir besser morgen in aller Ruhe, wenn ihr gefrühstückt habt. Die beiden können mich aber über WhatsApp erreichen."
„Das auf jeden Fall. Übrigens ist Oliver eine echte Unterhaltungskanone. Er beschäftigt sich super mit den Kindern, sodass ich fast zum Statisten mutiere." Rainer lacht. „Bestimmt erhole ich mich dabei gut."

Zwar gönnt Emma ihrem Mann Auszeiten von Max und Sophie, aber fühlt sich in diesem Moment überflüssig. Ihre Familie scheint sie gar nicht zu vermissen.
„Hallo? Bist du noch dran?", reißt Rainer Emma aus ihren Grübeleien.
„Ja, aber ich mache jetzt Schluss. Bevor ich zum Essen gehe, möchte ich mit Paula reden. Bitte grüß alle und habt einen schönen Abend. Achte darauf, dass die Kinder nicht zu wenig Schlaf bekommen."
„Du darfst auf mich zählen", verspricht Rainer.
Allerdings ahnt Emma, dass er es damit nicht so ernst meint. Sie sollte endlich loslassen, sonst schafft sie es nicht, sich auf ihre Gesundheit zu konzentrieren.
Nach dem Gespräch mit ihrem Mann probiert Emma es bei ihrer Schwester. Nach mehrmaligem Klingelton meldet sie sich schließlich: „Emma, ich komme gerade erst an. Melde mich nachher bei dir, okay?" Paula wartet gar keine Antwort ab, sondern legt auf.
Wohl oder übel fügt sich Emma in ihr Schicksal, packt den Koffer aus und erfrischt sich fürs Abendessen.

♥

KAPITEL 10

Wie kleine, bunte Farbkleckse muten die Ferienhäuser im Bungalowdorf an.
Der Anblick der gelben, grünen und roten Häuser versetzt Paula sogleich in Urlaubsstimmung.
Ihr Gepäck wurde bereits am Anleger in Empfang genommen. Jetzt fehlt bloß die Anmeldung an der Rezeption. Dort trifft Paula einen jungen Mann an.
„Herzlich willkommen", begrüßt er sie. „Ich bin Jonas. Verraten Sie mir bitte Ihren Namen?"
Paula erfüllt seinen Wunsch.
Er schaut auf seinen PC-Bildschirm. „Sie bleiben zwei Wochen. Deshalb erhalten Sie einen besonders schön gelegenen Bungalow." Jonas lächelt Paula über den Bildschirm hinweg an. „Die Aussicht ist nicht nur spektakulär, sondern es ist auch nicht weit bis zum Nord- und Südstrand zu laufen." Womöglich erwartet er nun eine Reaktion von ihr.
„Das freut mich", tut sie ihm den Gefallen. Vielmehr interessiert Paula jedoch, wo sich ein Supermarkt und Restaurants befinden. Sie fragt Jonas danach, der bereitwillig Auskunft erteilt und ihr zur Orientierung einen Inselplan überreicht. „Soll ich Sie zum Bungalow begleiten?", bietet Jonas an.
„Ist er schwer zu finden?"
„Überhaupt nicht." Jonas erklärt ihr den Weg. „Ihren Koffer bringt einer unserer Mitarbeiter."
Er händigt ihr den Hausschlüssel aus.
„Vielen Dank für Ihre Mühe. Eine Frage noch. Meine Schwester kommt mich eventuell an den Wochenenden besuchen. Darf sie gegen Aufpreis mit im Bungalow

übernachten?“
„Selbstverständlich. Das kostet Sie keinen Cent mehr, weil Ihre Unterkunft ohnehin für zwei Personen ausgestattet ist. Sie zahlen für das ganze Haus, egal ob Sie es allein oder zu zweit nutzen.“
„Cool. Ihnen einen schönen Abend.“ Paula wendet sich zum Gehen.
Tatsächlich hat sie kein Problem, ihr Haus zu finden. Es ist grün, die Farbe der Hoffnung, als hätte es das Universum extra für Paula so auserkoren.
Ihr Koffer steht bereits vor der Tür. Wie praktisch.
Das Innenleben des Bungalows lässt keine Wünsche offen. Es verfügt über ein Schlafzimmer mit Doppelbett, ein großes Bad mit Dusche und Wanne, einen Wohn- und Essbereich, dem sich eine Kochecke anschließt. Ein Flachbildschirm und ein Radio sorgen für Unterhaltung, wenn es Paula mal langweilig werden sollte.
Durch ein aufschiebbares Panoramafenster führt der Weg auf die Terrasse. Bequeme Gartenmöbel aus wetterfestem Material laden zum Entspannen und Träumen ein.
Sofort probiert Paula einen der Sessel aus, von dem aus ihr Blick über den kleinen Hafen und die gegenüberliegende Hauptinsel Helgoland schweift. Hier kann man es gut aushalten.
Viel Zeit bleibt Paula indes nicht zum Ausruhen. Der Kühlschrank ist leer. Wenigstens Getränke und fürs Frühstück will sie einkaufen und anschließend ins Restaurant gehen.
Fast hätte sie Emma vergessen, die auf ihren Rückruf hofft. Das holt sie sofort nach und schwärmt ihrer Schwester von ihrem Bungalow vor. Wenn sie von Emma Begeisterung erwartet hat, wird sie eines Besseren belehrt.
„Schön für dich“ lautet Emmas lapidarer Kommentar.
Unbeirrt plappert Paula weiter: „Magst du mich morgen besuchen? Bestimmt hast du keine Anwendungen.“
„Mal sehen, wie ich das mit dem Essen arrangiere. Ich habe mich für die Diätvariante angemeldet.“

„Klink dich einfach für das Mittagessen aus. Abends bist du wieder rechtzeitig zurück in der Spur."
„Ich überlege es mir und schreibe dir später eine Nachricht. Jetzt kommt das Dessert, und ich muss an den Tisch. Zum Telefonieren bin ich nämlich in den Flur gegangen."
„Okay, ich bin auch erst einmal unterwegs. Bis bald."
Wahrscheinlich war Emma so kurz angebunden, weil sie nicht frei reden konnte. Paula denkt nicht weiter darüber nach, sondern macht sich auf den Weg zum Supermarkt, der sich beim Flugplatz befindet. Zwar gibt es ein Restaurant um die Ecke, aber Paula bevorzugt das am Strand. Dazu bringt sie zunächst ihre Besorgungen in ihr grünes Domizil. Vorsichtshalber zieht Paula einen Pullover über. Womöglich weht am Meer ein stärkerer Wind. Ob sie eine Taschenlampe einstecken soll? Quatsch. Es bleibt im Juni lange hell. Bis zum Einbruch der Dunkelheit ist Paula längst in ihrem Häuschen.
Sie läuft durch die Dünen bis an die Nordsee, die sich schon vorher durch das Rauschen der Wellen bemerkbar macht. Seevögel kreisen über dem Strand. Urlaubsfeeling pur. Ein lange nicht mehr gekanntes Glücksgefühl schleicht sich ein.
Es war die richtige Entscheidung, Emma nach Helgoland zu begleiten.
Einen Moment setzt sich Paula in einen verlassenen Strandkorb und lässt die Seele baumeln. Vielleicht lohnt es sich, einen eigenen Strandkorb für die Zeit ihres Aufenthalts zu mieten.
Plötzlich erscheint wie aus dem Nichts ein Mann in Badehose, der lässig ein Handtuch um den Hals geschlungen hat.
„Suchen Sie mich?", fragt er.
Perplex springt Paula auf. Wie peinlich. Der Strandkorb gehört wohl diesem Typen. „Entschuldigung. Ich ... wollte nur einen Moment die Aussicht aufs Meer genießen", stottert sie.
„Kein Problem. Sind Sie heute erst eingetroffen?", hakt er

nach, während er sich mit dem Handtuch abtrocknet.
„Sieht man mir das an?", kontert Paula.
Er lächelt. „Ich habe einen Blick dafür. Als Ranger sehe ich Tausende von Touristen kommen und gehen."
„Ranger?" Paula kennt den Begriff nur für den Wald.
„Ich passe auf die Tiere und die Flora auf der Insel auf, damit die Menschen ihnen nicht schaden."
„Bestimmt eine tolle Aufgabe."
„Ja, ich liebe sie."
Paula nutzt die Gelegenheit: „Wo kann ich einen Strandkorb mieten?"
„Wenn Sie nicht vorreserviert haben, sieht es schlecht aus. Soweit ich informiert bin, gibt es auf der ganzen Insel keinen Freien mehr."
„Wie schade." Paula verabschiedet sich. „Einen schönen Abend und danke, dass ich in Ihrem Strandkorb sitzen durfte."
„Von mir aus können Sie ihn benutzen. Ich komme nur abends hierher, um eine Runde zu schwimmen, aber dabei stören wir uns bestimmt nicht gegenseitig."
„Wirklich?" Ihr Gesichtsausdruck erhellt sich. „Was kostet er für zwei Wochen?"
Der Ranger grinst. „Nichts, außer du lädst mich vielleicht mal auf ein Essen ein. Ich heiße übrigens Fiete."
„Paula. Klar springt für dich ein Essen dabei heraus. Das ist mega nett von dir, mir deinen Korb zu überlassen."
„Kann ich deine Handynummer für alle Fälle haben?", bittet Fiete. „Sollte ich den Korb wider Erwarten selbst benötigen, sage ich dir Bescheid."
Paula zögert auf einmal. Woher weiß sie, dass Fiete tatsächlich der Ranger ist? Vielleicht behauptet er es nur, um sich ihr Vertrauen zu erschleichen. Von herumstreunenden Männern hat Paula die Nase voll. Allerdings passt Fietes Äußere nicht auf die Beschreibung des Häftlings von heute Morgen. Was sollte den auch auf die Düne verschlagen? Sie gibt sich einen imaginären Tritt ins Hinterteil. „Wo hast du dein Handy, um die Nummer

einzutippen?“

„Zuhause. Zum Schwimmen habe ich es nicht mit. Zeig mir deine und ich speichere sie im Kopf ab.“

Paula hält das für einen Scherz, aber tut, wie ihr befohlen. Fiete wirft einen kurzen Blick darauf. „Alles klar. Danke dir. Ich schicke dir später eine Nachricht, damit du auch meine Nummer hast. Ich muss mir jetzt etwas anziehen. Mich fröstelt es. Bis bald. Hat mich gefreut, dich kennenzulernen.“

Offenbar wohnt Fiete in der Nähe, denn er läuft in Badehose davon.

Als Paula endlich im Restaurant sitzt und auf ihre Chips & Fish wartet, googelt sie nach dem Ranger Fiete auf der Düne. Tatsächlich wird sie fündig. Er heißt mit Nachnamen Hansen und ist eindeutig auf dem Foto wiederzuerkennen. Puh. Irgendwie ist Paula erleichtert. Dem Strand-korbvergnügen steht demnach nichts mehr im Weg.

Prompt meldet er sich auf ihrem Handy:

Wie angekündigt hörst du von mir. Morgen patrouilliere ich am Strand. Vielleicht bist du auch dort? Ich zeige dir den besten Robbenplatz, wenn du magst. Ich würde mich freuen.
Einen schönen Abend,
Fiete

Paula antwortet zunächst nicht, weil gerade eine Nachricht von Emma eintrudelt:

Entschuldige, dass ich eben nicht in Sprechlaune war. Das Diätessen ist wahrlich gewöhnungsbedürftig. Außer Salatblättern gab es geraspelte Möhren und Gurken mit einem gewürzlosen Joghurtdip. Der Nachtisch bestand aus einem Apfel. Wie gut, dass ich die Krabbensemmel intus hatte, sonst würde ich über Nacht verhungern. Keine Ahnung, ob ich das durchhalte. Ich schippere morgen zu dir. Holst du mich um 10 Uhr am Anleger der Düne ab? Ich bringe Badezeug mit, okay?

Eine gute Nacht,
Emma

Paula schmunzelt. Plötzlich ist sie froh, auf der Nebeninsel zu wohnen, fernab von irgendwelchen Zwängen.
Sie wünscht Emma ebenfalls einen geruhsamen Schlaf und beteuert, dass sie sich auf ihr Treffen morgen freut. Dann können sie den Strandkorb von Fiete gleich zusammen auskosten.
Nach Begleichung der Rechnung schlendert Paula zu ihrem Bungalow.
Kaum hat sie die Zähne geputzt, kündigt das Brummen ihres Handys eine Nachricht an. Zu ihrer Überraschung taucht Olivers Name auf dem Display auf:

Hi, liegst du schon im Bett? Wie gefällt es dir auf deiner Insel? Bereust du es, nicht lieber doch an die Adria gefahren zu sein? Hier ist es sehr warm. Sophie hat einen leichten Sonnenbrand, aber verpetze das bitte nicht an deine Schwester. Sie spricht uns sonst gleich die Kompetenz ab, auf die Kinder zu achten. Du kennst Emma besser als ich. Rainer hat gleich eine Salbe aus der Apotheke besorgt. Sophie ist sehr tapfer, aber so gravierend ist es auch nicht.
Max übt fleißig auf dem Surfbrett. Die Balance kann er bereits ganz gut halten. Eines Tages hängt er mich bestimmt ab, wenn wir mal parallel um die Wette surfen. Nun bist du dran. Was geht ab?
Gruß von Oliver

Obwohl Paula mittlerweile müde ist, antwortet sie ihm bereits im Bett liegend.

Hallo, Oliver,
es war ein anstrengender Tag. Problemlos verlief die Fahrt nicht, aber das erzählen wir euch, wenn wir wieder alle zuhause sind.
Natürlich verrate ich Emma nichts, weil sie sich sonst Sorgen macht. Sophie sollte am besten in der Sonne einen Hut und ein T-Shirt über dem Badeanzug tragen. Außerdem braucht sie einen hohen Lichtschutzfaktor bei der Sonnenmilch. Es gibt extra Cremes

speziell für Kinder.
Ich fühle mich in meinem Ferienhäuschen sehr wohl. Morgen kommt Emma zu mir herüber. Sonntags hat sie keine Anwendungen, sondern Freizeit.
Jetzt fallen mir die Augen zu.
Gute Nacht. Bis bald,
Paula

Von ihrer Begegnung mit dem Ranger berichtet Paula nichts. Sie möchte nicht den Anschein erwecken, auf männliche Bekanntschaften scharf zu sein.
Tatsächlich schwirrt ihr Fiete plötzlich durch den Kopf. In seiner Badehose mit dem braungebrannten Körper gab er eine gute Figur ab.
Im Gegensatz zu Oliver hat er dunkle, kurzgeschnittene Haare.
Da Paula keinem bestimmten Beuteschema folgt, schließt sie nicht aus, sich womöglich für Fiete näher zu interessieren. Rein platonisch und freundschaftlich natürlich. Ihre Erfahrung mit Henry hängt noch wie ein Damoklesschwert über ihrem Kopf.
Die Zeit wird auch ihre Wunden irgendwann heilen. Momentan genießt sie erst einmal den Urlaub.
Ungewohnte Meeresgeräusche begleiten Paulas erste Nacht auf der Insel, bis Möwengeschrei ihren Wecker ersetzt.

KAPITEL 11

Emma hat geschlafen wie ein Stein. Es wartet das Diätfrühstück. Hoffentlich schmeckt es besser als das Abendessen. Sie saß mit acht anderen Hotelgästen zusammen am Tisch, die sich ebenfalls für das Abnehmprogramm entschieden haben. Die anderen kennen sich offenbar untereinander bereits. Deshalb hat Emma bloß der Konversation mit einem Ohr zugehört.
Allerdings hat ihre Sitznachbarin gleich nach Emmas Wohnort gefragt. Da sie bloß einsilbig geantwortet hat, war ihr Interesse schnell erloschen und sie wandte sich einer anderen Gesprächspartnerin zu.
Vom Hotel aus wird heute ein geführter Rundgang über die Insel angeboten, aber Emma hat sich ausgeklinkt. Stattdessen freut sie sich auf Paula und die Insel Düne.
Zu ihrer Überraschung lässt das Frühstücksbüffet keine Wünsche offen. Zwar handelt es sich in erster Linie um gesunde Produkte wie Müsli, Joghurt und Früchte, aber damit kommt Emma gut klar. Knäckebrot, magerer Käse und Lachsschinken runden das Angebot ab.
Außerdem findet Emma eine Nische, in der sie ganz allein sitzt, während einige aus der Abendessens-Gruppe wieder beieinanderhocken und von ihr keinerlei Notiz nehmen.
Offensichtlich ist Emma bereits als Außenseiterin abgestempelt. Ihr ist es egal. Sie benötigt keinen Anschluss. Wenn sie Gesellschaft haben möchte, steht Paula zur Verfügung.
Pünktlich zur Abfahrt erreicht Emma den Anleger. Mit einer Menschenschlange hat sie indes nicht gerechnet. Anscheinend streben viele zu den Stränden, um zu baden oder einfach im Sand zu faulenzen.

Zum Glück verläuft die Überfahrt ruhig ohne größere Wellenbewegung.
Bereits von Weitem erkennt Emma ihre Schwester, die auf dem Steg wartend heftig winkt. Demnach hat auch sie Emma entdeckt.
Wenig später umarmen sie sich.
„Gut geschlafen?“, fragt Paula.
„Ja, tatsächlich und du?“
„Ebenso. Wellenrauschen und Möwengeschrei wirken wohl beruhigend. Hast du gefrühstückt oder wollen wir auf meiner Terrasse etwas essen?“, bietet Paula an. „Allzu groß ist die Auswahl allerdings nicht. Der Supermarkt bietet bloß das Nötigste an. Auf jeden Fall habe ich Toast, Butter und Marmelade.“
„Danke, ich habe ein Müsli mit Früchten intus, würde aber trotzdem gerne eine Tasse Kaffee bei dir trinken.“
„Gebongt.“ Paula führt Emma zu ihrem Bungalow, die über den Komfort auf kleinem Raum staunt.
„Du hast richtig viel Platz. Mein Zimmer ist nett, aber nicht zum längeren Verweilen geeignet. Ich werde dein Angebot annehmen und am nächsten Wochenende zu dir ziehen, wenn es noch gilt.“
„Klar. Ich freue mich, wenn wir Zeit für uns haben. Unter der Woche schaue ich umgekehrt bei dir vorbei. So viel Abwechslung bietet die Düne nämlich nicht.“
„Ja, das darfst du gerne machen. Morgen spreche ich mit dem Arzt, der mit mir den Plan für die Anwendungen erstellt. Danach weiß ich, wann ich Freizeit habe.“
„Cool.“ Paula trägt das Tablett mit den dampfenden Kaffeetassen und der Milch auf den Terrassentisch.
„Um den Außensitzplatz und die Aussicht beneide ich dich. Mein Balkon ist winzig. Wenigstens blicke ich auch auf das Meer.“
„Irgendwie klingst du nicht begeistert, Schwesterherz. Hast du Heimweh nach deiner Familie?“
„Ja, obwohl es den Kindern sicher mit den Männern gutgeht. Jedenfalls haben Max und Sophie mir positive

Nachrichten geschickt. Trotzdem fehlen sie mir. Es ist seltsam, niemanden umsorgen zu müssen. Das bin ich nicht gewohnt.“

„Deshalb solltest du die Zeit für dich genießen. Schließlich willst du wieder ganz gesund werden. Auf Helgoland kannst du mal abschalten, brauchst an keine Pflichten zu denken, dich nicht um den Haushalt zu kümmern und tust dir selbst Gutes.“

Emma lacht. „Du hörst dich wie eine Predigerin an. Natürlich gebe ich dir Recht. Ich benötige einfach einige Tage, um loszulassen.“

Anschließend erzählt Paula von ihrer abendlichen Begegnung mit dem Ranger Fiete, der seinen Strandkorb mit ihr teilt.

„Wow, ob er das öfter mit Touristinnen macht?“, lautet Emmas Vermutung. „Bestimmt lädst du ihn dafür zum Essen ein, oder?“

„Klar muss ich mich erkenntlich zeigen. Meinst du, es ist Fietes Masche, Frauen am Strand anzubaggern?“

„Finden wir es heraus. Ich habe Lust, den Typen unter die Lupe zu nehmen“, schlägt Emma vor. „Außerdem wollen wir ohnehin an den Strand. Badesachen habe ich dabei. Am besten ziehe ich sie gleich hier an.“

„Gute Idee. Ich habe meinen Badeanzug bereits unter dem Kleid.“

Emma verschwindet im Badezimmer. Dass ihre Schwester bereits Kontakt geknüpft hat, wundert sie nicht. Schon immer übte Paula eine gewisse Wirkung auf Männer aus. Was genau es damit auf sich hat, weiß Emma nicht, denn sie ist nicht hübscher als andere Frauen. Womöglich ist es ihre Art, Menschen sofort gewinnend anzulächeln, ohne dabei ein Wort zu sagen. Emma dagegen pflegt es, zunächst eine gleichgültige Miene aufzusetzen. Wer sich näher mit ihr beschäftigen möchte, soll sich anstrengen. Vielleicht ist ihre Einstellung ein Fehler, und es entgehen ihr dadurch interessante Bekanntschaften. Jedenfalls ist Emma gespannt auf Fiete.

Mit ihren Taschen ausgestattet laufen Emma und Paula durch die Dünen in Richtung Strand.
Einmal mehr spürt Emma, wie gut die Meeresluft ihrer Lunge tut.
Paula steuert direkt den Strandkorb an, der sich ihnen leer präsentiert. Allerdings hängt ein Handtuch an der Außenseite. Womöglich gehört es Fiete.
„Und wo ist dein Ranger?", neckt Emma.
„Er hält sich nicht zum Vergnügen am Strand auf, sondern achtet auf die Kegelrobben und Seehunde."
Paula und Emma machen es sich zunächst im Strandkorb bequem. Es herrscht reges Treiben im Sand und am Wasser. Familienväter buddeln und bauen Burgen mit ihren Sprösslingen, während die Mütter aus einiger Distanz zuschauen. Wahrscheinlich genießen sie das Nichtstun.
„Wollen wir ins Meer?", schlägt Paula vor.
„Ich traue mich nicht. Es ist bestimmt saukalt. Du kannst es gerne ausprobieren. Ich halte die Stellung."
„Feigling", meint Paula. „Okay, ich hüpfe hinein." Sie streift ihr Kleid ab und stürzt sich in Richtung Fluten.
Von Weitem sieht Emma ihrer Schwester an, dass die Wassertemperatur nicht der der Adria gleicht. Paula taucht bloß mit den Beinen ins kalte Nass und reißt die Arme schreiend nach oben, was Emma zum Grinsen bringt.
Plötzlich versperrt ihr eine Gestalt die Sicht.
„Hallo, gefällt Ihnen mein Strandkorb?", spricht ein Mann sie an.
„Sind Sie der Ranger?", kontert Emma geistesgegenwärtig.
„Ja, genau. Kennen wir uns?" Fiete schaut skeptisch.
„Noch nicht." Emma deutet auf die Nordsee. „Meine Schwester Paula ist dort drüben. Soweit ich informiert bin, darf sie Ihren Strandkorb benutzen."
„Das ist richtig. Dann herzlich willkommen. Darf ich deinen Namen wissen?"
„Ich bin Emma, gehöre jedoch nach Helgoland."
Fiete schaut etwas verstört. „Ihr beiden macht getrennt Urlaub?"

Gerade taucht Paula auf, die offenbar seine Worte gehört hat und antwortet: „Ich habe mich erst kurzfristig entschieden, Emma zu begleiten und kein Zimmer mehr auf der Hauptinsel bekommen. Jetzt besuchen wir uns einfach gegenseitig."
Emma wirft Paula einen dankbaren Blick zu. Fiete muss schließlich nicht wissen, dass sie eine Erkrankung auskurieren will.
„Okay, habt ihr beiden Lust, mich bei meinem Rundgang zu begleiten? Ich zeige euch die Kegelrobbenkolonie."
Paula stimmt sofort begeistert zu. „Gerne." Sie streift ihr Kleid über den trocken gebliebenen Badeanzug.
Während sie am Wasser entlanglaufen, erklärt Fiete ihnen einige Dinge über die Tiere, die es zu beachten gilt: „Die Robben sehen zwar harmlos aus, besitzen jedoch scharfe Zähne, von denen sie Gebrauch machen, sobald sie sich bedroht fühlen. Es kam bereits zu schweren Bisswunden bei Urlaubern, die den Tieren zu dicht auf ihr Fell rückten. Der Mindestabstand zu ihnen sollte etwa 30 Meter betragen. Heute Morgen habe ich ihr Areal bereits abgesperrt und Warnschilder aufgestellt, da besonders am Wochenende zu viele Menschen auf der Düne sind."
Nach der nächsten Biegung entdeckt Emma die Robben und Seehunde, die sich faul im Sand aalen. Ein ungewohnter Anblick, den sie gleich mit dem Handy festhält und an ihre Familie weiterleitet.
„Verflucht", schimpft Fiete auf einmal.
Ehe sich Emma und Paula versehen, steigt er über die Absperrung und rennt in Richtung der Tiere.
Paula realisiert den Grund als Erste: „Krass, mitten unter ihnen ist ein Mann mit einem kleinen Jungen. Sind die lebensmüde?"
„Wo?"
Paula deutet mit ihrem Arm dorthin.
„Ich würde mich niemals trauen, so nahe an die Tiere heranzugehen, selbst wenn das nicht verboten wäre."
„Ich auch nicht", pflichtet Paula bei. „Unverantwortlich,

dies mit einem Kind zu tun."
Fiete lotst die beiden aus der Kolonie heraus und hält dem Mann in Gegenwart von Paula und Emma eine gewaltige Standpauke.
Immerhin entschuldigt sich der Täter und flüchtet mit seinem Sohn.
„Leider ist das kein Einzelfall", erläutert Fiete. „Obendrein hat er sein Kind in große Gefahr gebracht. Das ist unverzeihlich. Mich macht das jedes Mal wütend."
Als sich Fiete relativ schnell wieder im Griff hat, bietet er an: „Wollt ihr noch eine andere Kolonie sehen?"
Emma und Paula nicken unisono.
„Auf geht's", fordert der Ranger auf. „Ihr habt Glück. Es gibt gerade Nachwuchs bei den Seehunden."
„Wie toll", meint Paula.
Fiete hat nicht zu viel versprochen. Der Bereich ist ebenfalls abgeriegelt. Trotzdem sind die Tiere gut zu beobachten. Die kleinen Seehundbabys sind zu niedlich.
Natürlich lichten Emma und Paula sie ab.
„Anfassen ist streng verboten", verkündet Fiete. „Fremde Gerüche lassen die Mütter ihre Kinder nicht mehr identifizieren. Die Heuler bleiben allein, und mein Team und ich kümmern uns um sie, bis sie sich selbstständig versorgen können."
Plötzlich brummt Fietes Funkgerät. „Entschuldigt mich bitte. Ich muss drangehen." Er entfernt sich einige Schritte, sodass Paula und Emma nicht hören können, worum es geht.
„Dein Ranger ist ein taffer Typ", stellt Emma fest. „Ich bewundere solche Leute wie ihn und sein Engagement für die Tierwelt."
Paula reagiert leicht zickig: „Er ist nicht mein Ranger. Trotzdem finde ich seinen Job auch sehr verantwortungsvoll."
In diesem Moment kehrt Fiete zurück. „Ich habe einen Einsatz. Eine Kegelrobbe wurde verletzt entdeckt. Findet ihr allein zum Strandkorb zurück?"

„Logisch", behauptet Paula. „Vielen Dank für deine Führung und gutes Gelingen, die Robbe zu retten."
„Danke, vielleicht bis später." Fiete eilt davon.
„Auf was hast du jetzt Lust? Hunger? Wir haben späten Mittag", meint Paula.
„Ich habe immer Lust auf Essen. Gibt es ein Restaurant am Strand, in das man in diesem Outfit auftreten darf?", äußert Emma Bedenken. „Sonst müssten wir uns vorher umkleiden."
„Das ist nicht nötig. Ich war gestern Abend dort. Sie haben frischen Fisch. Sehr lecker. Wenn du dazu einen Salat isst, machst du diätmäßig kaum etwas falsch."
„Dann nichts wie hin. Sollen wir unsere Badetaschen vorher lieber aus dem Strandkorb holen?", schlägt Emma vor.
„Auf jeden Fall. Vielleicht wollen wir nach dem Essen gleich die Insel ein wenig erkunden."
Nachdem sie dies erledigt haben, führt Paula Emma zum Restaurant. Es ist ziemlich voll, und sie haben Mühe, einen freien Tisch zu ergattern. Glücklicherweise zahlt gerade ein Paar bei der Kellnerin. Diesen Tisch dürfen sie haben.
Der Fisch schmeckt wirklich köstlich. Emma genießt ihn nebst einem gemischten Salat, als wäre es ihre letzte Mahlzeit vor einer langen Fastenperiode.
Danach erkunden sie die Insel. In ihrem Inneren befinden sich zwei ehemalige Wasserreservoirs. Ein hoher Röhrichtgürtel umgrenzt die beiden Süßwasserteiche. Er bietet zahlreichen Tieren Unterschlupf und Brutplätze.
Zum Schluss landen sie am Flugplatz und schauen bei einem Getränk eine Weile den startenden und landenden Maschinen zu.
„Wie wäre es mit einem Rundflug?", schlägt Paula vor.
„Bitte nicht mehr heute. Das können wir fürs nächste Wochenende ins Auge fassen." Mit der Fliegerei freundet sich Emma genauso wenig an wie mit schaukelnden Schiffen. Bei dem starken Wind ist das Fliegen garantiert kein Vergnügen, mag die Vogelperspektive noch so

gigantisch sein.
„Wahrscheinlich muss man sich sowieso vorher anmelden. Soll ich das für kommenden Samstag oder Sonntag tun?“, lautet Paulas Vorschlag.
„Warum so eilig? Bitte warte erst einmal meinen Wochenplan ab. Vielleicht habe ich ja an diesen Tagen doch eine Anwendung.“
Leider durchschaut Paula sie. „Sag es ehrlich, wenn du nicht magst. In dem Fall fliege ich allein unter der Woche.“
„In Ordnung. Ich gebe zu, nicht so scharf darauf zu sein. Ich Angsthase wäre bloß Ballast für dich.“
„Quatsch. Ich würde deine Hand halten“, witzelt Paula. „Aber du sollst dich ja regenerieren und nicht etwas tun, vor dem du dich fürchtest. Willst du nicht über Nacht bei mir bleiben? Morgen nimmst du das erste Boot nach Helgoland.“
„Sei mir bitte nicht böse. Ich würde lieber mit dir zusammen den Abend verbringen, aber das wäre mir zu stressig. Was ist, wenn aufgrund des launischen Wetters morgen kein Schiff übersetzt? Das Arztgespräch ist für den weiteren Verlauf meines Aufenthalts wichtig.“
Das sieht Paula ein: „Okay, verstehe. Ich werde morgen auf jeden Fall nach Helgoland schippern, um den Supermarkt zu stürmen, der sicher mehr bietet als hier. Vielleicht können wir uns in deiner Freizeit treffen.“
„Ich sage dir Bescheid, sobald es einen Zeitplan gibt.“
Eine Stunde später winkt Emma von der Fähre aus ihrer Schwester zum Abschied zu. Gerne wäre sie bei ihr geblieben und hätte mit ihr auf der Terrasse bei einem Glas Wein die Abendstimmung genossen.

♥

KAPITEL 12

Paula fühlt sich plötzlich einsam ohne Emma.
Während in ihrer Nachbarschaft das Leben tobt mit Grillen und fröhlichem Gelächter, hockt sie allein auf ihrer Terrasse. Jetzt bloß nicht melancholisch werden und an die schönen Zeiten mit Henry denken, die es am Anfang ihrer Liebe durchaus gab. Sonst hätte sie ihn bestimmt nicht so übereilt geheiratet. Ist ihr Zug hinsichtlich einer Familiengründung endgültig abgefahren? Es ist für Paula im Moment schwer vorstellbar, wieder jemandem zu vertrauen. Wichtiger als ein neuer Partner ist ohnehin ein guter Job, der die Voraussetzung für eine Mietwohnung bedeutet. Nach dem Urlaub wird sie sich intensiv auf die Suche nach einer adäquaten Stelle begeben.
Plötzlich versperrt ihr jemand die Sicht auf den kleinen Hafen. „Fiete? Wie hast du mich gefunden?“, fragt Paula erstaunt, als sie den Ranger erkennt. „Funktioniert der Datenschutz auf der Insel nicht?“ Einen ironischen Unterton verkneift sich Paula nicht.
Fiete grinst. „Keine Sorge. Du spielst auf Jonas an. Er hat mir deinen Bungalow nicht verraten. Allerdings ist es für mich auf der kleinen Insel nicht allzu schwer, jemanden aufzuspüren. Zum Glück sitzt du draußen, sonst wäre ich wahrscheinlich vorbeigelaufen. Störe ich dich? Du darfst es ehrlich sagen.“
„Nein. Keineswegs. Meine Schwester ist bereits abgefahren.
Magst du dich zu mir setzten?“, fordert Paula ihn auf. Da er ihr so nett den Strandkorb überlässt, traut sie sich nicht, ihn einfach wegzuschicken.
„Danke.“ Fiete hockt sich hin.

„Auch ein Glas Wein?"
„Gerne."
„Ich hole ein zweites Glas." Paula verschwindet im Inneren. Was hat der späte Besuch von Fiete zu bedeuten? Gehört es zu seinem Konzept? Strandkorb teilen und dafür eine Gegenleistung erwarten? Mehr als eine Essenseinladung hat Paula nicht geplant.
„Wie lebt es sich im Bungalow?", beginnt Fiete mit Smalltalk, als Paula Wein in sein Glas gießt.
„Sehr angenehm. Bestimmt ist deine Frage nicht der Grund, warum du bei mir auftauchst, oder?"
„Nein. Ich möchte wissen, ob du heute noch einmal nach unserer Begegnung am Strandkorb warst?"
„Ja, Emma und ich haben unsere Badetaschen nach einem Restaurantbesuch geholt. Das war zur Mittagszeit. Warum? Habe ich etwas falsch gemacht?"
Fiete wiegelt sofort ab: „Natürlich nicht. Demnach hast du meine dunkelblaue Windjacke mit weißem Kragen und integrierter Kapuze nicht darin liegen sehen?"
„Nein. Vermisst du sie?", vermutet Paula treffsicher.
„Ja, ich war später nochmals bei den Robben und habe die Jacke im Strandkorb gelassen. Als ich zurückkam, war sie weg."
„Du glaubst, jemand hat sie gestohlen?"
„Keine Ahnung. Ich bin gleich zum Strandrestaurant und habe gefragt, ob meine Jacke abgegeben wurde. Fehlanzeige."
Paula bekräftigt: „Ein Diebstahl wäre wirklich sehr dreist. Du kennst sicher alle Inselbewohner und kannst sie als Täter ausschließen."
„Genau. Es kann sich nur um einen Urlauber handeln."
„Oder eine Urlauberin. Leider kann ich dir nicht helfen, werde aber die Augen offenhalten. Hat die Jacke ein besonderes Merkmal? Sonst wird es schwierig. Wahrscheinlich gibt es zahlreiche ähnliche Modelle."
„Meine ist einzigartig. Sie hat auf der rechten Vorderseite einen Seehund." Fiete hält einen Moment inne. „Meine

Ex-Freundin hat ihn aufgenäht."
„Gut zu wissen. Das ist ein Alleinstellungsmerkmal." Paula wüsste gerne mehr über Fietes derzeitigen Beziehungsstatus. Ob er wieder eine neue Partnerin hat? Direkt nachzuhaken, traut sie sich indes nicht.
Dafür wagt Fiete einen Vorstoß. „Warum begleitest du deine Schwester kurzfristig in den Urlaub? Gibt es dafür einen besonderen Grund?"
Aus Verlegenheit nippt Paula zunächst an ihrem Glas. „Ich bin frisch geschieden und brauche einen Tapetenwechsel."
„Oh, entschuldige. Das tut mir leid. Da bin ich gleich in den Fettnapf getreten." Fiete setzt eine zerknirschte Miene auf.
„Ist nicht schlimm." Nähere Einzelheiten gibt Paula jedoch nicht preis.
Dagegen scheint der Konsum des Weines Fietes Zunge mehr zu lösen. „Meine Trennung liegt auch noch nicht allzu lange zurück. Lina war eine Kollegin. Sie bekam einen Inselkoller und stellte mich vor die Entscheidung, entweder mit ihr aufs Festland zu ziehen oder unsere Beziehung zu beenden."
Paula hört dem Ranger ohne Unterbrechung zu. Vermutlich tut es ihm gut, sich den Frust von der Seele zu reden.
„Wir waren zwei Jahre zusammen. Am Anfang dieser Saison habe ich ihr einen romantischen Heiratsantrag im Strandkorb gemacht. Ringe, Champagner und Erdbeeren lagen bereit. Lina hat tatsächlich Nein gesagt. Beziehungsweise hat sie das Ja an die Bedingung geknüpft, von hier wegzugehen. Ich bin auf Helgoland geboren. Meine Eltern haben einen Souvenirladen drüben auf Helgoland, den mein Bruder einmal übernehmen wird. Ich mag hier nicht weg." Fiete schaut Paula treuherzig an. „Wo kommst du her? Würdest du deine Heimat für einen Partner verlassen?"
„Aus Regensburg. Dahin bin ich erst vor Kurzem zurückgekehrt. Ich habe länger in Los Angeles gelebt."

„Wow. Warst du mit einem Amerikaner verheiratet?", trifft Fiete den Nagel auf den Kopf.
Paula nickt. Mehr spuckt ihr Mund nicht aus.
„Demnach steht dir ein Neuanfang bevor", schließt Fiete zum Glück das Thema ab. „Ich muss mich aufs Ohr legen. Morgen kommt eine Delegation von Ornithologen auf die Düne. Meine Aufgabe ist es, sie herumzuführen. Deshalb schaue ich sehr früh zu meinen Robben und Seehunden."
Fiete erhebt sich. „Danke für den Wein und dein Ohr. Ich hoffe, du hast dich nicht gelangweilt."
„Keineswegs. Womöglich sehen wir uns morgen nicht. Ich fahre zu meiner Schwester rüber und weiß nicht, wann ich zurückkomme."
„Okay, viel Spaß bei deinem Ausflug", wünscht Fiete.
„Danke, gleichfalls mit deinen Vogelkundlern."
Nachdem Fiete verschwunden ist, räumt Paula die leere Flasche und die Gläser auf.
So rasch hatte sie nicht damit gerechnet, etwas Näheres über Fietes Privatleben zu erfahren. Jedenfalls teilen sie beide ein ähnliches Schicksal. Er leckt seine Wunden genau wie sie.
Eine Trennung aus Vernunft ist manchmal schwieriger als eine, die auf Streit und Enttäuschung basiert.
Fiete hat sich für seine Heimat entschieden und Paula für die Bewahrung der Chance, eines Tages eine Familie zu gründen. Allerdings empfindet Paula keine Liebe mehr für Henry.
Wie Fiete indes zu Lina steht, weiß sie schließlich nicht.
Als Paula gerade ins Bett gestiegen ist, meldet sich ihr Handy auf dem Nachttisch.
Emma schreibt:

An das Abendessen werde ich mich nicht gewöhnen. Heute gab es eine Graupensuppe. Ob ich die Diät durchhalte, bezweifle ich. Natürlich würde es komisch wirken, wenn ich einen Rückzieher mache. Wie hat sich dein Abend weiter gestaltet?
Ich melde mich morgen nach dem Arztgespräch.

Eine gute Nacht,
dein Schwesterherz

Zwar antwortet Paula, verschweigt jedoch den Besuch von Fiete. Schließlich betrachtet sie seine Beichte als vertraulich. Alles gleich an Emma zu tratschen, liegt ihr fern.
Wenn sie an Fietes gestohlene Jacke denkt, täten sie allerdings gut daran, zukünftig ihre Sachen nicht im Strandkorb zu lassen. Für Emmas Umsicht ist Paula im Nachhinein dankbar. Womöglich wären ihre Badetaschen sonst auch gestohlen worden wie Fietes Windjacke.
Heute hat Paula gar nichts von Oliver gehört. Vermisst sie seine Nachricht etwa? Schnell verdrängt sie diese Idee in der hintersten Gehirnschublade. Warum sollte er sich dauernd bei ihr melden? Einer Eingebung zufolge fällt Paula ein Grund ein, sich bei ihm unauffällig in Erinnerung zu rufen.

Hi Oliver,
wie geht es Sophie? Leidet sie sehr unter dem Sonnenbrand? Was machen Max' Fortschritte auf dem Surfbrett?
Heute war Emma zu Besuch bei mir auf der Düne. Wir haben sogar eine Robbenkolonie beobachtet und Seehunde mit ihrem niedlichen Nachwuchs. Das war ein ganz besonderes Erlebnis. Ich schicke dir Fotos davon. Ansonsten habe ich bisher nicht viel erlebt. Morgen schaue ich mir Helgoland an und treffe Emma, sofern sie Zeit hat.

Dir viel Spaß und grüß alle von mir,
Paula

Erst gegen Mitternacht trudelt Olivers Reaktion ein.

Wir kommen gerade vom Lagerfeuer. Hier auf dem Campingplatz wird viel geboten. Max und Sophie sind total begeistert von dem Kinderprogramm. Es verschafft Rainer und mir ab und zu eine Verschnaufpause. Mir war gar nicht bewusst, wie viel Energie in

Max und Sophie steckt, deren Sonnenbrand fast überstanden ist. Ihr Bruder übt unentwegt auf dem Brett. Allerdings waren heute die Wellen zu stark. Sie haben ihn dauernd ins Wasser geworfen.
Vielen Dank für die tollen Fotos. Emma hatte den Kindern bereits welche geschickt. Um die Robben und Seehunde beneiden sie euch natürlich.
Diese Woche planen wir einen Trip nach Venedig, sofern es nicht so heiß bleibt.
Nun wünsche ich dir eine gute Nacht, falls du nicht längst im Reich der Träume weilst.

Gruß von Oliver

Aus einem unerklärlichen Grund fühlt sich Paula nicht mehr allein. Oliver scheint an sie zu denken, wie sie umgekehrt an ihn.

KAPITEL 13

Etwas nervös wartet Emma auf ihre Sprechstunde mit dem Arzt. Er besitzt praktischerweise Untersuchungsräume direkt im Hotel. Sie ist als nächste Patientin an der Reihe.
Dr. Lungus begrüßt Emma freundlich und bittet sie, Platz zu nehmen. „Haben Sie Unterlagen von Ihrem Hausarzt dabei?"
„Ja, einen Moment." Emma zieht einen Brief aus ihrer Tasche und überreicht ihn dem Arzt, der die Diagnose zunächst liest.
„Ich fasse mal zusammen: Sie leiden nach einer Corona-Erkrankung an Atemnot, Engegefühl in der Brust und schneller Erschöpfung, die Ihre Ausdauer und Belastbarkeit deutlich einschränkt."
„Das ist richtig", bestätigt Emma.
„Darf ich Ihre Lunge abhorchen?", fragt Dr. Lungus.
„Klar." Emma entledigt sich ihres T-Shirts. Es folgen Anweisungen zum Ein- und Ausatmen, sowie zum Husten.
Nach seinen Untersuchungen tippt Dr. Lungus etwas in seinen PC und druckt es anschließend aus. Er überreicht Emma ihren Anwendungsplan, indem er ihr den Sinn der Therapien erklärt. „Wir sehen uns am Ende der Woche wieder und Sie berichten, ob Sie eine Verbesserung spüren. Ansonsten lasse ich mir weitere Maßnahmen einfallen." Er nennt ihr einen neuen Termin. „Passt das für Sie?"
Emma nickt.
„Nehmen Sie am Diätprogramm des Hotels teil?", hakt er unerwartet nach.
„Ja."
„Sehr gut. Jedes Gramm weniger trägt ebenfalls zur

Linderung Ihrer Beschwerden bei."
Damit begräbt Emma ihren Gedanken, die Diät zu beenden. Sie bedankt und verabschiedet sich.
Erst in ihrem Zimmer durchforstet sie den Plan. Vormittags ist das Programm bis zum Mittagessen engmaschig, aber am Nachmittag soll sie auf eigene Faust ausgiebig spazieren gehen oder schwimmen. Das liest sich entspannt. Sofort meldet Emma Paula, dass sie nach dem Mittagessen Freizeit hat. Glücklicherweise schränken gar keine Verpflichtungen das Wochenende ein.
Sie verabreden, dass Paula zunächst zu Emma ins Hotel aufs Zimmer kommt.
Bereits eine halbe Stunde nach dem Besuch bei Dr. Lungus nimmt Emma an einem Yogakurs teil, inhaliert danach und erhält von einer Atemphysiotherapeutin Tipps zu entsprechenden Übungen, die sie später ebenfalls zuhause absolvieren kann.
Nach dem Mittagessen wartet Emma in ihrem Zimmer auf Paula. Die verbleibende Zeit nutzt sie zur Korrespondenz mit ihrer Familie und ihren Eltern.
Als sie gerade fertig damit ist, klopft es an die Tür.
Paula, die außer Atem ist, begrüßt sie. „Puh, kann ich meine Einkäufe erst einmal bei dir lassen?"
„Ja, hast du etwas Verderbliches in deinen Tüten?"
„Käse. Gibt es eine Minibar?"
Emma nickt. „Die ist voll."
„Vielleicht können wir die Flaschen und das Knabberzeug bis heute Abend auslagern?"
Darauf hätte Emma auch kommen können. Sie räumt den kleinen Kühlschrank leer und wundert sich über Paulas Käsevorräte. „Ich habe für das Wochenende vorgesorgt", erklärt Paula. Anschließend begutachtet sie Emmas Zimmer. „Es ist nett hier. Du hast alles, was du brauchst. Lass mal den Blick vom Balkon sehen." Sie öffnet die Tür nach draußen. „Die Aussicht ist sogar weitschweifender als meine."
„Sollen wir tauschen?", neckt Emma ihre Schwester.

„Nein, danke. Ich fühle mich auf der Düne in meinem Bungalow gut aufgehoben. Der Gruppenzwang bei den Mahlzeiten liegt mir außerdem nicht. Wie war's beim Arzt? Was für Anwendungen erhältst du?"
Emma holt den Plan, auf den Paula einen Blick wirft.
„Spektakuläres erkenne ich nicht", zieht die Schwester ihr Fazit. „Hättest du das nicht genauso in Regensburg machen können?"
„Ich glaube, dass mir die Nordseeluft entscheidend hilft. Die habe ich zuhause nicht. Mir fehlt der lange Spaziergang heute. Wollen wir uns auf den Weg machen?"
„Meinetwegen. Laut Reiseempfehlung bietet sich der Inselrundweg an. Wie wär's damit?"
„Einverstanden."
Emma stülpt sich feste Schuhe über und eine wetterfeste Jacke, denn am Horizont lauern dunkle Wolken. Sie mustert das Outfit von Paula. Auch sie trägt entsprechende Kleidung.
„Hast du eine Idee, wo der Weg startet?", erkundigt sich Paula.
„Ich habe von Frau Bichler aus dem Hotel bereits den Tipp erhalten, mit einer Wanderung über den Klippenrandweg zu beginnen. Von ihm aus sollen wir tolle Ausblicke erhaschen."
„Hat die Frau gesagt, wie lange wir dafür benötigen?"
Emma antwortet: „Etwa zwei Stunden, je nachdem, wie oft wir pausieren."
„Das hört sich machbar an, sofern du dich fit genug dafür fühlst", wendet Paula ein. „Scheu dich nicht, es zuzugeben, wenn es dir zu anstrengend wird. Dann kehren wir um."
Emma zieht eine Grimasse. „Sehe ich so marode aus? Wir rennen schließlich nicht."
Sie verlassen das Hotel und beginnen den Weg im Uhrzeigersinn, wie es Frau Bichler Emma gesagt hatte.
Bereits der Blick auf das Unterland, den Hafen und die Nebeninsel Düne ist vielversprechend und lädt gleich zum Fotografieren ein.

Emma und Paula lichten sich gegenseitig vor der Kulisse ab. Es folgt der Aussichtsplatz Berliner Bär, gekennzeichnet durch eine Bärenfigur. Weiter führt der Weg zum Helgoländer Leuchtturm in Richtung Lummenfelsen und dem Wahrzeichen Helgolands, der Langen Anna. Grasende Heidschnucken oder Galloway Rinder bieten ein friedliches Bild.
Emma peilt eine Bank an. „Ich setze mich einen Moment hin."
Paula hockt sich neben sie und öffnet ihre Tasche, der sie eine Rolle Kekse entnimmt. „Erinnerst du dich daran, als wir die als Kinder aus der Vorratskammer stibitzt haben? Mutter war immer sauer, weil wir vorher hätten fragen sollen." Sie hält Emma die Plätzchen unter die Nase.
„Wie gemein von dir. Hast du vergessen, dass ich Diät mache?"
„Oh, entschuldige. Das habe ich wirklich nicht auf dem Schirm gehabt." In Windeseile packt Paula die Kekse wieder weg, ohne einen gegessen zu haben.
Verärgert springt Emma von der Bank auf, obwohl sie ihrer Schwester keine Absicht unterstellt. Womöglich hat Paula wirklich nicht daran gedacht. Gerade auf Süßigkeiten zu verzichten, fällt Emma schwer. Schon immer aß sie Schokolade oder Kekse als Trostpflaster, wenn irgendetwas in ihrem Leben schieflief. Mal war es eine schlechte Schulnote, mal Streit mit einer Freundin oder später Liebeskummer. Daher blieb es nicht aus, dass Emma in der Pubertät ein Pummelchen war. Ihren Kindern möchte sie diese Leidenszeit möglichst ersparen. Deshalb achtet sie bei ihnen auf eine gesunde, ausgewogene Ernährung. Süßes gibt es nur zu besonderen Anlässen. Was Max und Sophie allerdings heimlich bei Freunden naschen, bleibt ihr Geheimnis. Diesbezüglich muss Emma ihnen vertrauen.
Paula ist bereits ein Stück vorgelaufen. Ob sie beleidigt ist, weil Emma wegen der Kekse so schroff reagiert hat? Als sie ihre Schwester eingeholt hat, entschuldigt sie sich.
Paula lacht. „Ich bin keine Mimose. Außerdem war es

wirklich nicht feinfühlig von mir, dich verführen zu wollen."
Sie hakt Emma unter. „Schau, dort drüben muss es etwas zu sehen geben. Ein richtiger Menschenauflauf."
Als Grund dafür entpuppt sich der Lummenfelsen, benannt nach den Trottellummen, die hier neben anderen Vogelarten brüten. Wie Paula von einer Informationstafel vorliest, handelt es sich bei den Lummen um pinguinähnliche, schwarz-weiß gefiederte Vögel, die bis zu einer Tiefe von 180 Metern tauchen können.
Emma deutet auf die Nester, die unmittelbar hinter einem Sicherheitszaun liegen. Sie gehören den Bastöpeln.
Weiter nördlich des Weges gelangen Emma und Paula zur Langen Anna, dem Wahrzeichen Helgolands. Der Brandungspfeiler misst eine Höhe von 47 Meter. Eine Infotafel weist auf die Entstehung hin.
Dieses Mal liest Emma vor: „Im Mai 1860 ist die Felsbrücke, die die Lange Anna mit der Insel verband, eingestürzt."
„Offenbar wurde sie gleich von Vogelkolonien beschlagnahmt. Stell dich mal in den Vordergrund", fordert Paula auf.
„Wollen Sie beide aufs Bild?", ertönt von hinten eine männliche Stimme.
„Gerne", antwortet Paula, indem sie dem Mann ihre Kamera überreicht. Sie stellt sich mit Emma in Position.
„Danke". Paula schenkt dem freundlichen Fotografen ein Lächeln, als er ihr den Apparat zurückgibt.
Ohne ein weiteres Wort entfernt er sich in die entgegengesetzte Richtung.
„Endlich mal ein Typ, der seine Höflichkeit nicht zum Anbandeln benutzt", stellt Paula fest. „Kannst du noch weiterlaufen?"
„Ja, unser Tempo ist für mich ideal. Außerdem treibt mich die Gartenkolonie an, die am Ende des Klippenweges wartet. Die sollten wir uns unbedingt ansehen."
Tatsächlich ist die Lage des Kleingartenvereins spektakulär

mit der einzigartigen Aussicht aufs Meer und der Insel Düne.
„Unglaublich." Emmas Gärtnerherz schlägt höher. „Schau dir die Blumenpracht an und das bei dem ständigen Wind."
Paula pflichtet ihr bei: „Deshalb besitzt wohl fast jede Parzelle ein Gewächshaus oder einen Wintergarten für die empfindlichen Pflanzen. Vielleicht bewerbe ich mich in Regensburg im Kleingartenverein, falls ich sesshaft werde."
„Du kannst jederzeit zu uns in den Garten", bietet Emma an.
„Das ist lieb, aber nicht das Gleiche, als wenn ich selbst etwas gestalte oder anpflanze."
„Ich kann dir ja ein Beet zuteilen wie Sophie." Emma kichert, weil sie das Angebot nicht ganz ernst meint.
„Ich glaube nicht, dass Rainer begeistert wäre, wenn ich dauernd bei euch in der Erde buddeln würde."
Insgeheim stimmt Emma ihrer Schwester zu. Ihr Mann bevorzugt eine gewisse Ordnung im Garten und mag keine Umgestaltungen.
Schließlich nähern sie sich dem Ende des Klippenrandwegs.
„Wie fühlst du dich?", fragt Paula. „Erschöpft?"
„Nein, gar nicht. Die Luft hat mir gutgetan."
„Was fangen wir mit dem restlichen Nachmittag an? Mein Schiff auf die Düne geht erst in zwei Stunden."
„Wie wär's mit einem Besuch im Café?"
„Ich bin dabei."
In diesem Moment fängt es zu tröpfeln an. Gerade rechtzeitig vor dem Wolkenbruch stürmen Emma und Paula in ein Café.
Während sich Paula einen Kakao und einen Käsekuchen gönnt, beschränkt sich Emma auf eine Kanne Tee mit Zitrone.
Der Regen platscht an die Scheibe, hinter der sie direkt sitzen. Trotzdem hat das Wetterspektakel seinen Reiz.

Wolkenfetzen sausen über die Insel hinweg. Wellenberge deuten auf eine stürmische See hin.
„Ob der Fährbetrieb eingestellt wird?“, vermutet Emma. „Was dann?“
„... übernachte ich bei dir im Zimmer auf dem Sofa und ernähre mich von dem Käse in der Minibar.“ Offensichtlich macht sich Paula keine Sorgen. „Wie mir Fiete erzählt hat, wechselt die Wetterlage ganz plötzlich. Womöglich sieht sie in einer Stunde wieder ganz anders aus.“
Paula soll recht behalten.
Bis zu ihrer Überfahrt klart es auf, als hätte es den Sturm nicht gegeben.
Emma bringt Paula mit all ihren Tüten zum Anleger.
„Wann sehen wir uns? Kommst du unter der Woche noch einmal nach Helgoland?“
„Wahrscheinlich“, sagt Paula. „So viel Abwechslung bietet die Düne nicht. Du weißt, dass ich es nicht stundenlang am Strand aushalte. Trotzdem darfst du mich auch gerne besuchen, wenn dein Programm es zulässt. Wir tauschen uns einfach weiterhin aus.“
„Okay.“ Emma umarmt ihre Schwester zum Abschied.
„Grüß Fiete von mir.“ Sie grinst.
„Wenn ich ihm begegne.“
Emma ist sich jedoch irgendwie sicher, dass Paula mit dem Ranger in Verbindung bleibt, auch wenn es ein reines Bauchgefühl ist. Sie würde Paula ein Techtelmechtel gönnen, das ihre Scheidungswunden lindert.
Bis zum Abendessen vertreibt sich Emma die Zeit mit einem Bummel an den Läden entlang. Auf Helgoland zahlt man auf die Waren keine Mehrwertsteuer, was so viele Tagestouristen anlockt, um günstig einzukaufen. Emma fällt jedoch nichts ein, was sie wirklich gebrauchen könnte. Natürlich plant sie, ihrer Familie ein Andenken von der Insel mitzubringen, aber das hat Zeit bis zum Ende des Urlaubs.
Trotzdem hält sie an einem Ständer vor einer Boutique mit Pullovern für Max und Sophie an und stöbert nach der

richtigen Größe. Ein rosa Pullover mit Möwenmotiven gefällt Emma besonders gut für Sophie. Sie hält ihn hoch, um ihn näher zu betrachten.
„Der wird Ihnen bestimmt gut stehen", ertönt eine männliche Stimme hinter Emma.
Ein Verkäufer? Sie hat niemanden aus dem Geschäft kommen sehen. Abrupt dreht sich Emma um und blickt in ein lächelndes Gesicht, das ihr bekannt erscheint. Wo ist ihr der Typ schon mal begegnet? Bevor sie ins Grübeln gerät, klärt sie der Mann auf.
„Ich saß auf der Überfahrt nach Helgoland kurz neben Ihnen. Erinnern Sie sich?"
Es dämmert Emma. Bevor er sie ins Kreuzverhör nehmen konnte, erschien Paula, um sie auf Deck zu locken. „Ja, vage. Schließlich kann ich mir nicht alle Leute merken, die mir auf einem Schiff über den Weg laufen."
„Es freut mich, Sie wiederzusehen. Gestatten, Ferdinand von Osterlund. Alle nennen mich jedoch einfach Ferdi."
Emma fühlt sich überrumpelt. Der Pullover für Sophie mutiert zur Nebensache. Sie hängt ihn zurück auf den Ständer. Was soll sie erwidern? Weder möchte sie ihren Namen nennen, noch die Begegnung intensivieren. Emma hat jedoch die Rechnung ohne Ferdinand gemacht.
„Darf ich Sie zu irgendetwas einladen? Zum Abendessen vielleicht?"
Perplex studiert Emma seine Miene. Er scheint das ernst zu meinen. „Nein, danke. Es gibt Vollpension in meinem Hotel. Ich esse nicht auswärts."
„Schade. Und danach? Auf einen Cocktail in einer Bar?"
„Auch nicht. Ich habe keine Zeit", lügt Emma aus Verlegenheit. Eine plausible Ausrede fällt ihr nicht ein. Fluchtartig lässt sie Ferdinand von Osterlund stehen und eilt zu ihrem Hotel. Immer wieder blickt sie sich um, ob der Mann sie womöglich verfolgt. Zum Glück entdeckt sie ihn nicht. Seit dem Erlebnis an der Tankstelle leidet sie wohl an Verfolgungswahn.
Mit klopfendem Herzen stürmt Emma in die Hotellobby,

als wäre ein Rudel Löwen hinter ihr her.
„Ist etwas passiert?“, erkundigt sich Frau Bichler an der Rezeption.
„Nein, ich bin ein bisschen zu schnell gelaufen“, wiegelt Emma ab, deren Puls tatsächlich in die Höhe geschossen ist.
„Am besten ruhen Sie sich bis zum Essen aus. Wie hat Ihnen der Klippenrandweg gefallen?“
„Sehr gut. Er war genau richtig, um sich einen Überblick über die Insel zu verschaffen. Danke für den Tipp.“
„Das freut mich.“
„Gibt es auf Helgoland ein Schwimmbad?“ Emma denkt an den Ratschlag des Arztes, schwimmen zu gehen.“
„Selbstverständlich. Besonders beliebt ist der Whirlpool auf der Dachterrasse mit fantastischer Aussicht.“ Frau Bichler winkt Emma näher zu sich, um ihr den Standort auf der Inselkarte zu zeigen. „Eine Sauna hat es auch.“
„Super, danke. Nachmittags habe ich genug Zeit.“
Anschließend legt sich Emma eine halbe Stunde zum Ruhen auf ihr Bett. Hoffentlich läuft sie diesem von Osterlund nicht mehr über den Weg, obwohl er nicht unsympathisch wirkt. Auf einen sogenannten Kurschatten legt Emma allerdings keinen Wert.
Nur mühsam rappelt sie sich zum Essen auf. Zwar meldet sich ihr Magen mit Hungergefühl, aber bei dem Gedanken an eine Graupensuppe wird Emma übel.
Ihrer Befürchtung zum Trotz wartet dieses Mal ein leckeres Salatbüffet auf sie, das Emma versöhnlich stimmt. Damit schafft sie es, die Diät durchzustehen.

♥

KAPITEL 14

Seltsamerweise freut sich Paula auf die Düne, auf der es wesentlich beschaulicher zugeht als auf Helgoland.
Unverhofft trifft sie bei ihrer Ankunft am Anleger auf Fiete.
„Na, wie war dein Ausflug?", will er sogleich wissen.
„Sehr schön. Ich bin mit meiner Schwester den Klippenrandweg abgelaufen. Wirklich sehenswerte Ausblicke. Und was machst du hier? Erwartest du Gäste?"
„Ich habe gerade welche hergebracht." Fiete zeigt auf eine Gruppe, die gerade das Schiff entert.
„Die Vogelkundler?"
„Ja. Ich bin total k.o. Die haben den ganzen Tag gefachsimpelt. Über Vögel mag ich eine Weile nichts mehr hören. Ich muss mich erholen."
„Dabei wollte ich dich spontan zum Essen einladen", meint Paula.
„Zu dir in den Bungalow? Willst du für mich kochen?"
„Ins Restaurant."
An Fietes Mimik kann Paula nicht ablesen, ob er enttäuscht ist. Seine Müdigkeit scheint in diesem Moment jedoch Geschichte zu sein. „Ich nehme deine Einladung gerne an. Bloß umziehen müsste ich mich vorher."
„Das trifft sich gut. Meine Einkäufe möchte ich natürlich nicht mit ins Restaurant nehmen. Wir können uns dort in einer Stunde treffen."
„Einverstanden. Bis später."
Ihre Wege trennen sich vorläufig.
Gegen ihren Willen verspürt Paula prickelnde Vorfreude, als sie sich im Spiegel des Badezimmers fürs Ausgehen schminkt. Ihre Einladung an Fiete war indes unvermittelt

aus dem Bauch heraus. Einerseits hat sie keine Lust, etwas für sich zu kochen, andererseits möchte sie den Tag nicht einsam ausklingen lassen.
Für den Rückweg vom Restaurant steckt sie vorsichtshalber eine Taschenlampe ein, die zur Standardausstattung des Bungalows gehört.
Den Weg zur Gaststätte findet Paula im Hellen mühelos.
Fiete wartet bereits am Eingang und verblüfft sie. Bisher hat er sich in seinem Ranger-Outfit präsentiert, während er nun zivile Kleidung trägt. In der Jeans mit weißem Hemd und hellblauem Pullover darüber sieht es sehr attraktiv aus. Sogleich punktet er zusätzlich mit einem Kompliment: „Hübsches Kleid. Gefällt mir."
„Danke." Mehr aus Verlegenheit fragt Paula: „Hätten wir reservieren müssen?"
„Das habe ich getan. Da nur wenige Möglichkeiten auf der Düne zum Essengehen existieren, wollte ich nicht riskieren, dass wir keinen Tisch erhalten."
„Das war schlau von dir", sagt Paula, als sie sich im Inneren des Lokals umsieht. Es ist sehr voll. Auf Anhieb entdeckt sie keinen freien Tisch.
Ein Kellner steuert auf sie zu: „Grüß dich, Fiete. „Gut, dass du angerufen hast. Ich habe allerdings bloß noch einen Tisch für euch im Nebenzimmer. Du weißt ja, wo es sich befindet oder soll ich euch führen?"
„Nicht nötig. Danke dir."
„Es ist der Tisch links in der Ecke mit Blick nach draußen", erläutert der Kellner.
„Cool." Fiete schreitet voraus und mit Paula im Schlepptau.
Der Raum verfügt gerade mal über fünf Tische, jeweils für zwei Personen, als würde es sich um ein Séparée für Verliebte handeln. Sie sind außerdem durch eine halbhohe Holzwand voneinander getrennt. Bringt Fiete öfter Frauen hierher, mit denen er seinen Strandkorb teilt und die ihn dafür zum Essen einladen?
Mit Paula geht die Fantasie auf Reisen. Auf jeden Fall

sollte sie vorsichtig mit dem Genuss von Alkohol sein.
Die anderen Gäste schenken ihnen keine Beachtung, als sie in der für Fiete reservierten Ecke Platz nehmen.
Erst jetzt fällt Paula auf, dass die Tische im Nebenraum im Gegensatz zum Hauptraum geschmackvoll hergerichtet sind. Neben einer weißen Tischdecke gehört eine Vase mit Blumen genauso zur Dekoration wie eine Kerze im Silberständer. Ob in diesem Ambiente die Preise entsprechend höher sind? Paula wagt einen Vorstoß: „Ist dieser Raum für jedermann zugänglich oder speziellen Gästen vorbehalten?"
Fiete grinst verdächtig.
Paula ist auf alles gefasst.
„Der Wirt bietet ab und zu Speeddatings mit Dinner an. Damit rettet er seine Existenz hauptsächlich in der Nebensaison, in der die Einnahmen gering sind. Mit diesen Abenden lockt er auch Einheimische vom Festland hierher."
„Sitzen wir heute mitten in solch einer Veranstaltung?", fragt Paula im Flüsterton.
„Nein, keine Sorge, und das Essen kostet in diesem Raum nicht mehr als sonst", stellt Fiete klar, als würde er diese unausgesprochene Frage auf Paulas Stirn ablesen. „Wenn kein Dating stattfindet, ist dieses Zimmer für gewöhnliche Gäste zugänglich. Es wird allerdings nur geöffnet, wenn der Hauptraum keinen Platz mehr bietet."
„Demnach dürfen wir uns glücklich schätzen." Paula zögert einen Moment, bevor sie sich zu fragen traut: „Hast du schon mal an solch einem Speeddating teilgenommen?" Fietes Gesichtsausdruck fixiert sie dabei.
„Ja", outet er sich. „Findest du das verwerflich?"
In diesem Moment unterbricht der Kellner den Dialog, indem er ihre Bestellung aufnimmt.
Nach kurzem Studium der Speisekarte haben sich beide für das gleiche Menü entschieden. Eine Krabbensuppe als Vorspeise, als Hauptgang gebackenen Seelachs mit Salzkartoffeln, Remouladensoße und Salat, als Nachtisch

Erdbeercreme.
Paula bestellt eine Weißweinschorle, während Fiete ein Bier ordert.
Als der Kellner sich entfernt hat, antwortet Paula Fiete: „Ich habe kein Recht, Speeddatings zu kritisieren. Außerdem scheint das heutzutage normal zu sein. Es spricht nichts gegen ein persönliches Kennenlernen in Kurzzeit. Ich habe eher Probleme mit sogenannten Dating-Plattformen, auf denen sich zahlreiche Fake-Accounts tummeln. Für mich käme das nicht in Frage. Warst du denn erfolgreich?"
„Nicht wirklich. Bei einem Fünf-Gänge-Menü tauschen die Männer im Halbstundentakt nach jeder Mahlzeit den Tisch. Manche Frauen machen es einem einfach, ins Gespräch zu kommen, andere nicht. Jedenfalls habe ich dabei keine kennengelernt, mit der ich danach weiter Kontakt haben wollte. Trotzdem war es eine Erfahrung, die ich nicht missen möchte. Wahrscheinlich hätte ich sonst den Eindruck, etwas verpasst zu haben. Außerdem ist es in der Nebensaison ganz schön langweilig auf der Düne. So oft es meine Tätigkeit als Ranger erlaubt, setze ich in dieser Zeit nach Helgoland über, um bei meiner Familie zu sein."
„Wo wohnst du überhaupt hier auf der Insel?" Paula zügelt ihre Neugierde nicht länger.
„Seit einigen Wochen nenne ich ein Tiny House mein Eigen, das heißt, es gehört mir nicht, steht mir jedoch als Ranger zur Verfügung. Ich durfte es selbst ausstatten."
„Wow, ich habe noch nie eins gesehen."
„Du bist eingeladen, es dir anzuschauen", bietet Fiete spontan an.
„Darauf komme ich gerne einmal zurück."
In diesem Augenblick serviert der Kellner die Krabbensuppe gleichzeitig mit den Getränken. „Entschuldigt bitte. Wir haben wieder zu wenig Bedienungspersonal. Heute bin ich mit einer Kollegin allein. Deshalb dauert alles ein bisschen länger."

„Kein Problem“, wiegelt Fiete ab. „Wir haben Zeit mitgebracht.“
Offenbar spricht er für Paula mit.
Bevor sie die Suppe kosten, stoßen sie an.
„Prost. Auf was trinken wir?“, rätselt Paula.
„Auf unsere Begegnung im Strandkorb.“
„Gute Idee. Danke nochmals, dass ich ihn nutzen darf.“
„Gerne.“
Am liebsten möchte Paula nachhaken, wie vielen Touristinnen Fiete wohl diesen Korb in der Vergangenheit angeboten hat, aber sie spült ihre Wissbegier mit einem Schluck Schorle hinunter. Vielmehr reißt sie ein ganz anderes Thema an. „Wieso heißen die Häuser im Unterland Hummerbuden, wenn gar kein Hummer in ihnen verkauft wird? Hier auf der Karte habe ich übrigens auch keinen entdeckt.“
Fiete erklärt es ihr: „Ursprünglich dauerte die Blütezeit des Hummerfangs bis zum Beginn des Zweiten Weltkriegs. Danach führten verschiedene Umstände dazu, dass der Hummer fast ausgerottet wurde.“
„Was für welche?“
„Überfischung, weil der Hummer als Delikatesse gilt und entsprechend teuer ist, und Umweltverschmutzung zum Beispiel. Heutzutage dürfen nur noch wenige nebenberufliche Hummerfischer etwa 100 Stück jährlich rund um Helgoland fangen.“
„Und was passierte mit den Buden?“
„Als sie den Fischern nicht mehr dienten, entwickelte sich die Häuserzeile entlang der Promenade zu einem kleinen Kulturzentrum. In einer Bude befindet sich sogar das Standesamt. Brautpaare vom Festland lassen sich dort genauso gerne trauen wie einheimische Heiratswillige.“
„Jedenfalls bieten sie ein tolles Fotomotiv, das fast jeder kennt, wenn er an Helgoland denkt.“
„So ist es wohl“, pflichtet Fiete Paulas Feststellung bei.
Anschließend lassen sie sich den Nachtisch schmecken, einen Traum aus Mascarpone, Sahne und Erdbeeren.

Unweigerlich denkt Paula an ihre bemitleidenswerte Schwester, die bestimmt gerade eine gewürzlose Suppe löffelt oder an einem Salatblatt knabbert. Mit ihr möchte sie nicht tauschen.
„Magst du mein Tiny House besichtigen?", durchbricht Fiete Paulas abschweifende Gedanken.
„Sag bloß, es gibt dort einen Kaffee für mich?", kokettiert Paula.
„Auch das."
„Okay, ich bin dabei." Im gleichen Augenblick bereut Paula ihre unüberlegte Zusage. Es wäre allerdings komisch, wieder zurückzurudern. Was sollte Paula als triftigen Grund angeben? Plötzliche Müdigkeit? Eine unglaubwürdige Ausrede.
Außerdem interessiert sie sich tatsächlich für Fietes Behausung. Vielleicht wäre ein Tiny House eine Option für Paula in Regensburg.
Nachdem sie die Rechnung bezahlt hat, führt Fiete sie durch die Dunkelheit. Praktischerweise trägt er eine Stirnlampe, die lustigerweise im bayerischen Dialekt Hirnbirn genannt wird.
Vergeblich versucht Paula, sich den Weg zu merken, denn sie muss ja später zum Bungalowdorf zurückfinden.
In der Ferne leuchtet ein Licht, das sich wenig später als Lampe am Tiny House entpuppt.
Andere Gebäude entdeckt Paula nicht in der Umgebung.
„Wo sind wir?"
„Nicht weit entfernt vom Flugplatz."
„Ich habe keine Orientierung", meint Paula.
„Das macht nichts. Ich begleite dich später selbstverständlich zu deinem Bungalow."
Etwas beruhigt tritt Paula hinter Fiete ins Innere des Mini-Hauses und staunt nicht schlecht. Wie sie in Prospekten gesehen hat, fehlt es auf engstem Raum an nichts.
Wohnen, kochen und essen bilden eine Einheit. Ein Bad mit Toilette und Dusche schließt sich unmittelbar an.
Eine Leiter führt zur zweiten Ebene in den Schlafbereich.

Fiete hat seiner Behausung eine persönliche Note verliehen. An den Wänden hängen Fotos von Robben und Seehunden.
Auf dem Sofa laden dicke Kissen zum Entschleunigen ein. Ein Flachbildschirm versteckt sich hinter einem Spiegel.
„Na, wie gefällt dir mein Haus?"
„Es ist mega cool. Ich hätte nicht für möglich gehalten, dass wirklich alle wesentlichen Dinge des Lebens auf so engem Raum untergebracht sind."
„Ich fühle mich sehr wohl hier." In der Kochnische bereitet Fiete den Kaffee zu. „Magst du ihn mit aufgeschäumter Milch?"
„Sehr gerne." Paula setzt sich aufs Sofa. „Ist deine Jacke wieder aufgetaucht?"
„Nein. Leider nicht. Ein Dieb scheint sein Unwesen auf der Insel zu treiben. Es hat sich herumgesprochen, dass sogar Kleidungsstücke von der Wäscheleine verschwunden sind. Sogar vor Unterhosen hat er nicht haltgemacht. Offenbar handelt es sich um einen Mann, denn eindeutig weibliche Utensilien, wie BHs, ließ er hängen. Du solltest folglich immer ein Auge auf deine Sachen haben."
„Vielleicht fassen sie den Täter bald, und du erhältst deine Jacke zurück."
„Sie erinnert mich bloß an Lina. Wahrscheinlich ist es sogar besser, wenn sie verschwunden bleibt." Fiete reicht Paula einen Becher mit Kaffee und hockt sich neben sie.
Zum ersten Mal seit ihrer Scheidung empfindet Paula wieder etwas wie Geborgenheit in Gegenwart eines Mannes. Für den Bruchteil einer Sekunde stellt sie sich sogar einen Kuss mit Fiete vor. Die Gefahr, es könnte sich mehr daraus ergeben, lässt Paula jedoch vernünftig bleiben.
Fiete seinerseits macht gar keine Anstalten, ihr näher auf den Pelz zu rücken. Stattdessen holt er ein Album aus einer Schrankwand.
Die Masche mit der Briefmarkensammlung? Zum Glück wird Paula eines Besseren belehrt.
Fiete zeigt ihr spektakuläre Fotos von der Tier- und

Pflanzenwelt Helgolands. „Du wunderst dich bestimmt, dass ich altmodisch bin und kein Fotobuch habe. Ich mag die Dinger einfach nicht, weil du darin nichts mehr ändern kannst."

Es folgen weitere Alben, bis ein Donnerhall die Holzwände des Tiny Houses erschüttert.

Fast rutscht das Album von Paulas Schoss, die zusammenzuckt.

Kurz darauf prasselt starker Regen aufs Dach und gegen die Fenster.

„War das angesagt?", fragt Paula skeptisch, die sofort an ihren Heimweg denkt.

„Wir Einheimische nehmen das Wetter, wie es kommt. Ich sehe mir gar keine Prognose an."

Es donnert, und Blitze zucken durch die Fenster ins Innere.

„Fürchtest du dich vor Gewittern?", scheint Fiete zu vermuten.

„Direkt fürchten tue ich mich nicht, aber ich habe Respekt davor. Ich würde jetzt nicht unbedingt zu meinem Bungalow laufen."

„Musst du auch nicht. Notfalls schläfst du hier."

„Auf gar keinen Fall." Paula schaut entsetzt.

„Ein Taxi kommt nicht bis hierher, um dich nach Hause zu bringen. Es gibt gar keins auf der Düne."

Nach dem Konsum der dritten Tasse Kaffee tobt das Unwetter immer noch. Unmöglich, durch den Starkregen einen Fuß vor die Tür zu setzen.

„Wahrscheinlich regnet es länger weiter. Ich bin müde und muss morgen früh aufstehen. Mein Bett steht dir zur Verfügung. Ich schlafe auf dem Sofa", schlägt Fiete vor.

Paula sieht inzwischen keine Alternative. Sie kann kaum von Fiete verlangen, dass er sie zum Bungalow bringt, und allein wird sie ihn nicht wiederfinden. Notgedrungen willigt sie in seinen Vorschlag ein. „Ich bestehe darauf, auf dem Sofa zu schlafen. Das macht mir nichts aus." In Wahrheit möchte Paula nicht die steile Treppe

hinabsteigen müssen, sollte ein Toilettengang notwendig werden.
„Meinetwegen, aber oben wärst du ungestörter, wenn ich frühstücke. Du darfst natürlich länger hierbleiben."
„Ich stehe mit dir auf. Vielleicht bist du dann so nett und zeigst mir den Weg."
„Sowieso."
Mit wenigen Handgriffen zieht Fiete das Sofa zu einer bequemen Fläche aus und versieht sie mit Laken, Kissen und Decke. Als würde er Paula hinter die Stirn schauen können, leiht er ihr ein T-Shirt nebst Boxershorts. „Ich nehme an, du magst dein hübsches Kleid nicht zerknittern und auch nicht in Unterwäsche schlafen."
Für diese Empathie schenkt Paula ihm ein Lächeln. „Danke, du Frauenversteher."
Eine Viertelstunde später liegt jeder in seinem Bett.
Der Regen platscht unaufhörlich weiter.
Angespannt lauscht Paula eventuellen anderen Geräuschen. Sie tut kein Auge zu. Nutzt Fiete die Situation wirklich nicht aus? Diesbezügliche Filmszenen laufen vor ihrem inneren Auge ab.
Plötzlich hört sie Fiete die Leiter hinabklettern. Hat sie es nicht gewusst? Gleich wird er zu ihr unter die Decke krabbeln. Will sie es nicht auch? Hat sie sich es nicht sogar die ganze Zeit gewünscht? Ihr Herz beginnt zu poltern. Ist Paula soweit, sich auf einen neuen Mann einzulassen? Die Frage erübrigt sich kurz darauf, als sie die Toilettenspülung wahrnimmt und Fiete die Sprossen wieder nach oben erklimmt.
Paula weiß nicht, ob sie erleichtert oder enttäuscht sein soll. Hat sie wirklich erwartet, Fiete würde über sie herfallen? Dafür gab es bisher keinerlei Anhaltspunkte.
Als der Regen endlich etwas nachlässt, siegt die Müdigkeit über Paulas Grübeleien. In ihren Träumen spielt Fiete jedoch weiter eine Rolle.

♥

KAPITEL 15

Am liebsten würde Emma nach dieser gewittrigen Nacht im Bett bleiben, denn viel geschlafen hat sie wegen des Lärms draußen nicht.
Leider warten die Anwendungen auf sie. Heute steht sogar vor dem Frühstück eine Kneippkur an.
Deshalb zieht Emma ihren Badeanzug und darüber einen Bademantel an. Zusätzlich mit einem Handtuch ausgestattet fährt sie im Fahrstuhl in die Bäderabteilung des Hotels hinunter.
Trotz der frühen Morgenstunde herrscht hier reges Treiben. Emma meldet sich am Tresen an.
Eine Therapeutin geleitet sie zu dem Kneippschen Wasserbecken, in dem Emma zusammen mit zwei anderen Frauen wie ein Storch durchs Wasser watet. Diese spezielle Art des Tretens soll die Durchblutung anregen und das Immunsystem stärken.
Nach einigen Rundgängen darf Emma glücklicherweise das Becken verlassen, nichts ahnend, dass es schlimmer kommt.
In einer Duschkabine spritzt die Therapeutin Emma abwechselnd mit kalten und warmen Wasserstrahlen ab. Dabei soll sie eine bestimmte Atemtechnik anwenden. Bei dem eiskalten Wasser bleibt ihr beim ersten Mal buchstäblich die Luft weg.
„Wenn Sie richtig atmen, wie ich es Ihnen vorgemacht habe, passiert das nicht“, tadelt die Therapeutin.
Tatsächlich funktioniert es besser, als sich Emma zusammenreißt, und die Empfehlungen befolgt.
Endlich hat die Folter ein Ende, und Emma darf eine Stunde in ihrem Zimmer ruhen. Prompt schläft sie dabei

auf ihrem Bett ein.
Der Anruf von Rainer rettet sie.
„Hallo, Schatz. Was läuft auf Helgoland?“, begrüßt er sie.
Emma bekämpft ihre Müdigkeit. „Ich müsste längst beim Frühstück sein. Nach einer Kneippkur-Anwendung bin ich eingenickt. Danke, dass du mich geweckt hast. Können wir später telefonieren? Ich muss mich beeilen.“
„Das geht schlecht. Wir fahren heute mit dem Schiff nach Venedig.“
Emma wirft automatisch den Rotor ihres imaginären Helikopters an. „Ist das nicht viel zu heiß?“
„Quatsch. Es ist angenehm warm, und heute ist der Himmel bedeckt, also ideal für eine Besichtigungstour.“
„Bitte überanstrenge Sophie nicht. Mag sie das überhaupt mitmachen?“
Emma hört ihren Mann stöhnen. „Soll ich sie hier allein auf dem Campingplatz lassen?“
„Nein, natürlich nicht. Ich mein ja bloß.“
„Warum vertraust du mir nicht? Ich bin Sophies Vater und passe auf sie auf. Hast du es nicht eilig? Ich melde mich heute Abend wieder.“
Ehe Emma erneut protestieren kann, hat Rainer aufgelegt. Tatsächlich bleibt ihr keine Zeit, Sophie direkt zu kontaktieren, um ihr einige Verhaltensregeln mit auf den Weg nach Venedig zu geben. Hoffentlich cremt Rainer ihre Tochter mit Sonnenmilch ein und achtet auf einen Hut.
Auch durch einen wolkenbedeckten Himmel ist die Strahlung tückisch. Ach, wäre Emma nur bei ihrer Familie. Leidet sie bereits nach so kurzer Zeit an einem Inselkoller? Diesen negativen Gedanken gilt es zu verdrängen. Schließlich ist das Ziel, auf Helgoland wieder zu alter Stärke und Gesundheit zurückzufinden.
Der Speisesaal präsentiert sich Emma fast leer.
Allein zwei Bedienungen beginnen gerade, das Büfett abzuräumen.
„Entschuldigung. Ich bin zu spät, aber kann ich noch

einen Kaffee trinken und ein Müsli essen?", bittet Emma.
„Ja, natürlich", sagt eine von den Frauen. „Ich bringe Ihnen sofort ein Kännchen. Müsli steht dort."
Hastig konsumiert Emma ihr Frühstück. Danach eilt sie zum Yogaraum.
Die anderen Teilnehmer hocken startbereit auf ihren Matten. Einige schauen Emma missbilligend an. Deshalb verkriecht sie sich in die hintere Reihe. Freundschaften wird sie wohl nicht hier knüpfen.
Allerdings tun Emma die Yoga-Übungen wider Erwarten gut. Sie entspannt sich allmählich dabei, indem sie ihre Gedanken um die Familie ausblendet und sich auf ihren Körper konzentriert.
Die danach folgenden Atemübungen bei der Therapeutin geben Emma ein wenig Zuversicht.
Zu ihrer Beruhigung schickt Sophie einige Fotos von Venedig und schwärmt von einer Gondelfahrt. Es geht ihrer Tochter also gut.
Was fängt Emma mit dem Nachmittag an? Das Wetter scheint sich nicht zu bessern. Eine dunkle Wolke jagt die nächste.
Ein Besuch auf der Insel Düne bei Paula fällt somit flach. Bei dem starken Wind verspürt Emma ebenso wenig Lust auf einen Spaziergang. Es bietet sich als Alternative das Hallenbad an.
Auf diese Idee kommen wahrscheinlich viele Touristen, und es wird bestimmt sehr voll dort sein.
Trotzdem packt Emma ihre Badetasche.
Von Paula hat sie heute noch gar nichts gehört. Wahrscheinlich macht es sich ihre Schwester im Bungalow mit Lesen gemütlich. Warum antwortet sie ihr nicht? Steckt Fiete dahinter? Hat sich Paula in den Ranger verguckt? Ist Emma etwa eifersüchtig, weil Paula anziehender auf Männer wirkt als sie?
Was für ein Blödsinn. Schließlich ist Emma glücklich mit Rainer verheiratet und hat zwei wunderbare Kinder, die Paula sich sehnlichst wünscht. Sonst hätte sie sich nicht

von Henry getrennt. Emma hat keinen Grund, ihrer Schwester irgendetwas zu neiden. Ein Techtelmechtel mit Fiete gönnt sie ihr. Mehr kann daraus ohnehin nicht werden.
Emma stülpt sich ihre wetterfeste Montur über, schnappt sich die Badetasche und begibt sich auf den Weg zum Hallenbad, den sie sich zuvor mithilfe des Handys eingeprägt hat.
Erwartungsgemäß präsentieren sich die Straßen fast menschenleer. Einige Gassigeher mit ihren Hunden trotzen dem Sturm.
Das Meer weist lauter Schaumkronen auf. Eine gruselige Stimmung, und gleichzeitig fasziniert Emma der Anblick der aufgewühlten See. Womöglich ist der Fährbetrieb zur Düne ohnehin eingestellt, und sie hätte gar nicht zu Paula übersetzen können.
Emma ist froh, endlich in den geschützten Bereich des Hallenbades zu gelangen, in dem sie ihr Ticket löst.
„Der Whirlpoolbereich auf dem Dach ist leider wegen des Wetters geschlossen", erläutert die Frau an der Kasse.
„Schade." Emma nimmt ihr Ticket nebst Armband fürs Schließfach entgegen.
Wie befürchtet tummeln sich zahlreiche Familien in der Anlage. Emma tut sich sogar schwer, ein freies Fach für ihre Sachen aufzuspüren. Endlich findet sie eins.
Im Beckenbereich sieht es mit den Massen nicht anders aus. Bahnen zu schwimmen, erscheint ein hoffnungsloses Unterfangen zu sein. Diesbezüglich war Emma sehr naiv.
Per Zufall ergattert sie jedoch einen Liegestuhl, den gerade eine junge Frau mit Kleinkind freiräumt. Was für ein Glück. Bevor ihr jemand den Platz wegschnappt, lässt Emma sich nieder und schaut eine Weile dem Treiben im und außerhalb des Wasserbeckens zu. Soll sie sich hineinwagen? Irgendwie macht es für Emma plötzlich keinen Sinn. Sie hätte sich das Geld sparen sollen.
Bestimmt ist der Saunabereich ebenso überfüllt, und in ihrem Hotel gibt es außerdem einen, den sie noch gar nicht

ausprobiert hat.
Ihren Grübeleien setzt eine Stimme ein Ende, die ihr bekannt vorkommt.
„Was für eine Fügung, Sie hier zu treffen."
Emma traut ihren Augen nicht. Erst auf den zweiten Blick identifiziert sie Ferdinand von Osterlund. In seiner etwas altmodisch anmutenden Badehose sieht er ganz anders aus als neulich angekleidet. Verfolgt dieser Mann sie?
„Hallo", spuckt ihr Mund lediglich aus.
Statt einfach weiterzulaufen, hockt sich Ferdinand ungebeten ans Ende von Emmas Liegestuhl.
Automatisch zieht sie die Beine an. Seine Aufdringlichkeit ist ihr unangenehm. Wie wird sie ihn bloß los?
Er beginnt mit Smalltalk: „Ist das nicht ein lausiges Wetter? Ich wusste auch nichts anderes, als hierherzukommen. Offenbar ein Fehler, denn schwimmen kann man nicht. Haben Sie es schon probiert?"
„Nein." Wortkarger geht es kaum, was Ferdinand nicht abschreckt.
„Wollen wir dem Getümmel nicht lieber entfliehen und irgendwo einen Kakao trinken und ein Stück Kuchen essen?" Er zwinkert ihr aufmunternd zu.
Alle möglichen Ausreden schießen Emma in den Kopf, aber keine plausible.
Ferdinand schaut sie erwartungsvoll an.
Aus einem unerklärlichen Grund gibt Emma nach. „Okay."
„Super, das freut mich. Wie lange brauchen Sie? Reicht eine Viertelstunde?"
Emma nickt.
„Am besten treffen wir uns am Ausgang", schlägt er vor.
Da Emma keine nassen Haare hat und sie nicht föhnen muss, dauert das Umziehen nicht lange. Sie trifft sogar vor Ferdinand am Ausgang ein.
Lächelnd bewegt er sich auf sie zu. „Magst du Waffeln?" Ferdi duzt Emma plötzlich, was ihr gar nicht behagt. Jetzt wäre der Moment, ihm zu gestehen, dass sie zurzeit eine

Diät einhält, bei der Waffeln natürlich tabu sind. Ein kleines unsichtbares Teufelchen auf ihrer Schulter scheint ihr zuzuflüstern: *Los, sag zu. Eine Waffel schadet nicht.*

„Ja, bei Waffeln kann ich nicht widerstehen."

Ferdi hakt Emma unter, als wären sie alte Kumpel, und führt sie zielstrebig zu einem Café.

Auch hier ist es voll, aber wie durch ein Wunder finden sie in der oberen Etage einen kleinen Tisch sogar mit Meerblick.

Als sie sich gesetzt haben, meint Ferdi: „Ist das mit dem Duzen okay für dich? Ich bin etwas vorgeprescht. Es fühlte sich einfach richtig an."

„Meinetwegen."

„Verrätst du mir auch deinen Namen? Bei unserer letzten Begegnung kam es nicht dazu."

„Ich heiße Emma."

„Ein sehr schöner Name", schleimt Ferdi und hält ihr die Karte hin. „Die Waffel mit Vanilleeis und heißer Kirschsoße ist ein Traum. Die empfehle ich dir."

Beim Studieren der großen Auswahl läuft Emma das Wasser im Mund zusammen. Auf der einen Seite meldet sich ihr schlechtes Gewissen, auf der anderen Seite zieht sich ihr Magen vor Verlangen nach der süßen Köstlichkeit zusammen. Sie denkt an ihre Familie, die sich im Urlaub an der Adria bestimmt kulinarisch nicht zurückhält. Warum soll Emma darben? Sie wird sich beim Abendessen im Hotel einfach zurückhalten und sich die Waffel jetzt gönnen.

„Hast du auf etwas anderes Lust?", hakt Ferdi nach, als Emma den Blick nicht von der Karte wendet.

„Nein, ich nehme die Waffel, die du favorisierst."

„Gute Wahl. Ein Kakao dazu?"

Wenn schon, denn schon. Nun kommt es nicht mehr darauf an. „Gerne", erklärt sich Emma einverstanden.

Der anschließende Verzehr der Waffel ist purer Genuss. Emma isst so langsam wie möglich, um den Geschmack in ihrem Mund zu konservieren.

„Schmeckt es dir nicht?“, fragt Ferdi, der seine Waffel längst vertilgt hat. Anscheinend interpretiert er Emmas Essverhalten falsch.
„Doch, es ist köstlich. Entschuldige meine Langsamkeit, aber ich genieße jeden Bissen.“
„Dann bin ich zufrieden. Magst du noch einen Kakao oder lieber etwas anderes?“
„Ein Wasser mit Kohlensäure bitte.“
Ferdi rümpft die Nase. „Also ich bevorzuge einen weißen Martini, geschüttelt und nicht gerührt.“
Emma lacht. „Ich wusste nicht, dass James Bond mir gegenüber sitzt.“ Selbst erstaunt über ihren Sinneswandel, ändert sie ihren Wunsch. „Ich nehme auch einen.“
Einige Minuten später stoßen sie mit dem Martini an. Bereits nach zwei Schlucken entfaltet der Alkohol bei Emma seine Wirkung. Ihre Zunge löst sich: „Weißt du, dass diese Waffel das Leckerste war, das ich seit Tagen gegessen habe?“
„Wirklich? Also kommen wir morgen wieder hierher.“ Ferdi schmunzelt.
„Das geht nicht.“ Auf einmal sprudelt es aus Emma heraus. Sie erzählt von ihrer Corona-Erkrankung und der Hoffnung, auf Helgoland die Atembeschwerden loszuwerden. Auch die Diät verschweigt sie nicht.
„Ich habe im Hallenbad nicht gesehen, dass du Hüftgold mit dir herumträgst“, unterbricht Ferdinand Emmas Beichte.
Automatisch errötet sie. „Danke.“ Komplimente ist Emma nicht mehr gewohnt. Zugegebenermaßen schmeichelt ihr Ferdinands Aussage. Rainer lobt bloß ab und zu ihre Kochkünste. Das nimmt sie schon gar nicht mehr zur Kenntnis. „So, jetzt weißt du, warum ich hier bin. Du bist dran. Was treibt dich auf die Insel?“, lenkt Emma von sich ab.
„Ich mache ein bisschen Urlaub und besuche einen Freund, der sich vor einigen Jahren auf Helgoland niedergelassen hat.“

„Was macht er beruflich?", hakt Emma nach.
„Er bietet Hausmeisterdienste an."
„Das heißt, er betreut Ferienwohnungen und -häuser?", vermutet Emma.
„Genau."
„Und was machst du, wenn du keinen Urlaub hast?", bohrt sie nach.
„Ich verwalte das Gut meiner Ahnen. Nach der Wende habe ich es in einem bedauernswerten Zustand zurückerhalten, und seitdem kämpfe ich mit Denkmalbehörden und Banken."
Emma kombiniert. Ferdinand heißt mit Nachnamen von Osterlund. Das hört sich adelig an. Sie wagt jedoch nicht, konkret danach zu fragen. Stattdessen erkundigt sie sich nach Fotos.
Bereitwillig zeigt Ferdinand ihr welche auf seinem Handy.
Sie staunt. „Wow. Einige Räume sind ja toll restauriert."
„Vielleicht besuchst du mich mal und schaust dir das Gut an."
„Wo liegt es denn?"
„In Schleswig-Holstein."
Emma seufzt. „Ich lebe mit meiner Familie in Regensburg. Unwahrscheinlich, dass ich nochmal in den Norden komme." Emma wirft einen Blick auf ihre Armbanduhr. Unglaublich, wie schnell die Zeit mit Plaudern vergangen ist.
„In einer Viertelstunde ist Abendessen im Hotel. Ich muss los. Danke für den netten Nachmittag." Emma springt auf und will sich entfernen, aber Ferdi hält sie verbal zurück.
„Bitte warte einen Moment." Er nestelt in seinen Hosentaschen herum, anschließend stöbert er in seiner Badetasche.
„Was ist denn?", fragt Emma ungeduldig.
„Ich finde meine Geldbörse nicht", sagt Ferdi im Flüsterton.
„Womöglich habe ich sie im Hallenbad verloren. Es ist mir sehr peinlich, aber kannst du die Rechnung bezahlen?

Selbstverständlich bekommst du das Geld spätestens morgen zurück."
„Natürlich. Ich erledige das direkt an der Theke, denn ich muss mich beeilen."
„Vielen Dank. Du bist meine Rettung."
Emma begleicht den Betrag und verabschiedet sich von Ferdinand.
„Wir sollten unsere Handynummern tauschen, sonst können wir uns schlecht verabreden", schlägt er vor.
Zwar zögert Emma zunächst, hält ihm dann aber ihr Handy hin. „Gib deine Nummer ein. Ich schicke dir später eine Nachricht, damit du meine hast."
„Einverstanden. Ich suche erst einmal meine Geldbörse im Hallenbad. Halt mir bitte die Daumen, dass ein ehrlicher Finder sie abgegeben hat."
„Das mache ich. Viel Glück. Wahrscheinlich ist sie aus deiner Hosentasche gerutscht und im Schließfach liegengeblieben."
„Vermutlich."
Nachdem sie sich verabschiedet haben, verlässt Emma eiligen Schrittes das Café.
Es regnet inzwischen nicht mehr so stark. Sogar Wolkenlücken sind zu sehen, durch die die Sonne hindurchblinzelt.
Emma gesteht sich ein, dass es ein netter Nachmittag trotz der Pleite mit dem Hallenbad war. Ferdinand versteht es, einem die Zeit zu vertreiben. Einen gewissen Charme spricht Emma diesem Mann nicht ab. Ihre anfängliche Skepsis ist ihrem Interesse an ihm gewichen. So schließt sie nicht mehr aus, ihn wiederzusehen, unabhängig von der Rückgabe des Geldes. Fehlt ihr die mangelnde Aufmerksamkeit von Rainer, dass sie für Einladungen eines fremden Mannes empfänglich ist? Soll sie Paula von ihrer Eroberung erzählen? Lieber nicht, sonst erfährt es womöglich ihre Familie und ihre Kinder könnte das irritieren.
Zu ihrer eigenen Überraschung wirft Emma beim

Abendessen den Vorsatz über Bord, weniger zu konsumieren. Im Gegenteil. Sie isst sogar zwei Teller Tomatensuppe. Beflügelt sie die Gesellschaft von Ferdinand?
Zurück auf dem Zimmer schickt sie ihm gleich eine Nachricht.

Danke für den schönen Nachmittag. Hast du deine Geldbörse gefunden?
Eine gute Nacht wünscht dir
Emma

Auf eine Antwort wartet sie indes vergebens. Dafür telefoniert sie ausgiebig mit Rainer und den Kindern. Es geht einfach nichts über die Familie.
Ein Ferdinand von Osterlund vermag sie nicht zu ersetzen. Trotzdem schließt Emma nicht mehr aus, etwas mit ihm zu unternehmen, wenn sie sich nicht mit Paula trifft. Was ist dabei, gemeinsam die Insel zu erobern? Außerdem scheint Ferdinand sich auszukennen. Bestimmt verrät er Emma den einen oder anderen Geheimtipp wie den mit den köstlichen Waffeln. Endlich gestaltet sich Emmas Aufenthalt ein bisschen spannend.

♥♥♥

Paulas Tagesablauf

Nachdem Fiete Paula früh geweckt und ihr einen Kaffee zubereitet hat, begleitet er sie zum Eingang des Bungalowdorfes. Von hier aus findet Paula den Weg allein zu ihrem grünen Haus.
Fiete verabschiedet sich auf die mediterrane Art mit Wangenküssen rechts und links. „Danke für den schönen Abend. Wann sehen wir uns wieder?"
Paula wirft einen Blick in den Himmel. „Mit dem Strandkorb wird es heute eher nichts, wenn es weiter

regnet. Ich werde wohl einen faulen Tag im Bungalow verbringen."

„Darf ich heute Abend bei dir vorbeikommen?"

Paula grinst. „Mit Verpflegung oder ohne?"

„Wenn ich wählen darf, würde ich mich natürlich über etwas zu essen freuen."

„Okay, ein Gourmetessen kann ich dir nicht bieten, aber mir fällt sicher ein Gericht ein, das ich aus meinen Vorräten zaubern kann."

„Ich bin gespannt. Einen Wein steuere ich bei. Bis später."

Fiete läuft in Richtung Strand zu seinem Kontrollgang.

Aufgrund des wenigen Schlafes und des frühen Aufstehens legt sich Paula nach einer Dusche in ihr Bett. Sie verpasst draußen ohnehin nichts. Bei der Wetterlage ist zudem kein Besuch von Emma am Nachmittag zu erwarten, und Paula verspürt auch keine Lust auf eine Überfahrt nach Helgoland.

Sie schaltet ihr Handy ein, das sie seit längerer Zeit nicht mehr betätigt hat.

Zu ihrer Freude tauchen Fotos von Venedig auf, und Oliver hat ihr eine Nachricht geschickt. Sie stammt von Mitternacht. Süß von Oliver, so spät an sie gedacht zu haben:

Hi Paula,

heute haben wir die Gelegenheit genutzt und sind mit den Kindern per Schiff nach Venedig gefahren. Das Wetter war dafür optimal. Bei bedecktem Himmel und dementsprechend mäßiger Hitze ging's los.

Rainer hatte zunächst Bedenken, ob Max und Sophie den ganzen Tag bei der Stadtbesichtigung durchhalten, aber wir spendierten ihnen eine Gondelfahrt, einige Eishörnchen und eine Pizza. Leider ging das nicht gut. Sophies empfindlicher Magen rebellierte auf dem Schiff zurück nach Cavallino, und sie übergab sich. Emma würde glatt in Ohnmacht fallen, wenn sie es wüsste. So unrecht hat sie folglich nicht mit der gesunden Ernährung. Also bitte bewahre Stillschweigen darüber.

Entsprechend gestaltet sich morgen unser Tag. Rainer bleibt mit Sophie beim Camper, während ich mit Max surfen werde, sofern die Wellen es erlauben.
Was läuft bei euch? Siehst du Emma jeden Tag oder verbringt ihr die Zeit auf den jeweiligen Inseln mehr für euch allein?
Ich würde mich über ein Lebenszeichen von dir echt freuen.
Gruß von Oliver

Einmal mehr wundert sich Paula, dass Oliver ihr öfter schreibt. Schließlich hatten sie vor dem Urlaub kaum Kontakt. Oder denkt er, ihr den Platz im Camper weggenommen zu haben? Plagt ihn deswegen das schlechte Gewissen? Es handelt sich um reine Spekulation, denn die wahren Hintergründe, warum Paula plötzlich mit nach Helgoland wollte, wird er vermutlich nicht wissen.
Wie dem auch sei, Paula beginnt, sich an die gegenseitige Korrespondenz zu gewöhnen.
Gerade als sie Oliver antworten will, trudelt eine Meldung von ihrer Schwester ein.

Guten Morgen, Paula,
wie war deine Nacht bei dem heftigen Gewitter? Ich tat kaum ein Auge zu. Ich hoffe, wir können uns bald wieder treffen.
Ciao, dein Schwesterherz

Paula antwortet Emma nur kurz, ohne den Abend und die Nacht mit Fiete zu erwähnen. Sie hat einfach keine Lust auf Nachfragen. Emma konnte schon immer penetrant nachbohren, wenn sie etwas genauer wissen wollte.
Nachdem Paula etwas Schlaf in ihrem eigenen Bett nachgeholt hat, beschäftigt sie sich mit dem bevorstehenden Abendessen. Dafür muss sie wohl oder übel in den Supermarkt. Ihre Vorräte geben kein Dinner für zwei her.
Sie entscheidet sich für eine Lasagne mit Salat und eine Eiskreation mit Eierlikör als Nachtisch.
In freudiger Erwartung bereitet Paula das Essen vor. Unvorsichtigerweise schiebt sie die Lasagne eine halbe

Stunde vor der Verabredung mit Fiete in den Backofen. Sie soll pünktlich auf den Tisch. Bestimmt bringt Fiete einen Bärenhunger von seinem Arbeitstag mit.
Wer nicht erscheint, ist Fiete. Hat er Paula vergessen? Schließlich muss sie die Lasagne aus dem Ofen holen, damit sie nicht verbrennt. Ihre Geduld wird auf eine harte Probe gestellt, bis sich Fiete endlich übers Handy meldet.
„Ich bin untröstlich, Paula. Entschuldige bitte, aber ich schaffe es heute nicht mehr, bei dir vorbeizuschauen. Es gibt Probleme bei den Seehunden. Gleich zwei Heuler haben ihre Mütter verloren und müssen versorgt werden. Bist du sehr sauer auf mich?“
Paula atmet tief durch. „Nein. Die Tiere haben Vorrang. Das ist dein Job. Vielleicht kann ich die Lasagne morgen aufwärmen, wenn du Zeit hast.“
„Cool. Ich danke dir. Wir reden morgen. Ich muss mich um die Babys kümmern. Gute Nacht.“
„Viel Erfolg.“ Paula versucht, so neutral wie möglich zu klingen und sich ihre Enttäuschung nicht anmerken zu lassen. Frustriert verstaut sie die inzwischen erkaltete Lasagne im Kühlschrank und begnügt sich mit einem Käsebrot. Die Nacht verbringt sie mit Grübeleien. Hat sie sich etwa in Fiete längst verguckt, ohne es sich eingestehen zu wollen? Die Vernunft befiehlt ihr, die Handbremse zu ziehen. Was will Paula mit einem Mann auf der Düne? Genauso wenig wie seine Ex-Freundin Lina würde Paula zur Insulanerin mutieren, während Fiete umgekehrt nicht auf dem Festland leben wollte und schon gar nicht in Bayern.
Sie muss sich ihn aus dem Kopf schlagen, bevor sie Gefühle investiert.

♥

KAPITEL 16

Paula überlegt am nächsten Tag, ob sie Fiete das Mittagessen absagen und stattdessen nach Helgoland übersetzen soll. Seltsamerweise würde sie plötzlich gerne mit einer vertrauten Person über ihre undefinierbaren Gefühle reden. Wer sonst als Emma wäre dafür geeignet? Ihre Mutter oder ihr Vater? Sicher nicht.
Da Paula ihrer Schwester auf die letzte Nachricht nicht geantwortet hat, holt sie dies nun nach:

Danke der Nachfrage. Ich habe die Gewitternacht gut überstanden und falle gleich mit der Tür ins Haus. Kann ich dich am Nachmittag besuchen? Ich habe Gesprächsbedarf. Vielleicht sagst du mir bald Bescheid, damit ich mir die entsprechende Fähre buche.

Nach einer Stunde, in der Paula ihr Frühstück eingenommen hat, gibt Emma grünes Licht. Sie erwartet Paula nach dem Mittagessen.
Mit zwiespältigen Gedanken schreibt Paula dem Ranger daraufhin, dass aus dem Treffen nichts wird, nennt aber keinen Grund. Soll Fiete denken, was er will.
Anschließend landet die Lasagne vom Kühlschrank im Gefrierfach, wo sie zusammen mit einer Packung Eis ein ungewisses Dasein fristet.
Es drängt Paula, früher nach Helgoland aufzubrechen, damit sie nicht Gefahr läuft, Fiete zu begegnen.
Glücklicherweise hat sich das Wetter gebessert.
Kein Regen mehr, nur der Wind hält sich hartnäckig. Der pustet an Deck des Schiffes Paulas Grübeleien weg. Die frische Luft tut ihr gut. Tatsächlich freut sie sich auf Emma und das Plaudern mit ihr.

Zunächst genehmigt sich Paula nach der Ankunft im Unterland ein Krabbenbrötchen und eine Cola dazu. Viel besser als ihre Lasagne.
Die Zeit bis zum Treffen mit Emma nutzt Paula zu einem Bummel durch die Geschäfte.
Plötzlich sticht ihr ein Schild über einem Laden ins Auge: *Hansen & Hansen.*
Hat Fiete nicht erwähnt, dass seine Eltern ein Geschäft auf Helgoland betreiben? Die Branche hat er nicht genannt. Neugierig tritt Paula ins Innere. Es handelt sich um einen Souvenirladen größeren Ausmaßes. Hier findet man alles, was das Touristenherz begehrt:
Miniatur-Leuchttürme, Tassen, Teller, Magneten und andere Haushaltswaren mit Inselmotiven.
Textilien wie Sweatshirts und Mützen mit Helgoland-Logo.
Kunsthandwerk wie Schmuck, Holzarbeiten und Keramik, hergestellt von lokalen Künstlern.
Paula gerät in einen Kaufrausch. Es ist die ideale Gelegenheit, Mitbringsel zu erwerben. Für Max sucht sie ein Sweatshirt mit passender Mütze aus, für Sophie ein Ensemble aus Halskette und Ohrringen.
Zuletzt landet Paula in der Abteilung für Feinkostprodukte, die typisch für die Region sind. Einige Fischkonserven für den Eigenbedarf sowie eine jeweils für Rainer und Oliver wandern in den Einkaufskorb.
An der Kasse verführen Meeresmuscheln und Steine von der Insel als Andenken zur Mitnahme.
Wenn Paula einen hohen Rechnungsbetrag erwartet hat, wird sie positiv überrascht, denn auf Helgoland fallen Mehrwertsteuer und Zölle weg.
Mit ihrer Ausbeute trifft Paula in Emmas Hotel ein. Wie sie feststellt, ist es viel zu früh.
Womöglich sitzt Emma gerade beim Mittagstisch.
Paula beabsichtigt, den Rückwärtsgang einzulegen, aber Frau Bichler hat sie längst entdeckt und erkennt sie wieder: „Wollen Sie zu Ihrer Schwester?“, vermutet sie treffsicher.
„Ja, aber ich habe die Uhr nicht richtig im Blick gehabt.

Ich bin zu zeitig. Sie isst bestimmt noch."
„Keineswegs. Vor fünf Minuten hat sie den Fahrstuhl nach oben genommen." Offenbar überwacht Frau Bichler alles und ersetzt die Videoüberwachung.
„Super. Danke für den Hinweis."
Wenig später ist Paula erleichtert, endlich ihre Taschen in Emmas Zimmer abstellen zu dürfen.
„Hast du Helgoland leer gekauft?", meint Emma scherzhaft bei der Begrüßung.
„Nicht ganz. Ich habe dir etwas übrig gelassen. Magst du die Sachen sehen?"
„Logisch."
Paula breitet den Inhalt der Tüten auf Emmas Bett aus.
„Meine Güte. Was willst du mit all den Konserven?"
„Irgendwann essen natürlich. Eine ist für Rainer." Das Exemplar für Oliver unterschlägt sie lieber. Emmas Fantasie könnte unnötig angeregt werden.
„Magst du einen Kaffee?", bietet Emma an.
„Danke, aber sollen wir nicht einen unterwegs trinken? Ich nehme an, du planst einen Spaziergang."
„Ja, nachdem es mit dem Schwimmen gestern nicht geklappt hat, bin ich mit der empfohlenen Bewegung im Defizit."
„Warst du schon hier am Strand?", vergewissert sich Paula.
Emma verneint. „Wann denn? Vormittags habe ich keine Zeit, und bis auf unseren ersten Spaziergang war das Wetter zu schlecht."
„Sollen wir jetzt dorthin laufen?"
„Ja, das ist eine gute Idee", willigt Emma ein.
„Süd- oder Nordstrand?"
„Der Nordstrand ist bedeutend länger. Wir gelangen über den Klippenrandweg zu ihm. Treppen führen hinunter, wie Frau Bichler mir erklärt hat."
„Auf geht's." Paula drängt es wieder an die frische Luft. Sie sind nicht die einzigen, die es nach dem verregneten Tag nach draußen treibt. Ganze Völkerwanderungen sind auf dem Weg anzutreffen. Wahrscheinlich handelt es sich

hauptsächlich um Tagestouristen, die den Klippenrandweg im Eiltempo absolvieren, weil ihr Schiff bald wieder abfährt.
Glücklicherweise steigen nur wenige zum Nordstrand hinab.
Da sich auch das heutige Wetter nicht zum Baden eignet, ja sogar verboten ist, wie die rote Flagge signalisiert, tanzen stattdessen einige Lenkdrachen am Himmel. Hauptsächlich Väter mit ihren Kindern betreiben dieses Vergnügen.
Paula und Emma suchen sich einen Platz auf einem Felsbrocken zum Zuschauen des Spektakels.
„Du hast bisher gut durchgehalten“, stellt Paula fest. „Spürst du schon eine Verbesserung beim Atmen?“
„Tatsächlich bekomme ich in diesem Klima mehr Luft. Zuhause hätte ich die Strecke nur mit Pausen bewältigt. Ich bin gespannt, was Dr. Lungus beim nächsten Untersuchungstermin sagt. Sicher muss ich bei ihm wieder in das Lungenfunktionsgerät prusten.“
„Ich finde, du wirkst bereits entspannter.“ Krampfhaft sucht Paula nach einer Überleitung zu Fiete, die Emma ihr plötzlich auf dem Tablett serviert.
„Was macht dein Ranger? Hast du ihn wiedergesehen?“
„Ja, ich habe sogar die Gewitternacht bei ihm in seinem Tiny House verbracht und auf dem Sofa geschlafen.“ Paula schaut Emma schräg von der Seite an. Wie wird sie reagieren?
„Nicht dein Ernst? Du veräppelst mich, stimmt's?“
„Nein, ich hatte Fiete zum Abendessen als Dank für die Strandkorbüberlassung ins Restaurant eingeladen, und danach hat er mir sein Tiny House gezeigt. Plötzlich tobte das Gewitter. Es wäre zu gefährlich gewesen, zum Bungalowdorf zurückzukehren.“
„Wie naiv bist du denn?“, braust Emma unerwartet auf. „Seine Behausung hätte er dir ein anderes Mal tagsüber zeigen können. Hat er die Situation ausgenutzt?“
„Hey, nicht alle Männer haben automatisch Hintergedanken, wenn sie dir einen Kaffee in ihrer

Wohnung spendieren“, protestiert Paula. „Im Übrigen hat Fiete nicht die geringsten Anstalten gemacht, mich anzubaggern.“
Emma lacht. „So heftig, wie du ihn verteidigst, kann das bloß bedeuten, dass du es dir gewünscht hättest.“
Paula fühlt sich ertappt. „Ich finde ihn in der Tat anziehend.“
„Warum schnappst du ihn dir nicht als Urlaubsflirt?“
„Zum einen habe ich Henry noch nicht verdaut, zum anderen eigne ich mich nicht für Affären. Vielleicht bin ich zu romantisch veranlagt. Da es mit Henry schiefgelaufen ist, möchte ich mir beim nächsten Partner mehr Zeit lassen.“
Emma outet sich: „Ich war damals sehr enttäuscht, als du spontan geheiratet hast und ich nicht deine Trauzeugin sein durfte, wie wir es uns als Teenager einander versprochen hatten. Ich habe unser Gelöbnis bei meiner Hochzeit eingelöst.“
„Ich weiß, was ich dir und unseren Eltern mit meiner Blitzheirat in Las Vegas angetan habe. Es tut mir im Nachhinein echt leid. Außerdem hatte ich mir immer eine große Hochzeit mit allem, was dazugehört, gewünscht. Papa sollte mich zum Altar führen, du solltest meine Trauzeugin sein und deine Kinder sollten Blumen streuen. Ich kann nicht mehr genau nachvollziehen, warum ich Henry so spontan mein Jawort gegeben habe. Womöglich lag von Anfang an ein Fluch über meiner Ehe.“ Paula schnieft. Hat die Stimmung über dem Meer schuld an ihrer Melancholie?
Versöhnlich legt Emma einen Arm um ihre Schultern. „Das darfst du nicht denken. Ihr seid schließlich eine Weile sehr glücklich miteinander gewesen und habt euch allein aus Vernunftsgründen getrennt. Hätte er ein Kind haben wollen, wärst du bei ihm geblieben.“
„Inzwischen bin ich mir nicht mehr so sicher. Ich bin nicht so ein Workaholic wie Henry. Wahrscheinlich wäre er ein lausiger Vater geworden und hätte sich nicht um

unser Kind gekümmert. Oder er hätte eine Nanny engagiert und mich gezwungen, schnell nach der Geburt wieder in der Firma zu schuften."
„Das weißt du nicht. Es hätte auch genau umgekehrt sein können, nämlich, dass er verrückt nach seinem Baby gewesen wäre."
„Es ist müßig, darüber zu spekulieren. Der Zug ist endgültig abgefahren. Ich bin froh, dass ich nicht mehr in den Staaten lebe. Ich habe euch und die Eltern echt vermisst. Das wird mir hier so richtig bewusst."
Emma drückt Paulas Arm. „Ich finde es auch schön, dass du wieder zurück bist. Du hast bald einen tollen Job und eine hübsche Wohnung, und ist es nur eine Frage der Zeit, bis du dich erneut verliebst."
„Danke, Emma, dass ihr mich bei euch aufgenommen habt. Das bedeutet mir viel."
„Das hättest du für mich sicher genauso getan."
Eine Weile schauen sie den Drachen zu, die sich mittlerweile vermehrt zu haben scheinen. Es sind so zahlreiche am Himmel, dass sich ab und zu zwei ineinander verhaken.
Auf einmal druckst Emma herum: „Ich ... habe übrigens jemanden kennengelernt."
„Ach, aus deiner Diätgruppe?", vermutet Paula.
„Nein. Du hast ihn schon mal gesehen."
Paulas Interesse ist geweckt. „Wie? Wo soll das gewesen sein?"
„Auf dem Schiff von Cuxhaven. Er saß neben mir unter Deck."
„So genau habe ich mir deinen Nachbarn nicht angeschaut. Wo bist du ihm begegnet?"
„Völlig unspektakulär an einem Kleiderständer vor einer Boutique. Offenbar hat er mich sogleich erkannt, während bei mir erst auf den zweiten Blick der Cent gefallen ist."
„Lass mich raten. Er hat dich gleich auf sein Hotelzimmer eingeladen, um dir seine Briefmarkensammlung zu zeigen", meint Paula mit ironischem Unterton.
Emma kichert. „Falsch. Er wollte mich zwar zum

Abendessen einladen, aber ich habe ihm zunächst eine Abfuhr erteilt. Schließlich gehe ich nicht hinter Rainers Rücken heimlich mit einem fremden Mann aus."
„Was heißt *zunächst*?"
„Zufällig traf ich ihn gestern im Hallenbad wieder. Wir hatten bei den Massen von Menschen beide keine Lust, im Becken einen Quadratmeter zum Schwimmen zu suchen. Schließlich lud er mich in ein Café ein. Es war ein total netter Nachmittag. Ferdinand von Osterlund ist ein charmanter Plauderer."
„Oh, du hast dir einen Adeligen angelacht?", neckt Paula grinsend.
„Er hat tatsächlich ein Gut in Schleswig-Holstein, das er nach der Wende zurückbekam und momentan restauriert. Er hat mir Fotos gezeigt. Wirklich beeindruckend."
„Siehst du ihn wieder?"
„Er wollte sich heute Abend mit mir verabreden, hat sich bisher aber nicht gemeldet. Vielleicht ist das besser so."
„Warum? Was ist gegen eine nette Bekanntschaft einzuwenden? Das heißt ja nicht automatisch, dass er dein Kurschatten wird."
„Ob du es glaubst oder nicht, aber ich habe wegen gestern Rainer gegenüber ein schlechtes Gewissen."
„So ein Quatsch", entfährt es Paulas Mund. „Rainer ist ganz bestimmt kein Mann von Traurigkeit." Sie beißt sich auf die Lippen. Warum hält sie nicht ihre Klappe, wie sie es seit Jahren praktiziert?
Zu spät. Emma riecht offenbar die Lunte, die Paula angezündet hat. „Was willst du mir damit sagen?"
„Nichts. Es ist mir so herausgerutscht."
„Das glaube ich dir nicht. Denkst du, Rainer hat mich mal betrogen?" Emmas Gesicht weist eine plötzliche Blässe auf.
„Woher soll ich das wissen? Wir haben uns Jahre nicht gesehen. Ich maße mir nicht an, eure Ehe zu beurteilen."
Paula befürchtet, sich um Kopf und Kragen zu reden, wenn diese Diskussion weitergeführt wird. „Mir wird kalt.

Ich brauche etwas Warmes im Magen und lade dich auf einen Tee oder Kaffee ein." Sie springt vom Felsen hoch in der Hoffnung, dass Emma ihr folgt.
Glücklicherweise geht ihre Schwester auf den Vorschlag ein. „Mich fröstelt es ebenso."
Mehr oder weniger schweigend laufen sie zurück in die Stadt.
„Ich habe eine andere Idee", sagt Emma. „Wenn wir im Café hocken, werde ich schwach und bestelle mir Kuchen. Das verstößt gegen die Diät. Du kaufst dir ein Stück und isst es auf meinem Zimmer. Tee oder Kaffee können wir uns selbst zubereiten, und den Blick aufs Meer genießen wir durch die Panoramascheibe."
„Meinetwegen." Paula schwant nichts Gutes. Trotzdem willigt sie ein. Auf den Kuchen verzichtet sie allerdings. „Ich habe noch die Kekse in der Tasche, die ich zum Tee esse."
„Wie du möchtest."
Als sie einige Zeit später in Emmas Zimmer am Tisch sitzen, bemerkt Paula, wie ihre Schwester das Handy zu hypnotisieren scheint.
„Meldet sich dein Gutsbesitzer nicht?"
„Bisher nicht. Er wohnt bei einem Freund. Vielleicht unternehmen die beiden etwas zusammen."
Paula nippt an ihrer Teetasse. Es herrscht einen Moment eine beklemmende Ruhe, die mit Emmas Frage ein Ende findet.
„Du hast mir nicht befriedigend geantwortet. Wieso glaubst du, Rainer wäre kein Mann von Traurigkeit? Wir waren vor deiner Auswanderung oft zu dritt zusammen. Du kennst Rainer also ziemlich gut."
Paula bleibt ein Stück Keks im Halse stecken, sodass sie es heraushustet. Ihr Gesicht läuft dabei dunkelrot an. Ob der Keks die Schuld trägt oder die drohende Beichte, vermag sie nicht zu deuten. Als sie ihre Atmung wieder im Griff hat, bohrt Emma nach: „Ich hatte schon immer das Gefühl, dass du mir etwas verschweigst. Du bist so abrupt

in die Staaten abgehauen, als hätte dich hier etwas davongejagt. Sag mir endlich die Wahrheit."
„Die wird dir nicht gefallen", rückt Paula heraus. Ihr Magen zieht sich zusammen.
„Ich warte, Paula."
„Es ist so lange her. Warum wollen wir in der Vergangenheit graben? Du bist glücklich mit Rainer, und ihr habt zwei wundervolle Kinder."
„Du sprichst in Rätseln. Findest du es nicht unfair, Andeutungen zu machen und mich dann im Regen stehenzulassen?" Emmas Ton verschärft sich.
„Okay, ich erzähle es dir." Paula holt tief Luft. Am liebsten würde sie sofort in einem tiefen Erdloch verschwinden. „Rainer hat mich einmal vor vielen Jahren begrapscht. Es war auf einer Party, zu der wir drei eingeladen waren. Bestimmt war der Alkoholeinfluss schuld."
Emma bleibt verdächtig ruhig. „Was genau heißt begrapscht, und wann ist es passiert?"
„Du warst damals eine Weile auf der Toilette. Rainer saß neben mir auf einer Matratze und hat plötzlich versucht, mich zu küssen und fasste mir dabei in den Schritt." Paula wagt es nicht, ihre Schwester anzublicken.
„Du spinnst doch. Das hätte Rainer niemals getan. Du bist nicht sein Typ und außerdem meine Schwester." Dennoch klingt Emmas Stimme zittrig. „Warum hast du mir das nicht gleich gesteckt, wenn es wahr ist? Es wäre deine Pflicht gewesen."
Paula ist verzweifelt. Genau diese Situation hat sich vor ihrem inneren Auge in allen Facetten hundertfach abgespielt. „Ich wollte dich nicht verletzen."
„Hach, welch rücksichtsvolles Verhalten. Ich bin mit einem Mann verheiratet, der schamlos seine Schwägerin angebaggert hat. Ich hoffe, du hast ihm wenigstens eine geschmiert. Hast du?"
„Nein, ich bin wie von der Tarantel gestochen aufgesprungen und habe die Party fluchtartig verlassen. Kannst du dich nicht mehr erinnern?"

Bei Emma ergießen sich ohne Vorwarnung die Tränen übers Gesicht. „Dich fanden die Männer immer attraktiver als mich. Wahrscheinlich hätte Rainer dich lieber geheiratet als mich.“ Sie schluchzt auf.
„Red keinen Blödsinn. Es war ein Ausrutscher, weil Rainer zu viel getrunken hatte. Deshalb habe ich kein Wort darüber gesagt. Außerdem hatte er mich am nächsten Tag um Stillschweigen gebeten und sich für seinen Übergriff entschuldigt. Es lag mir nichts ferner, als zwischen euch beiden Zwietracht zu säen. Genau deine Reaktion habe ich befürchtet. Was soll das bringen? Willst du dich jetzt deswegen scheiden lassen?“
Emma wischt sich mit dem Ärmel ihre Tränen notdürftig weg. „Welche Konsequenzen ich ziehe, geht dich nichts an. Bitte nimm deine Taschen und verschwinde aus meinem Leben.“
„Ich verstehe, dass du aufgewühlt bist. Trotzdem übertreibst du. Bitte denk darüber nach, ob ich es verdient habe, dass du mich aus deinem Leben drängen willst. Ich habe kein Verbrechen begangen, sondern wollte dich damals bloß schonen. Es ist nie wieder etwas zwischen Rainer und mir vorgefallen.“
„Das wäre wahrscheinlich passiert, wenn du jetzt mit an die Adria gefahren wärst. Als hätte ich es geahnt.“ Emma reißt ihre Zimmertür ohne ein weiteres Wort auf, was offensichtlich einem Rausschmiss gleichkommt.
Paula schnappt ihre Tüten und verlässt schnurstracks den Ort des Zerwürfnisses.
Was hat sie angerichtet? Ob Emma es ernst meint, Paula nicht mehr wiedersehen zu wollen? Das kann und darf nicht sein. Allerdings wird ihre Schwester Rainer zur Rede stellen. Unheil droht. Mit ihrem Schwager hat es Paula durch den Verrat ebenso verscherzt. Hoffentlich erfahren ihre Eltern auf Gomera nichts davon. Das Ausmaß der Katastrophe ist momentan gar nicht vorhersehbar.
Die Rückkehr in den Schoss der Familie hat Paula gründlich vermasselt. Wie einsam sie sich fühlt. Mit

niemandem kann sie über das Geschehene reden. Soll sie die Flucht ergreifen und morgen die Insel verlassen?
Mithilfe einer Ausrede könnte sie die Nachbarin, Frau Kock, um den Hausschlüssel von Emma bitten, ihre restlichen Sachen holen und vorläufig in Regensburg in einem Hotel wohnen. Oder sie fliegt gleich nach Gomera zu den Eltern.
Ein Wirrwarr an Gedanken begleitet Paula auf der Überfahrt zur Düne. Zu einem Ergebnis gelangt sie nicht. Was für ein frustrierender Tag, den sie gerne aus dem Kalender löschen würde.

KAPITEL 17

Emma verharrt auf ihrem Bett in einer Art Schockstarre. Immer wieder versucht sie, sich jenen Abend, den Paula geschildert hat, ins Gedächtnis zu rufen. Vergeblich. Es ist einfach zu lange her. Warum hat Rainer ihr später nie von seiner Entgleisung erzählt? Womöglich hätte sie ihm sogar verziehen. Im Alkoholrausch ist man bekanntlich nicht mehr zurechnungsfähig.
Hätte Paula bloß ihr Wissen für sich behalten. Nach so vielen Jahren war ihre Beichte völlig unnötig. Wie soll Emma nun damit umgehen? Ignorieren und abhaken? Rainer sofort übers Handy zu einer Erklärung zwingen? Den letzten Gedanken verwirft sie auf der Stelle wieder. So etwas regelt man von Angesicht zu Angesicht. Schließlich sollen die Kinder und Oliver nichts davon mitbekommen. Sie können nichts dafür.
Emma ist gezwungen, bis zu ihrer Rückkehr nach Regensburg zu warten. Ginge es auf Helgoland nicht um ihre Genesung, würde sie sogleich abreisen. Für Max und Sophie will sie jedoch wieder ganz fit werden.
In ihre trüben Gedanken platzt ein Anruf. Zunächst zögert Emma hinsichtlich der Annahme des Gespräches, aber ihre Neugier wirft einen Blick aufs Display. Es handelt sich um die Nummer von Ferdinand von Osterlund. Das Racheteufelchen rät ihr, mit ihm zu reden.
„Hallo, Emma", flötet er ihr ins Ohr, als sie auf den grünen Hörer gedrückt hat. „Stör ich dich gerade?"
„Hallo, Ferdi. Überhaupt nicht." Sie wartet ab.
„Magst du heute Abend mit mir ins Tanzcafé gehen? Oder tanzt du nicht gerne?"
Emma überlegt nicht lange. Wozu hat sie extra ein

Cocktailkleid in den Koffer gepackt? „Gute Idee. Treffen wir uns dort gegen 20 Uhr?"
„Ich würde dich abholen."
„Nein, nicht nötig. Sag mir einfach die Adresse."
Ferdinand nennt sie ihr. „Ich freue mich. Bis später."
Auf der Helgoland-App entdeckt Emma, dass das Lokal ganz in der Nähe liegt. Für einen Moment verschwinden ihre Grübeleien über Rainer und Paula. Sie freut sich plötzlich auf das Beisammensein mit diesem charmanten Mann. Mal sehen, was er für eine Figur auf der Tanzfläche abgibt.
Nach dem Abendessen in der Diätrunde richtet sich Emma her, wie sie es seit Jahren nicht mehr getan hat. Zuerst gönnt sie sich eine ausgiebige Dusche, denn der Wind hatte am Strand Sandkörner in ihre Haare geweht.
Danach stülpt sie zuerst ihr Kleid über. Zu ihrer Freude lässt sich der Reißverschluss leichter betätigen. Folglich zeigt die Diät ein wenig Wirkung. Für ein perfektes Make-up fehlt Emma die Übung. Daher ist der Zeitaufwand größer als gedacht. Deshalb bringt sie ihre Haare nur mit dem Föhn in Form und steckt sie nicht hoch. Trotzdem ist sie mit ihrem Spiegelbild einigermaßen zufrieden.
Ein leichter Sommermantel komplettiert ihr Outfit.
In freudiger Erwartung erreicht sie das Café, vor dem bereits einige, meist junge Leute ein Schwätzchen halten. Mitten unter ihnen taucht Ferdinand auf. Sein altmodischer Anzug scheint aus der Gegenwart zu fallen, aber dafür punktet er mit einem gewinnenden Lächeln.
„Du siehst bezaubernd aus, Emma." Er deutet sogar einen Handkuss an. „Der Tanzabend ist ziemlich beliebt. Deshalb hielt ich es für besser, einen Tisch zu reservieren." Er bietet ihr galant den Arm an, den sie annimmt.
Vor der Kasse hat sich eine Schlange gebildet, hinter der sie sich einreihen.
„Hast du deine Geldbörse wieder?", fragt Emma. „Hat sie jemand im Hallenbad gefunden?"
Ferdinand strahlt. „Ja, tatsächlich hat jemand sie am

Empfang hinterlegt. Ich habe sie eben erst abgeholt."
„Super, fehlt nichts?"
„Ehrlich gesagt, hatte ich gar keine Gelegenheit hineinzuschauen. Meine Zeit war zu knapp. Sonst wäre ich zu spät zu unserem Date gekommen." Erneut lächelt er sie an.
Ein seltsames Gefühl schleicht sich bei Emma ein, das sie nicht definieren kann. Es ist ein Gemisch aus ehemaliger, pubertärer Vorfreude auf die erste Tanzstunde und dem Hauch, etwas Verbotenes hinter dem Rücken ihres Mannes zu tun.
Endlich sind sie an der Reihe zu zahlen.
Ferdinand zückt seine Geldbörse, um den Eintritt zu übernehmen. Sein Gesichtsausdruck verfinstert sich. Er flüstert Emma zu: „Mein Bargeld ist herausgenommen und meine Girokarte ebenfalls. Bloß meine Visitenkarten hat der Dieb verschont. So eine Unverschämtheit. Kannst du mir nochmal aus der Patsche helfen? Es ist mir unglaublich peinlich, dich zu bitten, weil ich ohnehin in deiner Schuld stehe und dir das ausgelegte Geld von gestern heute zurückgeben wollte."
„Geht das bald mal voran?", brüllt eine Stimme hinter ihnen.
Schnell kauft Emma die Eintrittskarten. Ganz schön teuer dieses Vergnügen. Hoffentlich lohnt sich die Ausgabe.
Ein Platzanweiser führt sie zu dem reservierten Zweiertisch.
Als sie sich hingesetzt haben, meint Ferdinand: „Danke für deine Hilfe. Ich möchte am liebsten im Erdboden versinken vor Scham. Natürlich bekommst du alles bald wieder zurück."
„Willst du nicht erst dein Konto vorsichtshalber sperren lassen?", schlägt Emma vor.
„Du hast vollkommen recht. Entschuldigst du mich fünf Minuten? Ich erledige das draußen eben übers Handy."
„Natürlich. Soll ich uns inzwischen etwas zu trinken bestellen?"
„Im Eintrittspreis ist eine Flasche Prosecco enthalten, aber

wenn du möchtest, wäre ein Wasser zusätzlich nicht schlecht."
„Okay." Emma vergewissert sich auf den Karten, ob die Flasche tatsächlich mit bezahlt ist, während sich Ferdinand entfernt. Wie gewünscht ordert sie eine Flasche Mineralwasser, nachdem ein Kellner von sich aus den Prosecco an den Tisch gebracht hat. Allerdings überlässt er es Emma, ihn in zwei Gläser zu füllen.
Der arme Ferdinand. Er will ihr offensichtlich mit seinen Einladungen imponieren, was ihm durch den Verlust seines Geldes nicht gelingt.
Als die Live-Band bereits das zweite Lied anstimmt und sich die Paare zum Rhythmus auf dem Parkett bewegen, kehrt Ferdinand zurück. „So, das Nötigste habe ich erledigt. Ich hoffe, der Dieb hat mein Konto noch nicht geplündert."
„Was ist mit deinen Ausweisen?", erkundigt sich Emma. „Sind die auch weg?"
„Zum Glück nicht, denn ich habe gar keine einstecken. Die habe ich bei meinem Kumpel im Gästezimmer liegengelassen. Wenn ich schwimmen gehe, nehme ich nur das Notwendigste mit."
„Glück im Unglück", kommentiert Emma.
„Ja, trotzdem ist es eine unangenehme Sache. Wollen wir auf den Schrecken erst einmal anstoßen?"
„Gerne."
Ferdinand lässt sein Glas an Emmas klingen. „Auf einen schönen Abend. Vergessen wir die Unannehmlichkeiten."
Der Prosecco mundet nach Emmas Geschmack sehr lasch, als hätte er einige Tage geöffnet irgendwo herumgestanden. Richtig gekühlt ist er ebenso wenig. Außerdem scheint er nicht von bester Qualität zu sein. Sie behält ihren Eindruck jedoch für sich.
Ferdinand hat genug Probleme, da muss sie sich nicht übers Getränk beschweren. Im Übrigen beklagt sich Ferdinand gar nicht darüber. Er hat offenbar eine andere Geschmackswahrnehmung. Emma spült gleich mit dem

Wasser hinterher, das inzwischen serviert wurde.
„Darf ich bitten?“, fordert Ferdinand Emma auf.
„Klar, dafür sind wir schließlich hier.“ Sie folgt ihm auf die Tanzfläche.
Gerade stimmt die Band einen langsamen Walzer an.
Etwas verunsichert nimmt Emma die Tanzhaltung ein. Ihre Befürchtungen, alles verlernt zu haben, erweisen sich als überflüssig, denn Ferdinand entpuppt sich als genialer Führer. In seinen Armen liegend schwebt Emma dahin. Vergessen sind alle trüben Gedanken an Rainer und Paula. Es zählt allein dieser Augenblick.
Auch den Foxtrott beherrscht Ferdinand. Bloß beim Tango hat Emma Schwierigkeiten, die zackigen Bewegungen mit dem Kopf zu absolvieren. Dennoch tut das dem Tanzvergnügen keinen Abbruch.
„Du tanzt wunderbar“, umgarnt Ferdinand Emma, indem er ihr das Kompliment ins Ohr haucht.
Leicht berauscht von dem faden Prosecco genießt Emma seine Worte. Sie fühlt sich wohl wie schon eine Ewigkeit nicht mehr. Es ist ein Unterschied, ob sie wegen ihrer Kochkünste von der Familie gelobt wird oder von einem fremden Mann für ihr Aussehen und ihre Art zu tanzen.
Nach vier Liedern machen sie Pause und setzen sich wieder an ihren Tisch.
„Gefällt es dir?“ Ferdinand ergreift plötzlich Emmas Hand, die sie ihm lässt.
Seine Berührung löst ein unbekanntes Prickeln in ihr aus. Ist sie bereit, ein bisschen mit dem Feuer zu spielen? Sie räuspert sich: „Ja, ich hatte ganz vergessen, wie schön das Tanzen ist, und du kannst so fantastisch führen. Ich muss gar nicht über meine Schritte nachdenken.“
Ferdinand lacht. „Danke für die Blumen, aber einen Bauerntrampel könnte ich sicher nicht so übers Parkett bewegen wie dich. Du bist ein Naturtalent.“
„Quatsch. Mach mich nicht verlegen.“ Eilig nimmt Emma ihr Glas zur Hand und prostet Ferdinand ausgelassen zu. „Auf uns.“

„Auf dich", meint er schmeichelnd.
Aufgrund der lauten Musik gestaltet sich eine Konversation schwierig. Folglich begeben sich Emma und Ferdinand zur nächsten Tanzrunde.
Dieses Mal wird allerdings Blues gespielt.
Entgegen ihres ursprünglichen Vorsatzes, solche Tänze möglichst zu umgehen, schmiegt sich Emma an Ferdinands Brust. Sicher ist auf der einen Seite der Prosecco nicht unschuldig, auf der anderen Seite die Geschichte zwischen Paula und Rainer. Ihr Mann hat es nicht anders verdient, als dass sie sich mal ohne ihn amüsiert. Die Rache ist Emmas.
Ferdinand nutzt ihre angeschlagene Gefühlswelt sogleich aus, indem er ihr einen sanften Kuss auf die Wange haucht. „Ich bin so froh, dass wir uns begegnet sind. Wie lange bleibst du überhaupt auf Helgoland?"
„Bis Ende nächster Woche", gibt Emma vorschnell preis.
„Genial. Dann können wir beide noch sehr viele schöne Stunden miteinander verleben."
Was meint Ferdinand damit? Auf keinen Fall plant Emma, Sex mit ihm zu haben. Seine Aufmerksamkeit tut ihr zwar gut, aber das reicht ihr vollkommen aus.
Der Abend neigt sich schließlich dem Ende entgegen. Die Band kündigt ihr letztes Lied an. Es handelt sich um einen Rock 'n' Roll.
„Da passe ich. Das ist mir zu anstrengend", gesteht Emma, als Ferdinand sie an der Hand nehmen will. Ihr eingeschränktes Lungenvolumen würde das kaum verkraften.
„Schade. Ich hätte dich gerne herumgewirbelt."
„Ein anderes Mal. Vielleicht gibt es die Veranstaltung bald wieder."
„Bestimmt. Ich bringe dich zu deinem Hotel."
Bisher hat Emma es vermieden, dass Ferdinand weiß, wo sie wohnt. Da sie jedoch leichte Gleichgewichtsstörungen bemerkt, ist es besser, wenn er sie begleitet.
Allerdings darf er nur bis zum Hoteleingang mit. Trotz

ihres benebelten Schädels behält Emma die Übersicht. „Danke für den schönen Abend."
„Ich danke dir. Sehen wir uns morgen? Ich werde meinen Kumpel bitten, mir das von dir geborgte Geld zu leihen, und ich gebe dir alles zurück."
„Das musst du nicht, Ferdi. „Du kannst es mir notfalls auch überweisen, wenn du das Problem geklärt hast."
„Du bist wirklich ein Juwel." Bevor sich Emma wehren kann, küsst er sie auf den Mund. Es fühlt sich nicht unangenehm an. Dennoch verabschiedet sich Emma eilig. „Gute Nacht, Ferdi. Bis bald vielleicht."
„Die wünsche ich dir ebenso, Emma." Er dreht sich ohne eine weitere Geste um und entfernt sich um die nächste Ecke.
Ob er nun beleidigt ist? Hat er sich von Emma mehr erwartet? Sie ist jedoch zu müde, um sich diese Frage zu beantworten. Das Hotel ist längst abgeriegelt, und Emma benutzt ihre Zimmerkarte, die zusätzlich die Eingangstür öffnet.
Als Erstes entledigt sie sich ihrer Schuhe, denn ihre Füße brennen wie Feuer vom Tanzen. Die Fesseln sind sogar bei näherer Betrachtung leicht angeschwollen. Darum kümmert sie sich morgen. Jetzt hilft bloß eine Portion Schlaf.
Dementsprechend flott fällt das Zähneputzen aus.
Als Emma ihr Handy auf den Nachtisch legen will, ploppt eine Nachricht von Rainer auf:

Wo steckst du denn? Ich versuche den ganzen Abend, dich zu erreichen. Hatten wir uns nicht verabredet? Die Kinder schlafen inzwischen, und Oliver hat sich auch bereits zurückgezogen. Ich habe Sehnsucht nach dir. Falls es dir möglich ist, melde dich bitte. Ich möchte wissen, ob es dir gut geht.
Dein Schatz Rainer

Pah. Mit ihm will Emma ganz bestimmt nicht mehr reden. Soll er sich zum Teufel scheren.

Vorsichtshalber schaltet sie das Handy aus. In dieser Nacht möchte sie von nichts und niemand mehr belästigt werden, sogar nicht von ihren Kindern.

KAPITEL 18

Während sich Emma mit Ferdinand zerstreut, geht es für Paula zurück auf die Düne.
Auf der Fähre kämpfen offensichtlich einige Leute magentechnisch gegen den Seegang an, den Paula gar nicht bemerkt.
Wie konnte sie sich zu dieser Beichte hinreißen lassen? Warum hat sie nicht ihre Klappe wie all die Jahre zuvor gehalten? Emma scheint ziemlich durch den Wind zu sein. Das wollte Paula ganz bestimmt nicht. Wird ihre Schwester Rainer darauf ansprechen? Hat sie es vielleicht bereits getan?
Hoffentlich hat Paula nicht unabsichtlich eine Lawine losgetreten. Das könnte sie sich nie verzeihen. Sie war gerade so froh, in den Schoß der Familie zurückgekehrt zu sein. Innerhalb von Minuten hat sie alles vermasselt.
Wie in Trance steigt Paula mit ihren Taschen schließlich vom Schiff und sucht ihren Bungalow auf. Die Mitbringsel hätte sie sich sparen können. Bestimmt ist sie im Haus von Emma und ihrem Schwager von jetzt an unerwünscht.
Dringend benötigt Paula einen Seelentröster. Im Kühlschrank befindet sich eine angebrochene Weißweinflasche. Sie gießt den Rest in ein Glas und hockt sich damit aufs Sofa.
Soll sie Rainer besser reinen Wein einschenken und ihn vorwarnen? Gleichzeitig möchte sie sich für ihr Plappermaul entschuldigen, auch wenn das nichts mehr nutzt.
Plötzlich klopft es ans Fenster.
Fiete steht draußen. Leider entdeckt er Paula durch die Glasscheibe, sodass sie sich nicht mehr verstecken kann.

Widerwillig öffnet sie ihm die Tür.
„Du bist ja gar nicht auf Helgoland", stellt er fest. „Darf ich reinkommen?"
Paula gewährt ihm seine Bitte mit einer Handgeste und setzt ein künstliches Lächeln auf. Schließlich soll Fiete ihr nicht anmerken, dass sie ein Problem hat. „Willst du etwas trinken?"
„Gerne. Hast du ein Wasser für mich?"
„Klar." Paula holt ein Glas und die Flasche.
Anscheinend erwartet er eine Erklärung von ihr, warum sie nicht auf Helgoland weilt, denn er sieht sie schweigend an.
„Ich war drüben auf der Insel und habe Einkäufe erledigt. Ist *Hansen & Hansen* der Laden deiner Familie?"
Fietes Gesichtsausdruck erhellt sich. „Ja, hast du ihn entdeckt?"
Froh über die Ablenkung des Themas bejaht Paula. „Ich habe ihn fast leer gekauft. Toll, was ihr dort alles unter einem Dach anbietet."
Fiete wiegelt ab: „Alles Touristenkram. Ich hoffe, du hast trotzdem etwas Schönes gefunden."
„In erster Linie sind es Mitbringsel für meine Nichte und meinen Neffen. Für mich habe ich Fischkonserven gekauft."
„Die sind tatsächlich gut. Damit hast du nichts falsch gemacht." Nach einem kurzen Zögern fragt er: „Hast du die Lasagne allein gegessen?"
Gegen ihren Willen lächelt Paula. „Nein, ich habe sie im Tiefkühlfach eingefroren."
„Kannst du sie auftauen? Ich habe einen Bärenhunger. Durch die Aufregung mit den Heulern habe ich das Essen glatt vergessen."
In Paula rührt sich Mitleid. Außerdem tut ihr die Anwesenheit von Fiete auf einmal gut. Er lenkt sie vom Grübeln ab. „In Ordnung, ich schiebe die Lasagne in den Backofen. Allerdings müssen wir etwas warten, wenn ich sie aus dem Gefrierfach genommen habe, weil der krasse Temperaturunterschied die Schüssel sonst zum Platzen bringt. Du

musst dich also eine Weile gedulden."
„In deiner Gesellschaft fällt mir das nicht schwer."
Flirtet Fiete mit ihr? Paula befindet sich allerdings nicht in der Laune, darauf einzugehen. Stattdessen kümmert sie sich um die Lasagne. Nach einer Stunde ist sie servierfertig.
Fiete lobt ihre Kochkünste in höchsten Tönen, obwohl Paula mit dem Geschmack hadert.
Während des Essens plaudert Fiete über die Rettung der Heuler.
Interessiert hört Paula zu. Seine Art zu erzählen, fasziniert sie. Sein Bericht hat einen Spannungsbogen wie in einer Kurzgeschichte.
Zwischendurch stellt Paula ihm Fragen, die er gerne beantwortet. Sie merkt ihm seine Begeisterung für seinen Job an. Er scheint sein Leben den Tieren dieser Insel zu widmen und mit ihr und der Natur verwachsen zu sein. Irgendwie beneidenswert.
Paula dagegen steht wieder ganz am Anfang ihrer beruflichen und privaten Laufbahn. Ihre Zukunftsperspektive ist völlig ungewiss. Könnte sie sich eventuell einen ganz anderen Job vorstellen?
Als hätte Fiete ihre Überlegung von ihrer Stirn abgelesen, fragt er: „Wir brauchen weitere engagierte Helfer auf der Düne für all die Robben, Seehunde und Heuler. Hast du keine Lust, eine Saison hierzubleiben? Ich habe den Eindruck gewonnen, dass dich unsere Arbeit sehr beeindruckt."
Verblüfft schaut Paula Fiete an. „Wo sollte ich wohnen? Dieser Bungalow ist bestimmt nach mir wieder vermietet."
„Da finden wir eine Lösung."
„Ich habe gar keine Ahnung von den Tieren", räumt Paula skeptisch ein.
„Du würdest natürlich eine Schulung erhalten. So viel musst du nicht wissen. Ich bin an deiner Seite, und der Tierarzt unterstützt uns ebenfalls."
„Dieses Angebot kommt plötzlich. Ich denke gerne

darüber nach. Tatsächlich bin ich in einer arbeitslosen Situation. Zumindest wäre es eine reizvolle Aufgabe."
„Allerdings ist der Job saisonal. Im Winter leistet sich die Insel keine Hilfskräfte, da in dieser Jahreszeit die Überwachung der Strände aufgrund weniger Touristen eingeschränkt ist."
„Verstehe. Ewig möchte ich ohnehin nicht hierbleiben."
„Wer weiß." Fiete grinst vieldeutig, aber Paula hakt nicht weiter nach, was er damit andeutet.
Plötzlich meldet sich sein Funkgerät. Er wird in die Station gerufen.
„Tut mir leid, dass unser Abend so abrupt endet. Ich muss weg. Danke für die köstliche Lasagne."
Zum Abschied küsst er Paula auf die Stirn. „Ich melde mich morgen."
„Viel Erfolg", wünscht Paula.
Grüblerisch räumt sie das schmutzige Geschirr auf. Lohnt es sich, über Fietes Vorschlag nachzudenken? Zurück zu Emma und ihrer Familie kann sie nach dem Streit nicht mehr. Außerdem gefällt Paula die Aussicht, oft in Fietes Nähe zu sein. Nach wie vor übt er eine gewisse Anziehungskraft auf sie aus, wobei sie sich nicht ganz über ihre Gefühle zu ihm im Klaren ist. Die Gelegenheit, mit ihm eng zusammen zu arbeiten, bietet sich dazu an, es herauszufinden.
Als Paula eine halbe Stunde später im Bett liegt, schreibt sie Emma:

Liebes Schwesterherz,
unser Streit tut mir unglaublich leid. Ich hoffe, du hast dich ein wenig beruhigt. Bitte bedenke, dass zwischen Rainer und mir nichts Gravierendes passiert ist und die Angelegenheit eine gefühlte Ewigkeit zurückliegt. Warum jetzt ein Fass deswegen aufmachen, das uns alle entzweit? Ich war gerade so froh, euch allen wieder nah zu sein. Ich flehe dich an, mir zu verzeihen und Rainer auch. Er hat immer nur dich gewollt. Es war ein Ausrutscher an jenem Abend, der leider nicht mehr ausgelöscht werden kann. Lass uns bitte

miteinander reden. Ich kann morgen wieder nach Helgoland kommen. Überleg dir meinen Vorschlag.

In Verbundenheit
Paula

Mehrmals liest sie sich den Text durch, formuliert das ein oder andere Wort um und schickt die Zeilen schließlich ab. Hoffentlich besinnt sich ihre Schwester auf die schönen Zeiten, die sie miteinander hatten.
Als Paula gerade das Licht ausgeknipst hat, klingelt ihr Handy. So schnell hat sie nicht mit Emmas Reaktion gerechnet.
Mit einer Hand tastet sie nach dem Smartphone und drückt auf den erleuchteten grünen Button.
„Schön, dass du dich gleich meldest", sagt Paula in den Hörer.
„Schön, dass du dich über meinen Anruf freust. Ich habe mich fast nicht getraut, so spät noch bei dir anzurufen", ertönt eine männliche Stimme.
„Oliver?" Erstaunt richtet sich Paula auf.
„Die Kandidatin hat 100 Punkte. Wie geht es dir? Lange nichts mehr gehört", beginnt er mit Smalltalk.
„Danke, ganz okay", äußert Paula zurückhaltend. „Das Wetter hier ist sehr launisch. In der Beziehung habt ihr es bestimmt besser, oder?"
„Allerdings. Fast zu warm für Juni. Zum Glück können wir uns im Meer abkühlen. Es hat eine erfrischende Temperatur."
„Was machen Max' Fortschritte auf dem Surfbrett?"
„Super. Er ist sehr ehrgeizig. Das muss man ihm lassen. Eine Wende packt er bereits. Natürlich plumpst er noch regelmäßig ins Wasser. Sophie will ihrem Bruder unbedingt nacheifern und es auch versuchen. Das gefällt Max allerdings nicht. Die kleine Schwester soll ihm nichts nachmachen. Rainer musste zwischen ihnen bereits Streit schlichten. Wie gut, dass ich mich da raushalten darf."

„Hat Rainer das Problem gelöst?", hakt Paula nach.
„Nicht wirklich. Man merkt, dass sich sonst Emma um solche Dinge kümmert. Wie geht es ihr überhaupt? Schlagen die Therapien an? Rainer beklagt, dass sich seine Frau so selten bei ihm meldet."
Paula hält sich mit einer Aussage bedeckt. „Emma ist eben eingespannt mit ihrem Gesundheitsprogramm. Deshalb sehen wir uns auch nicht so häufig, und manchmal spielt das Wetter nicht mit. Bei zu viel Wind und Wellen stellen die Fähren ihren Betrieb ein."
„Wie verbringst du deinen Tag?"
„Ach, die Düne ist einfach idyllisch, sogar bei miesem Wetter. So ein Gammeltag mit Lesen und Faulenzen tut mir ebenfalls gut. Ohne, dass Paula gegensteuern kann, laufen ihr auf einmal die Tränen über die Wangen, als sie an den heutigen Tag denkt. Sie schnieft.
„Was ist? Bist du erkältet?", fragt Oliver prompt.
„Nein, ... bin ich nicht. Ich ... habe heute echt Mist gebaut", bricht es ungewollt aus Paula heraus.
„Inwiefern?"
„Nichts", korrigiert sich Paula schnell.
„Ich bin verschwiegen. Wenn du magst, darfst du es mir erzählen."
Sendepause. Paula gibt sich einen Ruck, weil Oliver Rainers bester Freund ist und ihn gut kennt. „Ich habe Emma dummerweise etwas aus der Vergangenheit gebeichtet, was ihr nicht gefällt."
„Was denn?"
Stockend berichtet Paula von der Geschichte mit Rainer vor vielen Jahren auf der Party. „Ich weiß nicht, warum ich es Emma gesagt habe. Es ist unverzeihlich, wenn sie sich mit Rainer deswegen streitet."
„Aber das geschah doch offenbar unter Alkoholeinfluss und ist ewig her", kommentiert Oliver.
„Ja, eben. Sowohl für Rainer, als auch für mich, war die Sache völlig bedeutungslos. Ich hätte die Klappe halten sollen. Emma war so sauer, dass sie mich aus ihrem

Hotelzimmer geworfen hat. Ich brauche mich bei ihr nicht mehr blicken lassen."
„Das war bestimmt eine Kurzschlussreaktion von Emma. Die kriegt sich wieder ein. Mach dir keine Sorgen. Sicher meldet sie sich morgen und verzeiht dir."
„Da kennst du meine Schwester anscheinend schlecht. Sie kann sehr nachtragend sein. Als wir Kinder waren und uns gestritten haben, brauchte sie immer mehrere Tage bis zur Versöhnung, während ich ihr gleich die Hand ausgestreckt habe."
„Inzwischen seid ihr erwachsen. Okay, Emma war im ersten Moment sicher verletzt. Dann reagiert man impulsiv und emotional. Offenbar hat sie Rainer aber nicht zur Rede gestellt. Er hätte es mir gesagt. Dafür sind wir dicke Freunde."
Ein wenig entspannt sich Paula. Womöglich beruhigt sich Emma tatsächlich und thematisiert die Angelegenheit nicht mit Rainer. Es tut gut, mit Oliver zu reden. Trotzdem vergewissert sich Paula: „Kann ich mich darauf verlassen, dass du dein Wissen für dich behältst?"
„Natürlich. Ich will hier auch keine schlechte Stimmung verbreiten. Die Kinder sollen weiter ihren ungetrübten Spaß haben. Sie benötigen die Auszeit von der Schule, um wieder Kraft zu tanken."
„Süß von dir, dass du das so siehst, ohne selbst Vater zu sein." Paula ist gerührt. Oliver ist in der Tat ein empathischer Mann. Seltsam, dass er bisher keine passende Partnerin gefunden hat. Solche Typen sind Mangelware.
„Ich freue mich auf unser Wiedersehen", reißt Oliver Paula aus ihrer Feststellung. „Nur knapp zehn Tage bis dahin."
„Hm ... ich bekam heute ein kurioses Angebot."
„Bewirbst du dich von der Insel aus? Wer hat dir eines gemacht?"
Paula korrigiert: „Nein, ich habe keine Bewerbungen rausgeschickt. Hier benötigen sie Saisonkräfte für die Überwachung der Seehunde und Robben. Der hiesige

Ranger hat mich gefragt, ob ich Interesse habe, diesen Sommer hierzubleiben. Da ich frei bin, wäre das eine Überlegung wert. Was meinst du?“

Schweigen am anderen Ende der Leitung.

„Hallo, Oliver, bist du noch da?“

„Ähm, ja. Denkst du ernsthaft darüber nach? Willst du nicht zurück nach Regensburg?“ Seine Stimme klingt irritiert.

„Doch, aber den Sommer könnte ich auf der Düne verleben. Was spricht dagegen? Ich habe keinerlei Verpflichtungen, keine Wohnung, keine neue Anstellung. Bis zum Herbst würde ich es hier gut aushalten.“

„Das ist deine Entscheidung.“ Sein Tonfall hört sich merklich abgekühlt an. „Ich bin müde. Schlaf gut.“ Offenbar möchte Oliver das Gespräch plötzlich abrupt beenden.

„Danke für deinen Anruf. Gute Nacht.“ Mehr weiß Paula nicht zu erwidern. Olivers Reaktion auf das Jobangebot auf der Düne mutet seltsam an.

Für heute hat Paula jedoch genug gegrübelt. Sie mag einfach ins Traumland übergleiten, was ihr unerwartet schnell gelingt.

KAPITEL 19

Eine mehr oder weniger schlaflose Nacht liegt hinter Emma, in der sie sich im Bett hin- und hergewälzt hat oder ab und zu im Zimmer wie ein Tiger im Käfig herumgelaufen ist.
Ihr Spiegelbild sieht im Bad übernächtigt aus. Ringe unter den Augen, eine Sorgenfalte auf der Stirn und die Haare zerzaust.
Zum ersten Mal in diesen Tagen ist sie froh über das bevorstehende Gesundheitsprogramm. Das lenkt sie von ihren Grübeleien ab. Sie ist nicht in der Lage, Paulas Beichte einzuordnen. War das, was damals zwischen Rainer und Paula passiert ist, wirklich dem Alkoholgenuss geschuldet? Warum ist ihre Schwester bald danach in die USA geflüchtet? Ist sie vor Rainer davongelaufen, um seine Beziehung zu Emma nicht zu gefährden? Ihre Spekulationen enden in einer Sackgasse. Aus ihrer Sicht macht es im Moment keinen Sinn, Rainer diesbezüglich zur Rede zu stellen. Sie möchte es wegen der Kinder und Oliver nicht, den die Sache außerdem nichts angeht. Mit einer Aussprache bis zu ihrer Rückkehr nach Regensburg zu warten, fällt ihr allerdings schwer.
Bevor Emma den Frühstücksraum aufsucht, antwortet sie Rainer mit lapidaren Floskeln auf seine Nachricht. Es würde ihr gutgehen und ihre Genesung würde gut fortschreiten. Ferdinand und Paula erwähnt sie indes nicht. Ihre Treffen mit dem charmanten Mann zu verheimlichen, erfüllt sie geradezu mit Genugtuung. Ferdinand gibt ihr das vergessene Gefühl, begehrt zu werden. Seine Komplimente sind im Nachhinein wie Balsam auf ihrer verletzten Seele. Ein Gedanke schleicht sich hinter ihre

Stirn. Was wäre aus Rainer und ihr womöglich geworden, wenn sie den Zwischenfall mit Paula kurz danach erfahren hätte? Auf diese Frage findet sie im Moment keine Antwort.
Dafür erhält sie nach ihrem Vormittagsprogramm eine Nachricht von Ferdinand:

Danke für den zauberhaften Abend gestern. Ich habe ihn sehr genossen. Wie sieht dein Zeitmanagement heute aus? Lust auf einen Spaziergang mit anschließender Einkehr irgendwo? Ich würde mich sehr freuen.
In gespannter Erwartung,
Ferdi

Da sich sämtliche Ausflugspläne mit Paula durch ihren Streit zerschlagen haben, sagt Emma Ferdinand zu. Allerdings soll er sie nicht am Hotel abholen, sondern sie möchte sich mit ihm direkt an der Promenade am Hafen treffen. Es wäre ihr vor der neugierigen Frau Bichler unangenehm, mit einem fremden Mann gesehen zu werden.
Ferdinand willigt ein und schlägt eine Uhrzeit vor, die Emma akzeptiert.
Zunächst testet sie auf ihrem Balkon die Wetterverhältnisse. Es ist windig, aber sonnig. Eine leichte Windjacke über der Jeans schadet nicht. Zusätzlich bindet sich Emma ein Tuch um den Hals, das sie notfalls auch als Kopftuch um die Haare binden kann, falls der Wind im Laufe des Nachmittags stärker wird.
Mittlerweile betrachtet Emma ihre Begegnungen mit Ferdinand als heimliches Date. Das macht die Angelegenheit spannend.
Sie bricht rechtzeitig auf und erreicht das Unterland pünktlich. Suchend schaut sie sich auf der Promenade um.
„Hier bin ich“, outet sich Ferdinand hinter ihr.
Abrupt wendet sich Emma um und lacht. „Du hast mich erschreckt.“

„Oh, das wollte ich nicht. Entschuldige. Bleibst du bei deiner Diät oder sollen wir uns zur Stärkung unterwegs ein Fischbrötchen gönnen?"
„Hm ... mein Mittagessen ist nicht lange her. Ich hebe mir den Hunger lieber für später auf, aber du kannst dir gerne eines kaufen."
„Natürlich esse ich dir nichts vor. Dann warte ich bis später." Ferdinand hakt Emma unter, als wären sie ein Paar.
Sofort fühlt sie sich beschützt und geborgen.
Ihr Weg führt bis zum Musikpavillon. Dort haben sich zahlreiche Touristen gruppiert, die einer Kapelle lauschen. Sie spielt Seemannslieder wie zum Beispiel die Melodie von Freddy Quinn *Kleine Möwe flieg nach Helgoland*, die die Leute zum Teil mitsingen. Es herrscht eine heitere Stimmung. Einige Zuhörer tanzen sogar.
Eine Weile bleiben Emma und Ferdinand stehen, um den Klängen zu lauschen.
„Magst du diese Art von Musik?", erkundigt er sich.
Emma grinst. „Nicht wirklich, aber sie passt hier zur Insel und der Stimmung." Ausgelassen zerrt sie an Ferdinands blauer Windjacke, als Zeichen, dass sie lange genug gelauscht haben. Weiter führt der Weg an den Hotels des Südstrandes entlang, deren Terrassen mit Urlaubern und Tagesgästen aus allen Nähten platzen.
Ferdinand scheint mit ihrer Antwort nicht ganz zufrieden: „Welche Richtung von Musik bevorzugst du denn?"
„Ich bin der totale Fan von Michael Jackson. Findest du das altmodisch?"
„Keineswegs. Seine Songs sind legendäre und absolute Ohrwürmer. Sogar ganz junge Leute mögen sie heute noch."
„Und du?", will Emma umgekehrt von ihrem Begleiter wissen.
„Ich liebe Jazz. Meine Lieblingssängerin ist Ella Fitzgerald."
„Da muss ich passen", gesteht Emma. „Die kenne ich

nicht."
„Kein Problem. Wenn du mich einmal auf meinem Gut besuchst, spiele ich dir ihre Lieder vor."
„Ob das jemals klappt?", äußert Emma ihre Bedenken.
„Warum nicht? Ich lade dich auf ein Wochenende ein."
Emma weicht aus. „Mal schauen."
Glücklicherweise rempelt in diesem Moment ein Strandjogger Ferdinand an. „Hey, keine Augen im Kopf, du blöder Vollpfosten?" Er flucht hinter dem Täter her, der einfach davonrennt.
Verblüfft nimmt Emma zur Kenntnis, dass Ferdinand nicht nur eine charmante Seite hat. Seine Ausdrucksweise klingt gänzlich anders als sonst. Dabei dachte Emma bisher, er hätte die Höflichkeit in allen Lebenslagen gepachtet.
Wenigstens ist das Thema mit der Einladung zum Gut vom Tisch. Wie sollte Emma Rainer eine solche erklären? Es ist einfach utopisch, Ferdinand einmal in Schleswig-Holstein zu besuchen. Sie verbringt hier einige nette Stunden, und danach trennen sich ihre Wege wieder.
Schließlich erreichen sie die bunten Hummerbuden.
„Wie sieht's aus? Krabben- oder Fischbrötchen?", erinnert Ferdinand Emma daran, dass er Hunger hat.
„Hm ... du hast mich überzeugt. Ich mag ein Krabbenbrötchen. Sie sind einfach zu lecker. Zuhause bekomme ich so etwas nicht mehr."
Ferdinand setzt eine betretene Miene auf. „Ich vergesse immer, dass ich kein Geld habe. Heute Morgen ist mein Kumpel bereits sehr zeitig zur Arbeit aufgebrochen, und ich hatte keine Gelegenheit, ihn anzupumpen."
„Kein Ding. Ich gebe dir was aus."
Nachdem Emma die Brötchen und zwei Getränke bezahlt hat, setzen sie sich an einen Biertisch und lassen es sich munden. Sie bemerken nicht, dass sie beobachtet werden.

♥♥♥

Weil Emma nicht auf Paulas Entschuldigung reagiert hat, ist sie von der Düne nach Helgoland gefahren. Sie muss sich unbedingt mit Emma aussprechen. Streit hält Paula nie lange aus. Außerdem brennt sie darauf, ihrer Schwester von Fietes Angebot zu berichten.
Im Hotel trifft sie Emma nicht an, aber wie immer weiß Frau Bichler Bescheid. „Ich glaube, sie wollte zum Unterland. Jedenfalls hat sie so etwas angedeutet."
Die Suche nach Emma gestaltet sich anschließend wie die Nadel im Heuhaufen.
Wie soll Paula sie unter all den Tagestouristen auf der Promenade finden? Sie könnte überall sein. Vielleicht im Museum Helgoland oder im Kurpark? Ratlosigkeit macht sich breit.
So schnell gibt Paula nicht auf. Womöglich hilft ihr der Zufall.
Einen Museumsbesuch schließt Paula erst einmal aus. Das wäre ein Ziel für sehr schlechtes Wetter. Außerdem gehören Ausstellungen nicht unbedingt zu Emmas favorisierten Freizeitbeschäftigungen.
Paula tendiert eher zum Südstrand. Aufmerksam studiert sie jeden, der ihr entgegenkommt oder den sie überholt. Wahrscheinlich entpuppt sich ihre Fahndung nach Emma als hoffnungsloses Unterfangen. Es sind einfach zu viele Menschen unterwegs.
Da Paula sich zu den Hummerbuden hingezogen fühlt, schlendert sie dorthin. Allerdings hat sie ihre Mitbringsel für alle bereits gekauft. Für sich selbst benötigt sic ansonsten nichts. Etwas ziellos schaut sie sich die Waren auf den Ständern an. Die eine oder andere Bernsteinkette könnte sie reizen.
Ein Laden mit Schmuck hat einen Spiegel bereitgestellt, in dem sich Paula mit einer Kette um den Hals betrachtet. Den Bruchteil einer Sekunde glaubt sie, im Spiegelbild Emma zu entdecken, die nebenan mit dem Rücken zugewandt an einem Biertisch sitzt. Ihr gegenüber hockt

ein Mann. Langsam dreht sich Paula um. Tatsächlich, kein Zweifel, es handelt sich um ihre Schwester. Ist sie mit diesem Adeligen unterwegs? Sofort hängt Paula die Kette zurück auf den Ständer und will zu den beiden hinpreschen. Im letzten Moment hindert eine imaginäre Hand sie daran, denn sie macht eine Entdeckung. Der Typ trägt eine blaue Windjacke, auf der rechts ein Seehund thront. Zufall? Sogleich erinnert sich Paula an Fietes vermisste Jacke. Seine Ex-Freundin hatte ihm einen Seehund darauf genäht.

Gut getarnt hinter Ware zoomt Paula mit ihrem Smartphone die Jacke und den Kopf von dem vermeintlichen Dieb heran und schießt ein Foto. Danach leitet sie es direkt an Fiete mit einem entsprechenden Kommentar weiter. Hoffentlich liest er ihre Nachricht gleich.

Ihr Wunsch scheint im Universum gehört worden zu sein, denn Fiete schreibt umgehend zurück:

Das ist eindeutig meine Jacke. Kannst du den Kerl hinhalten und mir den Standort durchgeben? Ich werde gleich der Polizei Bescheid geben.

Nachdem Paula dies erledigt hat, tritt sie mit beschleunigtem Puls an den Tisch. Hoffentlich riecht der Kerl nicht Lunte.

„Hallo, Emma, wie schön, dass ich dich in dem Gewühl gefunden habe“, spricht sie ihre Schwester mit zuckersüßem Ton an.

„Was tust du denn hier?“, blafft Emma unwirsch zurück. Das Auftauchen von Paula passt ihr offensichtlich nicht.

„Ich wollte mit dir sprechen, aber du warst nicht im Hotel.“

„Ich aber nicht mit dir. Du siehst, dass ich in Gesellschaft bin. Bitte stör uns nicht.“

Plötzlich mischt sich Emmas Begleiter ein: „Willst du uns nicht vorstellen, Emma?“

Missmutig erklärt sie: „Das ist meine Schwester Paula. Sie macht Urlaub auf der Düne."
Ferdinand springt auf. „Angenehm. Ich bin Ferdinand von Osterlund. Bitte setzen Sie sich zu uns."
Paula schaut Emma fragend an.
„Meinetwegen", brummt die Schwester.
Mit Erleichterung nimmt Paula am Tisch Platz. Jetzt heißt es, den Mann zu beschäftigen, bis die Polizei eintrifft.
„Möchten Sie etwas trinken oder essen?", bietet Ferdinand an.
„Nein, danke. Ich bleibe nicht lange." Verstohlen guckt Paula sich um, wo die Beamten bleiben. Kalter Schweiß breitet sich auf ihrer Stirn aus.
Glücklicherweise plaudert Ferdinand munter drauf los, indem er Paula zur Insel Düne befragt. Verdächtig, was er alles wissen will. Dabei handelt es sich wahrscheinlich um sein Beuterevier.
So gut es geht, weicht Paula mit lapidaren Antworten aus.
Die Miene von Emma spricht indes Bände. Sie ignoriert Paulas Blick und nippt ständig an ihrem Glas.
„Darf ich die Damen vielleicht zu einer Waffel einladen?", schleimt Ferdinand.
„Ich glaube, dazu haben Sie keine Gelegenheit mehr", sagt plötzlich eine Stimme.
Zwei Polizisten postieren sich, einer vor und einer hinter Ferdinand, sodass er nicht flüchten kann.
„Was wollen Sie von mir?", fragt er.
„Bitte weisen Sie sich aus", verlangt einer der Beamten.
„Tut mir leid, aber neulich wurde meine Geldbörse gestohlen. Alles weg."
„Du hast mir doch gesagt, dass dein Ausweis nicht davon betroffen war", mischt sich Emma unerwartet ein.
„Ähm ... stimmt, aber ich habe ihn trotzdem nicht dabei."
„Dann müssen Sie uns leider bitte zur Wache begleiten."
„Was liegt überhaupt gegen mich vor?", versucht Ferdinand, sich aus der Affäre zu ziehen.
„Das klären wir auf der Wache."

Bevor es dazu kommt, nimmt der andere Polizist Paulas und Emmas Kontaktdaten auf, für den Fall, dass sie als Zeuginnen benötigt werden.
Anschließend wird Ferdinand unauffällig abgeführt.
Paula steht die Erleichterung ins Gesicht geschrieben. „Puh, ... das ist ja gerade nochmal gutgegangen."
„Wie bitte? Hast du etwas mit der Sache zu tun?" Emma schaut skeptisch.
„Ja, habe ich."
„Warum? Gönnst du mir jetzt nicht mal einen harmlosen Flirt? Musst mir alles kaputtmachen?", faucht Emma.
„Blödsinn. Du wirst mir gleich dankbar sein, dass ich dich vor dem Kerl gerettet habe."
„Willst du mich veräppeln? Ich brauche keine Aufpasserin."
„Keineswegs."
„Ich verlange eine Erklärung."
„Die bekommst du." In den folgenden Minuten berichtet Paula von den Diebstählen auf der Düne, und dass Fiete eine ganz spezielle Windjacke vermisst, auf der ein Seehund extra von seiner Ex-Freundin aufgenäht wurde. Ferdinand hat sie an.
„Das kann purer Zufall sein", begehrt Emma auf. „Ich kann mir beim besten Willen Ferdinand als Klamottendieb nicht vorstellen. Das hat er als Gutsbesitzer gar nicht nötig."
„Er ist eben ein Blender."
Plötzlich runzelt Emma die Stirn. „Da fällt mir allerdings ein, dass seine Kleidung nicht immer zu passen scheint. Neulich schlackerte ihm eine Hose um die Beine. Ich habe vermutet, dass er womöglich abgenommen hat." Emma wirkt nachdenklich.
In diesem Augenblick erhält Paula eine Mitteilung von Fiete.

Bin auf dem Weg nach Helgoland, um meine Jacke bei der Polizei zu identifizieren. Das hast du super gemacht. Vielleicht ist der Dieb endlich gefasst. Können wir uns danach treffen? Oder fährst du gleich wieder zurück zur Düne?

„Darf ich mit ins Hotel?“, bittet Paula ihre Schwester.
„Wozu?“ Offenbar scheint Emma ihr weiter zu grollen.
„Zum Reden? Wollen wir uns wirklich den Urlaub auf dieser wundervollen Insel gegenseitig verderben?“
„Habe ich etwa Schuld an der Situation?“, beschwert sich Emma mit grimmiger Miene.
„Können wir die Diskussion nicht in dein Zimmer verlegen? Fiete möchte später zu uns stoßen, wenn er auf der Polizeiwache war. Er wird uns sicher nähere Einzelheiten zu Ferdinand von Osterlund erzählen.“
Endlich lenkt Emma ein. „Okay, lass uns gehen. Den Nachmittag hast du mir ohnehin gründlich verdorben.“
Trotzdem bietet Emma Paula eine halbe Stunde später einen Kaffee auf ihrem Zimmer an, den sie am Tisch vor dem Panoramafenster zunächst schweigend trinken.
„Ist dir nichts an diesem Ferdinand aufgefallen außer seiner falschen Kleidergröße?“, durchbricht Paula die Stille zwischen ihnen.
Emma rückt stockend heraus: „Er ... hat behauptet, ihm sei der Inhalt seiner Geldbörse gestohlen worden, die er im Hallenbad bereits vermisst hatte.“
„Hast du ihm Geld geliehen?“, bohrt Paula nach.
„Hm ... nicht direkt.“
„Was heißt das genau?“
„Ich habe bei unseren Begegnungen immer bezahlt. Ferdinand wollte mir das Geborgte auf jeden Fall zurückgeben.“
„Um welchen Betrag handelt es sich?“
Emma überlegt wohl kurz. „Der Eintritt im Tanzcafé war ziemlich teuer. Waffel essen waren wir auch, und eben habe ich die Krabbenbrötchen mit Getränken gezahlt. Über einhundert Euro werden es sein.“
„Und sein Verhalten hat dich nicht stutzig gemacht? Man lädt schließlich niemanden ein, wenn man über kein Geld

verfügt."
„Nein, Ferdinand gab sich sehr seriös. Ich kam bisher nicht auf die Idee, dass er mich finanziell ausnutzen will."
Emma wirkt betroffen.
Paula liegt es fern, Öl ins Feuer zu gießen und Emma hinsichtlich ihrer Naivität zu tadeln. Das wäre kontraproduktiv in dieser Situation.
Auf einmal klopft es an der Tür.
„Das wird Fiete sein", meint Paula. „Ich habe ihm geschrieben, wo wir sind. Darf ich ihm öffnen?"
Emma nickt zustimmend.
Sie springt zur Tür. „Hallo, Fiete, komm bitte rein."
Zunächst begrüßt er Emma.
Da ein dritter Stuhl fehlt, bietet Paula ihm ihren an und hockt sich auf die Bettkante.
Gespannt wie ein Flitzebogen schaut sie den Ranger an. „War es deine Jacke? Hast du sie wieder?", platzt sie vor Neugierde heraus.
„Ja, es handelt sich tatsächlich um meine, aber sie muss als Beweismittel vorläufig in der Wache bleiben. In diesem Moment wird die Bude von Ferdinands Kumpel durchforstet. Wahrscheinlich lagern dort die anderen geklauten Sachen. Womöglich ist er sogar ein Komplize."
„Krass." Paula beobachtet, wie Emma blass wird. Ihre Schwester tut ihr leid. „Soll ich dir ein Wasser holen, Emma?"
Sie wiegelt ab: „Nein, danke. Es geht schon."
Ein Handy klingelt. Es ist Fietes in seiner Hosentasche. „Entschuldigt mich bitte. Es ist Ulli von der Polizei." Er nimmt den Anruf entgegen. „Warte, Ulli, ich schalte mal auf laut. Die Frauen sitzen gerade neben mir." Fiete drückt auf die entsprechende Taste.
„Hallo in die Runde", sagt Ulli. „Ich bin der zuständige Kommissar auf Helgoland. Uns ist durch Ihre Mithilfe und Ihr wachsames Auge ein dicker Fisch ins Netz gegangen."
Paula und Emma werfen sich kurz einen irritierten Blick zu, bevor Ulli fortfährt: „Bei Ferdinand von Osterlund, der

in Wahrheit Fritz Müller heißt, handelt es sich um den vor einigen Tagen ausgebrochenen Häftling. Er saß wegen Heiratsschwindel, Betrug und Diebstahl im Knast."
„Oh, nein", entfährt es Emma entsetzt. „Ich bin also ein Opfer von ihm."
„Wieso?", hakt Ulli nach.
Emma erzählt von seiner Masche, selbst beklaut worden zu sein, und dass er sie offenbar ausgenommen hat.
„Dann bitte ich Sie, zu uns auf die Wache zu kommen, um Anzeige zu erstatten", meint der Kommissar.
„In Ordnung", verspricht Emma. „Ich mache mich so schnell wie möglich auf den Weg."
Fiete beendet das Gespräch mit Ulli.
Paula fällt es wie Schuppen von den Augen. Die Aktion der Polizei an der Tankstelle hatte folglich mit Ferdinand, dem falschen Gutsbesitzer, zu tun. Ihn haben sie gesucht. Außerdem saß er neben Emma auf dem Schiff von Cuxhaven nach Helgoland. Vermutlich hat er sich dort bereits nach neuen Opfern umgesehen. Sie bringt es zur Sprache.
„Dass er mich an dem Ständer vor dem Geschäft erkannt und angequatscht hatte, war wohl eher Zufall", meint Emma.
„Wer weiß. Jedenfalls seid ihr Schwestern die Heldinnen von Helgoland. Kriminalistisch gesehen ist hier sonst nicht viel los". Fiete springt auf. „Ich muss dringend zurück auf die Düne zu meinen Tieren. Kommst du mit Paula?"
Sie verneint. „Ich begleite Emma auf die Wache, und wir beide haben noch etwas zu klären."
„Okay, melde dich gerne, wenn du wieder Zeit hast."
Sie verabschieden sich voneinander.
Paula bringt Fiete an die Tür.
„Hast du inzwischen über mein Jobangebot nachgedacht?", flüstert er ihr zu.
„Ein bisschen. Ich brauche etwas mehr Zeit."
„Verständlich. Vielleicht bis später." Fiete entfernt sich.
Mittlerweile hat sich Emma bereits wieder die Windjacke

übergestülpt. „Danke, dass du mich zur Polizei begleitest. „Mir ist alles unglaublich peinlich."

„Warum? Weil du auf einen Betrüger hereingefallen bist? Dafür kannst du schließlich nichts. Du wolltest jemandem helfen, der bestohlen worden ist. Ich hätte genauso gehandelt."

„Wirklich?"

„Ja. Jetzt gehen wir und bringen es hinter uns."

Die Anzeige auf der Polizeistation nimmt ein Kollege von Ulli auf, der sich kurz blicken lässt und bei Paula und Emma bedankt. „Fritz Müller wird noch heute aufs Festland gebracht und danach in seine Haftanstalt zurückgeführt. Sein Kumpel, bei dem er hier auf der Insel untergekrochen war, hatte mal eine Zelle mit ihm geteilt. Durch ein Netzwerk ehemaliger Krimineller und eines korrupten Gefängniswärters konnte Fritz ausbrechen und unbehelligt untertauchen. Wir sind Ihnen beiden sehr dankbar, dass wir ihn fassen konnten."

„Das war purer Zufall mit Fietes Jacke", äußert Paula. Sie mag es gar nicht, im Mittelpunkt zu stehen.

„Können wir reden?", fragt Paula, als sie die Wache wieder verlassen haben.

„Ich hatte die ganze Nacht Zeit zum Nachdenken", beginnt Emma. „Es ist besser für alle Beteiligten, wenn wir die Sache auf sich beruhen lassen. Ich liebe Rainer und die Kinder und möchte keinen Streit vom Zaun brechen, der womöglich in eine Ehekrise ausartet. Wir würden dabei sicher Federn lassen. Natürlich bin ich verletzt, aber schließlich hast du die Reißleine gezogen und ihn in die Schranken verwiesen. Ich kann dir höchstens vorwerfen, es mir damals nicht sofort gesagt zu haben. Aber vielleicht hätte ich mich von Rainer getrennt. Stell dir vor, dann hätte ich Max und Sophie nicht bekommen, meine über alles geliebten Goldstücke."

„Gut, dass du das so siehst. Ich hätte einfach die Klappe nach so langer Zeit halten sollen. Das werfe ich mir echt vor."

Emma hakt sich bei Paula unter. „Weißt du was? Ich vergesse für heute meine Diät und lade dich zum Essen ein. Was hältst du davon?“
„Nur, wenn ich dich einladen darf als Wiedergutmachung“, verlangt Paula. „Außerdem hast du gerade durch den Betrüger Geld verloren.“
„Okay“, erklärt sich Emma einverstanden.
Sie verleben einen feuchtfröhlichen Abend, der für Paula auf Emmas Couch endet, denn die letzte Fähre zur Düne ist längst abgefahren.

KAPITEL 20

Ein Sonnenstrahl, der durch einen Spalt der Gardine seinen Weg in Emmas Gesicht findet, weckt sie auf. Was für ein Brummschädel. Nach dem aufregenden Tag gestern hat sie zusammen mit Paula zu tief ins Glas geschaut. Wie viele Gläser Wein waren es genau? Emma kann sich nicht mehr erinnern.
Ihr Blick fällt aufs Sofa, auf dem Paula mit gekrümmten Beinen schläft. Die Ärmste. Bequemlichkeit sieht anders aus.
Leise schleicht sich Emma ins Bad, um eine Aspirin zu nehmen. Mit diesen Kopfschmerzen zur Kneipp-Kur zu gehen, erscheint ihr unmöglich zu sein. Ob ein starker Kaffee hilft? Allerdings würde das Geräusch der Maschine Paula aufschrecken.
In diesem Moment schlägt Paula jedoch die Augen auf. Etwas desorientiert schaut sie sich im Zimmer um, bis sie Emma entdeckt. „Au weia, mir ist so schlecht. Wie geht's dir?"
„Ähnlich. Ich habe gerade ein Aspirin geschluckt. Willst du auch eine Tablette?"
„Unbedingt."
Emma holt die ganze Palette und ein Glas Wasser dazu aus dem Bad und reicht beides Paula.
„Danke. Wie sind wir überhaupt ins Hotel gelangt?"
Emma kichert, fasst sich aber sogleich an ihren schmerzenden Kopf. „Torkelnd. Gut, dass uns Frau Bichler nicht in dem Zustand gesehen hat."
„Musst du nicht zu deinen Anwendungen?", erkundigt sich Paula.
„Den Kneipp-Guss lasse ich ausfallen. Ich frage die

Bichler, ob du gegen Entgelt hier mit mir frühstücken darfst."
„Wie willst du meine Anwesenheit erklären?"
„Ich sage ihr die Wahrheit. Wenn sie für deine Übernachtung auf dem Sofa etwas verlangt, zahle ich es eben."
„Ich weiß nicht, ob ich etwas essen kann", klagt Paula.
„Wir warten erst einmal die Wirkung der Tablette ab. Nach starkem Alkoholgenuss hilft ein Rollmops. Vielleicht spendiert uns die Hotelküche einen."
„Igitt, den könnte ich nicht hinunterwürgen." Paula zieht eine Grimasse, die Emma zum Lachen bringt.
„Dein Fiete hat wohl gestern Abend umsonst auf deine Rückkehr gewartet. Läuft da was zwischen euch?"
„Nein, noch nicht. Ich muss dir etwas erzählen."
„Erst koche ich uns einen Kaffee." Emma bereitet ihn zu, und sie trinken ihn am Tisch.
„Schieß los", fordert Emma auf. „Hat es zwischen euch gefunkt?" Etwas Skepsis klingt aus ihrem Tonfall.
„Ein bisschen." Anschließend schildert Paula Fietes Angebot. „Was meinst du dazu?"
„Das ist eine echte Überraschung. Hättest du ernsthaftes Interesse?"
„Na, ja, ich bin völlig vogelfrei. Keinen festen Job, keine Wohnung, keine sonstigen Verpflichtungen. Es wäre eine einmalige Chance, länger auf Helgoland zu verweilen."
„Ist Fiete der Hauptgrund?" Emma hat Augen im Kopf und die Symbiose zwischen dem Ranger und Paula registriert.
„Ein wenig, obwohl ich für eine neue Beziehung sicher noch nicht reif bin. Aber es könnte sich eventuell etwas daraus entwickeln. Allerdings bin ich eine Stadtpflanze und würde bestimmt irgendwann einen Inselkoller bekommen und mich zurück nach Regensburg sehnen. Für eine Saison kann ich mir den Aufenthalt hier dennoch gut vorstellen."
„Probier es aus. Bloß unsere Eltern werden enttäuscht sein, wenn du sie auf Gomera nicht besuchst", wendet Emma ein.

„Das mache ich im Anschluss. Gerade im Herbst ist es ohne die Touristenmassen sehr schön dort."

„Schade, dass wir uns wieder für eine lange Zeit nicht sehen werden", bedauert Emma. „Max und Sophie haben dich auch gerne in der Nähe."

„Ich habe ja bisher nichts endgültig entschieden. Erst einmal möchte ich von Fiete genau wissen, was auf mich zukommt. Ob ich dann wirklich eingestellt würde, steht in den Sternen. Womöglich war es eine spontane Idee von Fiete, die sich aber nicht realisieren lässt. Ich werde mich erst einmal genau informieren."

„Das ist ein guter Plan", stimmt Emma zu. „Das Wochenende liegt vor der Tür. Wollen wir es gemeinsam verbringen, oder hast du etwas mit deinem Ranger vor?"

„Nein, natürlich will ich deine verbleibende Zeit auf Helgoland auf jeden Fall mit dir verleben. Magst du zu mir auf die Düne kommen? Im Bungalow ist mehr Platz als auf deinem Zimmer."

„Das ist eine Überlegung wert. Allerdings könnte ich die Diät des Hotels nicht konsequent einhalten."

Paula lacht. „Die hast du spätestens gestern gecancelt."

„Na, ja, der Ausrutscher war nach dem spektakulären Tag unausweichlich. Ich rede mit Frau Bichler und Dr. Lungus. Wichtig ist die Regenerierung meines Lungenvolumens. Ob ich ein oder zwei Kilo leichter nach Regensburg zurückkehre, ist mir im Grunde egal."

„So sehe ich das auch. Die Begegnungen mit Ferdinand alias Fritz waren zwar im Nachhinein überflüssig, aber trotzdem haben sie dir wohl ganz gutgetan. Du wirkst auf mich selbstbewusster."

„Findest du?" Emma runzelt die Stirn.

„Absolut."

„Ich gebe zu, dass es mir Spaß gemacht hat, mich für Ferdinand optisch herzurichten. Im Alltag lohnt sich das nicht für Haushalt und Garten. Rainer und ich gehen ja leider selten aus wegen der Kinder."

„Warum leistet ihr euch nicht ab und zu einen Babysitter?

Es gibt gerade in Regensburg bestimmt junge Studentinnen, die sich gerne etwas verdienen würden. Ihr könntet schön essen gehen oder ins Theater. Sich als Paar ab und zu etwas Tolles zu gönnen, belebt die Ehe. Ich habe das mit Henry versäumt. Bei uns stand immer die Arbeit im Vordergrund."
Paulas Worte stimmen Emma nachdenklich. Rainer hat öfter Vorschläge gemacht, was sie mal abends unternehmen könnten, aber Emma wollte nie. Seit ihrer Corona-Erkrankung ist sie vom Tag erschöpft und will bloß die Füße hochlegen, wenn die Kinder endlich im Bett sind. Womöglich ändert sich das, wenn sich ihre Lunge erholt hat. Die Hoffnung stirbt zuletzt. Insgeheim gibt sie Paula recht. Auch einmal etwas zu zweit als Paar zu unternehmen, ist enorm wichtig. Es belebt das Miteinander, und die Gespräche drehen sich nicht mehr allein um die Kinder und deren Probleme, sondern um ihre Beziehung und das, was sie verbindet.
Paula reißt Emma aus ihren Grübeleien: „Allmählich geht es meinem Schädel besser. Ich glaube, etwas in den Magen zu kriegen, wäre gar nicht so falsch."
„Ich rufe mal an der Rezeption an und frage Frau Bichler. Du kannst dir inzwischen die Zähne putzen. Als hätte ich es geahnt, habe ich immer eine zweite, neue Ersatzzahnbürste dabei. Du findest sie in meinem Kosmetikbeutel."
„Danke. Bis gleich." Paula verschwindet im Bad, während sich Emma bei Frau Bichler meldet.
„Guten Morgen", ertönt die Stimme der Hotelbesitzerin. „Wie hat die Heldin von Helgoland geschlafen?"
„Sie wissen bereits von der Sache mit dem Betrüger?", hakt Emma peinlich berührt nach.
„Ja, was denken Sie denn? Der Fang des entflohenen Häftlings ist auf den beiden Inseln in aller Munde. Was darf ich für Sie tun?"
„Ähm ... meine Schwester hat gestern die letzte Fähre zur Düne verpasst und deshalb bei mir auf dem Sofa

geschlafen. Natürlich zahlen wir für die Übernachtung. Frage: könnte meine Schwester mit mir frühstücken?“
„Selbstverständlich“, flötet Frau Bichler. „Darf ich ein Foto von Ihnen beiden machen? Es geschieht nicht alle Tage, so erfolgreiche Detektivinnen in unserem Haus zu beherbergen.“
„Darüber lässt sich reden. Muss ich jemandem im Speisesaal wegen Paula Bescheid geben?“
„Nein, das erledige ich. Lassen Sie sich das Frühstück mit Ihrer Schwester gut schmecken.“
„Danke, das ist sehr freundlich von Ihnen.“
Eine halbe Stunde später bedienen sich Emma und Paula am Büfett.
Zwar beäugen die anderen aus Emmas Gruppe sie argwöhnisch, sagen aber zum Glück nichts. Trotzdem gewinnt Emma den Eindruck, dass hinter ihrem Rücken getuschelt wird. Wahrscheinlich weiß der ein oder andere über ihr Abenteuer mit dem gefassten Dieb von Helgoland Bescheid und tratscht es weiter.
Leider hat Emma nicht so viel Zeit fürs Essen, weil der Yoga-Kurs nicht auf sie wartet. Es plagt sie ohnehin das schlechte Gewissen hinsichtlich der geschwänzten Kneipp-Kur. Schließlich ist sie nicht zum Vergnügen auf der Insel.
„Weiß deine Familie mittlerweile von unserem Heldentum?“, will Paula wissen, als sie ein Brötchen aufschneidet.
„Ich habe Rainer heute Morgen eine kurze Nachricht geschickt und einen ausführlichen Bericht oder ein Telefonat für den späteren Nachmittag angekündigt.“
„Okay, Max und Sophie sind sicher begeistert von ihrer Mutter als Miss Marple“, vermutet Paula.
„Ich werde mich nicht mit fremden Federn schmücken. Ohne dein scharfes Auge mit der Windjacke wäre Ferdinand nicht aufgeflogen. Allein dir gebührt der Fahndungserfolg.“
„Quatsch. Ich betrachte es als Teamwork. Wirst du Rainer hinsichtlich deiner Dates mit Ferdinand von Osterlund erzählen?“

„Wenn, dann höchstens zuhause unter vier Augen. Übers Handy kommt das sonst womöglich missverständlich rüber. Das will ich vermeiden."
„Wahrscheinlich besser."
Emmas Blick fällt auf die Wanduhr. „Ich muss los. Du darfst weiter so viel essen, wie du möchtest. Ich habe alles mit Frau Bichler geklärt."
„Super. So großen Appetit habe ich allerdings gar nicht. Ich werde zur Düne aufbrechen. Sag mir gerne Bescheid, wann du kommst. Ich kaufe entsprechend vorher fürs Wochenende ein."
„Darauf freue ich mich." Emma haucht ihrer Schwester einen Kuss auf die Wange und eilt zum Yoga-Raum.

♥♥♥

Paula begibt sich an die Rezeption zu Frau Bichler, die sofort den ansonsten etwas dunklen Empfangsbereich mit ihrem Lächeln zum Strahlen bringt.
„Hat es Ihnen geschmeckt?"
„Ja, vielen Dank für Ihre Gastfreundschaft. Was bin ich Ihnen für die Übernachtung bei meiner Schwester und fürs Frühstück schuldig?"
„Gar nichts. Es ist unserem Haus eine Ehre, dass Sie unsere Dienste in Anspruch genommen haben. Ihre Schwester hat mir aber ein Foto von Ihnen beiden versprochen. Sind Sie damit einverstanden?"
„Im Prinzip ja, aber Emma ist gerade beim Kurs, und ich bin erst nächste Woche wieder hier. Können Sie sich so lange gedulden?"
„Natürlich. Kein Problem." Waltraud Bichler schenkt Paula ein schmeichelndes Lächeln, das sie bestimmt über viele Jahre eingeübt hat. „Ich wünsche Ihnen einen wunderbaren Tag."
„Danke." Paula hat bereits ihre Jacke und Tasche dabei, sodass sie sich schnurstracks zum Anleger ins Unterland

begibt.
Auf der Überfahrt zur Düne wird ihr übel, obwohl das Meer relativ ruhig ist. Mit Mühe hält sie den Inhalt ihres Magens bei sich. Nie wieder so viel Wein zu trinken, schwört sie sich.
Zurück im Bungalow schläft Paula zunächst zwei Stunden tief und fest. Danach fühlt sie sich besser.
Fiete hat sich bisher nicht gemeldet, dafür entdeckt sie eine Nachricht von Oliver auf dem Handy:

Heldin von Helgoland. Was für ein Titel. Rainer hat mir von eurem gestrigen Abenteuer berichtet. Magst du mir alles ausführlich erzählen? Wir könnten uns zu einem Telefonat verabreden.
Liebe Grüße, Oliver

Gestern schien Oliver noch verschnupft zu sein, als Paula Fietes Jobangebot erwähnt hat. Irgendwie hat es ihr geschmeichelt. Hat sie sich getäuscht? Wäre es Oliver gleichgültig, wenn sie einige Monate auf Helgoland bliebe? Die Antwort kennt nicht einmal der Wind, der um die Düne weht.
Sie schreibt ihm zurück:

Hi Oliver,
so spektakulär, wie es klingt, war die Aktion nicht. Vielmehr handelte es sich um einen bloßen Zufall, dass ich die gestohlene Jacke des hiesigen Rangers am Körper dieses geflohenen Straftäters entdeckte. Sie ist so besonders, weil ein Seehund nachträglich aufgestickt wurde und die Individualität kennzeichnete. Also von Heldentat ist keine Rede.
Trotzdem haben Emma und ich gestern Abend über die Stränge geschlagen und zu viel Alkohol getrunken. Dementsprechend plagen mich heute Kopfschmerzen. Deshalb sei mir bitte nicht böse, wenn wir unser Telefonat lieber verschieben. Ich wäre keine mitteilsame Gesprächspartnerin. Ist das okay für dich?
Liebe Grüße, auch an Rainer und die Kinder,
Paula

Die Wahrheit, dass sie mit Emma nicht ihre vermeintliche, detektivische Meisterleistung gefeiert hat, sondern ihre Versöhnung mit ihr, verrät sie vorerst nicht. Das sagt sie Oliver lieber persönlich. Offenbar hat er, wie versprochen, gegenüber Rainer dichtgehalten und nichts von dem Schwesterstreit gepetzt. Das bringt ihm einige Pluspunkte bei Paula ein.
Glücklicherweise zeigt Oliver Verständnis und wünscht ihrem Kopf gute Besserung. Sie soll sich melden, wenn sie Zeit und Lust hat, ihn anzurufen.

Am frühen Nachmittag fragt Fiete an, ob sie sich am Abend sehen.
Paula überlegt nicht lange und gibt auch ihm einen Korb für heute. Sie braucht Zeit zum Nachdenken und zur Regeneration. Er würde sie sicher zu einer Entscheidung hinsichtlich des Saisonjobs drängen. Momentan ist sie jedoch dazu nicht fähig. Ein Spaziergang in der frischen Luft am Strand entlang könnte hilfreich sein.
Für alle Fälle nimmt Paula ein Handtuch mit.
Einen Bikini trägt sie unter ihrem Strandkleid. Vielleicht lassen die Luft- und Wassertemperaturen ein Bad in der Nordsee zu. Um diese Zeit ist Fiete anderweitig beschäftigt, sodass ein Aufeinandertreffen eher unwahrscheinlich ist.
Mit Sonnenhut und Brille ausgestattet läuft Paula durch die Dünen zum Strand. Herrlich, diese klare Luft einzuatmen. Gleich fühlt sie sich deutlich besser.
Zu ihrer Überraschung ist am Strand nicht viel los. Die wenigen Besucher verteilen sich auf dem Areal.
Fietes Strandkorb kehrt ihr den Rücken zu.
Als Paula näher kommt, hört sie ein Kichern. Hat Fiete Besuch oder sind es Fremde?
Aus dem ersten Impuls heraus will Paula umdrehen, aber ihre Neugierde siegt, als sie Fietes Stimme erkennt.
Mit fast angehaltenem Atem lauscht sie dem Gespräch.

„Super, dass du uns die Saison über hilfst, Vally. Wir beide werden ein gutes Team sein."
Süß wie Zuckerwatte säuselt die weibliche Person: „Du weißt schon, dass ich wegen dir bleibe, Fiete? Meine Tierliebe hält sich in Grenzen, aber ich tue es für dich. Unsere vergangene Nacht in deinem bezaubernden Tiny House war wirklich berauschend."
„Findest du?"
Paula vernimmt nichts mehr. Anscheinend beantwortet ihre Rivalin Fietes Antwort mit einem Kuss.
Sie hat genug gehört, um festzustellen, dass der Ranger bereits Ersatz für sie hat. Das ging ja mit Lichtgeschwindigkeit. Paulas Menschenkenntnis lässt zu wünschen übrig. Als Hallodri hat sie Fiete nicht eingestuft. Was für eine Enttäuschung. Auf diese Weise erübrigt sich eine Entscheidung.
Sie ist sich als Nebenbuhlerin von Vally zu schade. Dabei zuzuschauen, wie sie mit Fiete herumturtelt, kommt nicht in Frage.
Besser, ihre Gefühle für Fiete werden im Keim erstickt. Das erspart ihr Leid und Frust.
Ernüchtert kehrt Paula in ihren Bungalow zurück. Sofort schreibt sie Fiete:

Danke für dein Angebot, aber ich lehne es ab. Du findest sicher andere Hilfe. Am Wochenende kommt meine Schwester auf die Düne, sodass ich keine Zeit für ein Treffen habe.
Mach's gut,
Paula

Sie hofft, bis Montag Ruhe vor Fiete zu haben. Außerdem scheint er ohnehin anderweitig mit Vally beschäftigt zu sein. Jedenfalls ist sie ihm im weiteren Verlauf des Tages offenbar gar keine Antwort mehr wert.
Das bestärkt Paula in dem Gefühl, bereits abserviert zu sein.
Seltsamerweise trauert sie Fiete nicht lange nach. Hat es

mit Oliver zu tun?
Auf einmal möchte sie seine Stimme hören. Spontan wählt Paula seine Nummer an, aber er hat sein Handy ausgeschaltet. Kein Wunder, um diese Uhrzeit ist er bestimmt mit Rainer, Max und Sophie am Strand.
Vielleicht bemerkt er später Paulas untauglichen Anrufversuch und meldet sich.
Zunächst kocht sich Paula ein paar Nudeln, die sie mit Butter und Salz ist. Gesunde Ernährung sieht anders aus.
Anschließend macht sie es sich auf dem Sofa mit ihrem Laptop bequem und studiert die Jobanzeigen in Regensburg.
Zu ihrem eigenen Erstaunen passen eventuell gleich zwei Angebote auf ihr Profil. Sie fertigt eine entsprechende Bewerbung an und schickt sie los.
Mit etwas Glück erhält sie vielleicht bald die Gelegenheit zu einem Vorstellungsgespräch nach ihrer Rückkehr in Regensburg.

KAPITEL 21

Zufrieden schließt Emma die Tür von Dr. Lungus' Sprechstundenzimmer. Ihr Gesundheitszustand hat sich bereits verbessert, und die Prognose des Arztes auf eine vollständige Heilung stimmt sie euphorisch. Dem entspannten Wochenende auf der Düne steht nichts mehr im Weg. Von der Diät hat sich Emma endgültig verabschiedet, nachdem Dr. Lungus zum Abbruch grünes Licht gegeben hat. Er ist der Ansicht, dass zur Erholung auch Genuss gehört. Abnehmen kann sie zuhause.

Frau Bichler ist Geschäftsfrau genug, um ihre Entscheidung einfach zur Kenntnis zu nehmen und nicht zu kommentieren. Sicherlich ist es ihr außerdem völlig egal, was Emma isst. Der Preis ändert sich dadurch für den Aufenthalt nicht.

Nach ihrem Programm packt Emma einige Sachen für den Besuch bei Paula zusammen. Sie freut sich auf die Abwechslung und den Abstand zum Kur-Alltag.

Wie schnell die Woche mit all den Ereignissen vergangen ist. Kaum zu glauben, was in dieser Zeit alles passiert ist. Womöglich hat Paula Emma mit der Enttarnung von Ferdinand von Osterlund vor einer Dummheit bewahrt. Damit ist kein Seitensprung gemeint, sondern weitere Geldzuwendungen. Emma hat diesem Pseudo-Adeligen nämlich vertraut. Sie war sich sicher, geliehene Beträge zurückzubekommen und hielt diesen Betrüger für absolut seriös. Wie konnte sie bloß so naiv sein? Das ist ansonsten gar nicht ihre Art.

Kein Wunder, wenn so viele Frauen auf die Schmeicheleien dieser Heiratsschwindler hereinfallen. Gut, dass der Kerl wieder hinter Gittern sitzt und kein neues Unheil bei potenziellen Opfern anrichten kann. Wie skrupellos Menschen sein können. Sein Charme war also dem Ziel geschuldet, Emma langsam aber sicher auszunehmen. Er galt nicht ihrer Person. Das ist die nüchterne Wahrheit, die Emma erst einmal verdauen muss. Auf der anderen Seite hat sie sich wieder mit Paula versöhnt, was viel bedeutender ist. Wer weiß, wie lange sie ihrer Schwester gegrollt hätte. Schließlich war es nicht Paulas Schuld, dass Rainer sie damals auf der Party angebaggert hatte.

Nachdem Emma das Nötigste fürs Wochenende in eine Tasche gepackt hat, begibt sie sich zum Anleger.

Frau Bichler weiß, dass sie das Wochenende bei Paula auf der Düne verbringt.

Erfreulicherweise herrscht herrliches Frühsommerwetter. Die Temperaturen liegen im angenehmen Bereich, und ausnahmsweise windet es einmal nicht so stark wie üblich.

Mit bester Laune besteigt Emma die Fähre, auf der sich die Passagiere dicht an der Reling drängen. Obwohl die Distanz sehr kurz ist, fühlt es sich für Emma wie eine kleine Seereise an.

Bereits von Weitem entdeckt sie Paula am Anleger der Düne. Nanu, sie waren ursprünglich im Bungalow verabredet. Kann sie das Wiedersehen nicht erwarten?

Ihre Begrüßung fällt anschließend herzlicher als sonst aus.

„Hey, ist etwas passiert?“, mutmaßt Emma, nachdem sie sich aus der Umarmung gelöst haben.

„In gewisser Weise“, deutet Paula kurz an. „Lass uns erst einmal zum Haus gehen. Ich habe uns einen kleinen Snack vorbereitet.“

„Das ist ja süß von dir. Ich gebe zu, tatsächlich Hunger zu haben.“

Seltsamerweise hat Paula den Tisch drinnen gedeckt.

„Warum essen wir nicht auf deiner Terrasse?“, schlägt Emma vor. „Sonnenschein, wenig Wind. Besser geht es nicht, um draußen an der Luft zu sitzen.“

„Normalerweise stimme ich dir zu, aber ich mag nicht, dass wir belauscht werden. Die Nachbarhäuser sind alle in

Rufweite."
„Also ist doch etwas geschehen?", lässt Emma nicht locker.
„Ich berichte dir gleich alles. Was möchtest du trinken?"
„Wasser bitte. Bloß keinen Alkohol." Emma fasst sich symbolisch an die Stirn. „Diese Kopfschmerzen möchte ich nicht noch einmal ertragen."
„Ich auch nicht." Paula stellt eine Karaffe Wasser auf den Tisch und reicht Emma die Salatschüssel nebst Baguette.
„Hm ... sehr lecker mit den Hähnchenstücken", lobt Emma nach den ersten Bissen. „Damit bleibe ich meiner Diät treu, obwohl ich sie heute über Bord geworfen habe."
„Echt jetzt?" Paula zieht eine Augenbraue hoch.
„Ja, Dr. Lungus ist hochzufrieden mit meiner Lunge, und zur Belohnung darf ich mit der Diät aufhören."
Paula schaut skeptisch.
„Spaß beiseite. Ich habe von mir aus einen Schlussstrich gezogen, und der Doktor ist damit einverstanden."
„Richtig so. Schließlich sollte man im Urlaub nicht darben. Darauf trinken wir." Paula hebt ihr Glas, und Emma tut es ihr gleich.
„Jetzt bist du dran", fordert Emma auf. „Warum darf uns niemand belauschen?"
„Es geht um Fiete", beginnt Paula. „Er hat nicht nur mich am Start." In den folgenden Minuten schildert Paula ihre Entdeckung im Strandkorb mit Vally.
„Bist du sicher, dass die Frau ein Techtelmechtel mit Fiete hat?", vergewissert sich Emma. „Vielleicht bloß ein Missverständnis."
„Da gab es nichts zum Fehlinterpretieren. Die Dame hat nicht nur bei, sondern mit ihm im Tiny House geschlafen. Das war eindeutig."
„So ein Schlitzohr. Natürlich magst du unter diesen Umständen nicht mehr auf Helgoland bleiben, oder?", zieht Emma ihr Fazit.
„Nein. Das hat sich für mich erledigt. Gegen eine Nebenbuhlerin trete ich nicht an. Dafür bin ich mir zu

schade."
„Du tust mir leid." Emma setzt eine bedauernde Miene auf.
„Seltsamerweise macht es mir weniger aus als gedacht. Ich bin sogar froh, wieder mit dir nach Regensburg zurückzufahren. Insofern bin ich dieser Vally dankbar. Die ahnt wahrscheinlich nicht, was für ein Früchtchen sie sich mit Fiete angelacht hat. Bestimmt hockt sie demnächst heulend in einer Ecke, weil eine neue Touristin um seine Gunst wetteifert."
„Möglich. Gut, dass du rechtzeitig ein inneres Häkchen an Fiete gesetzt hast", kommentiert Emma und nimmt sich einen Nachschlag aus der Schüssel. Endlich wieder ein schmackhaftes Dressing am Salat und kein Zitronensaft.
Was für ein Genuss. Beim Baguette langt Emma ebenfalls zu und bestreicht es mit den Aufstrichen, die Paula bereitgestellt hat.
„Wollen wir zum Strand?", schlägt Emma nach dem Essen vor.
„Ja, aber nicht in die Nähe von Fietes Strandkorb. Ich möchte ihm nicht begegnen."
„Verstehe. Hast du ihm denn schon abgesagt?"
„Ja, unmittelbar, nachdem ich seine Beziehung zu Vally entdeckt hatte. Ich möchte ihm keine nähere Erklärung abgeben, warum ich den Job nicht annehme. Er soll sich nicht geschmeichelt fühlen, dass ich wegen ihm geblieben wäre."
„Du kannst einfach behaupten, eine lukrativere Stelle gefunden zu haben. Damit wäre alles gesagt."
„Danke, Schwesterherz. Das ist eine gute Idee, falls wir ihm unfreiwillig über den Weg laufen."
Mit ihren Badeutensilien suchen sie sich einen Platz in den Dünen. Eine gemütliche Mulde bietet Sichtschutz und gibt gleichzeitig den Blick auf den Strand und die Nordsee frei.
Emma genießt die Kulisse aus einer sandigen Vertiefung heraus, bäuchlings auf einem Handtuch liegend und die Arme unter dem Kinn verschränkend.

Der Strand präsentiert sich als Gemälde, von heranrollenden Wellen geküsst und vom sanften Sonnenlicht umschmeichelt. Die Nordsee bildet am Horizont ein endloses Band aus tiefem Blau.
An Emmas Ohren dringt das Rauschen der Brandung wie eine liebliche Symphonie, die die Luft erfüllt und die Sinne belebt. Jeder ihrer Atemzüge saugt die salzige Frische des Meeres und den Duft von Seetang auf. Es ist für Emma ein Ort der Ruhe und Schönheit, an dem die Zeit für einen Moment stillzustehen scheint. Seit Langem empfindet Emma mal wieder ein Glücksgefühl, gepaart mit Dankbarkeit für ihre Familie.
„Du bist so schweigsam, Emma“, holt Paula sie aus ihren Tagträumen.
„Ich koste einfach dieses Panorama aus und bin froh, dass wir beide zusammen diese Reise unternommen haben. Wer weiß, wann wir noch einmal die Gelegenheit dazu haben werden.“
Paula unterbreitet einen Vorschlag: „Wir sollten zukünftig wenigstens einmal im Jahr eine Schwesterntour ohne Anhang planen. Zeit, die nur uns beiden gehört. Wollten wir nicht mal nach Prag?“
„Ja, das hatten wir schon lange in der Vergangenheit vor. Irgendwie hat es nie geklappt“, bedauert Emma. „Das holen wir bald nach.“
„Einverstanden.“
Wenig später stürzen sich Emma und Paula ins kühle Nass. Sie kreischen wie die kleinen Kinder, als sie sich gegenseitig mit Wasser bespritzen. So ausgelassen und frei hat sich Emma ewig nicht mehr gefühlt.
Am Abend gönnen sie sich einen Besuch im Restaurant und genießen frische Fischspezialitäten. Beide meiden jedoch Alkohol und bevorzugen stattdessen Wasser mit einem Schuss Holunderblütensaft.
Später klingt der Tag in Decken gehüllt auf Paulas Terrasse aus.
„Siehst du: obwohl die Insel winzig ist, sind wir Fiete nicht

begegnet“, stellt Emma fest.
„Wir haben auch die Robben- und Seehundbänke extra gemieden, wo er sich gewöhnlich aufhält. Bestimmt werde ich ihm nicht die ganze Woche aus dem Weg gehen können. Wie ich ihn einschätze, verlangt er eine Erklärung für meine Jobabsage.“
Kaum hat Paula ihre Befürchtung ausgesprochen, biegt Fiete um die Ecke. „Na, ihr beiden Hübschen. Darf ich mich zu euch setzen?“
„Eher nicht“, meint Paula. „Wir genießen den Abend.“ Im Klartext soll das wohl heißen, dass Fiete ihn durch seine Anwesenheit zerstören würde.
Ganz auf den Kopf gefallen scheint er jedenfalls nicht zu sein: „Entschuldigt. Wir können ein anderes Mal über deine Absage sprechen, Paula. Ich bin enttäuscht, weil ich fest mit dir gerechnet hatte.“
„Tja, mir ist zu Ohren gekommen, dass du genug Bewerbungen auf den Posten hast.“
Emma bemerkt, wie Paula innerlich kocht. Hoffentlich behält ihre Schwester die Ruhe. Wenn sie erst einmal in Fahrt kommt, gibt es kein Halten mehr.
Wider Erwarten reißt sich Paula jedoch zusammen. „Ich habe ein lukrativeres Angebot. Tut mir leid. Du musst auf meine Mitarbeit verzichten.“
„Schade. Ich dachte, du würdest ein bisschen wegen mir bleiben wollen.“ Paulas Abweisung spiegelt sich in Fietes griesgrämigen Gesichtsausdruck wider, gefolgt von einer Spur gekränkter Eitelkeit. Seine Stirn runzelt sich, während sich seine Lippen zu einem dünnen Strich verziehen. „Okay, alles klar.“ Fiete verabschiedet sich hastig und entfernt sich eiligen Schrittes.
„Den bist du los“, prophezeit Emma. „Typ beleidigte Leberwurst. Er tut mir fast leid.“
Paula kichert. „Wirklich nur fast. Er hat die Abreibung verdient.“
Emma stimmt in ihre Heiterkeit ein. „Möge sich diese Vally an ihm die Zähne ausbeißen.“

„Vielleicht ist sie von ähnlichem Kaliber und dreht den Spieß um. Auch Frauen können gemein sein“, behauptet Paula.
Sie plaudern eine Weile über Beziehungsstrategien, bis es Emma zu kühl wird.
Wie früher als Kinder schlafen sie nebeneinander im Doppelbett liegend schließlich ein.

♥♥♥

Paula bereitet das Frühstück vor, denn Emma schläft noch tief und fest, was sich aufgrund leiser Schnarchgeräusche aus dem Schlafzimmer erkennen lässt.
Der Blick nach draußen zeigt Paula, dass das Wetter stabil geblieben ist. Ihr kommt eine Idee, die sie später gegenüber Emma beim Kaffeetrinken äußert: „Ich habe ein Attentat auf dich vor, Schwesterherz.“
„Spann mich so früh am Morgen bitte nicht auf die Folter. Was hast du mit mir vor?“ Emma schaut skeptisch.
„Hm ... ich würde gerne einen Rundflug unternehmen. Soweit ich das beurteilen kann, herrschen mäßiger Wind und klare Sicht, also ideale Bedingungen.“
„Ach, nein. Du weißt, dass ich keine begeisterte Fliegerin bin“, mault Emma.
„Du bereust es bestimmt nicht. So ein Rundflug dauert bloß zwanzig Minuten. Die hältst du locker durch. Bitte tu mir den Gefallen.“
„Warum machst du ihn nicht allein?“, versucht Emma, das drohende Unheil abzuwenden.
„Weil so ein Erlebnis zu zweit mehr Spaß verspricht.“
„Das ist viel zu teuer. Mein Urlaubsbudget verkraftet das nicht.“
„Kein Problem. Ich lade dich ein. Du weißt, dass ich genug Geld habe.“
„Das kann ich nicht annehmen.“
„Doch, kannst du. Ich würde mich riesig freuen, wenn du

über deinen Schatten springen würdest." Paula setzt einen flehenden Blick auf.
„Meinetwegen, aber ich garantiere für nichts. Ich hoffe, es sind genügend Beutel an Bord."
„Spitze. Ich rufe sofort am Flugplatz an und frage, ob sie zwei Plätze für uns frei haben."
Paula hat die entsprechende Nummer zur Anmeldung bereits in ihrem Handy gespeichert und wählt sie an. Es meldet sich ein Anrufbeantworter:

„Bitte nennen Sie Ihren Rundflugwunsch nebst Tag und Personenzahl, sowie Ihre Rufnummer. Wir melden uns so schnell wie möglich bei Ihnen."

Paula bucht zwei Plätze am heutigen Tag, egal, wann.
Zehn Minuten später wird ihr die Reservierung für einen Flug am Abend bestätigt. Sie teilt es Emma freudig mit.
„Das geht nicht. Ich fahre doch wieder zurück nach Helgoland", protestiert Emma. „Hast du das vergessen?"
„Nein, eine der letzten Fähren erwischst du trotzdem. Keine Sorge."
„Worauf lasse ich mich da ein?" Emma stöhnt übertrieben.
„Auf ein ganz spezielles Abenteuer."
Den Tag über verbringen Paula und Emma am Strand, bis es Zeit wird, sich für den Rundflug zu präparieren.
Sie laufen zu Fuß zum Flugplatz. Ein Wegweiser führt sie zur Cessna und deren Pilotin, die sie freudig begrüßt.
„Ich heiße Svenja und werde euch fliegen. Seid ihr bereit?"
„Ja, so was von", antwortet Paula für Emma mit.
„Okay, eine von euch kann sich neben mich ins Cockpit setzen und eine auf die Rückbank."
Paula lässt Emma die Wahl, die es bevorzugt, sich nach hinten zu verkrümeln.
Nachdem Svenja dem Turm *startbereit* gemeldet hat, hebt die Cessna sanft ab, und mit jedem Meter, den sie an Höhe gewinnt, eröffnet sich Paula und Emma ein atemberaubendes Panorama.

Unter ihnen befinden sich Helgoland und die Insel Düne, umspült von den endlosen Weiten der Nordsee. Wie winzige Juwelen erscheinen die beiden Eilande, eingebettet in das Meer.
Helgoland präsentiert sich mit seinen markanten roten Felsen und den beiden charakteristischen Leuchttürmen, die stolz empor ragen und den Seefahrern den gefahrlosen Weg weisen. Häuser schmiegen sich an die Klippen, während kleine Boote wie Spielzeugmodelle auf dem glitzernden Wasser treiben.
Dagegen wirkt die Insel Düne wie eine verträumte Oase, in der sich das Licht des nahenden Sonnenuntergangs in den Wellen bricht. Menschenpunkte, die am Strand entlang wandeln, hauchen dem Bild Leben ein.
Ab und zu weist Svenja auf die Robben und Seehunde hin, die faul am Strand weilen. Es ist ihr anzumerken, wie sehr sie ihre Heimat liebt.
Immer wieder dreht sich Paula nach Emma um. „Alles okay mit dir?“
„Ja, es ist fantastisch. Gut, dass du mich überredet hast“, schwärmt Emma. „Rainer und die Kinder werden staunen, dass ich mich in die Luft getraut habe. Als Beweis habe ich ganz viele Fotos geschossen und werde sie ihnen schicken.“
„Und dir ist gar nicht übel?“, hakt Paula fürsorglich nach.
„Gar nicht. Das liegt wohl an unserer Pilotin.“
Svenja mischt sich ein: „Danke für das Kompliment, aber in erster Linie beruht es auf dem mangelnden Wind. Meistens schaukelt die Maschine ganz ordentlich, und ich habe Mühe, sie waagerecht zu halten.“
„Oh, dann genieße ich es doppelt bei dem Glück, das wir heute haben“, verkündet Emma und schießt wieder mit ihrem Handy Fotos.
Allmählich leitet Svenja den Sinkflug zurück zum Flugplatz ein.
Wie schnell die zwanzig Minuten vergangen sind.
Paula fühlt sich in diesem Augenblick frei wie ein Vogel,

der majestätisch über die Nordsee segelt. Ihr steht die Welt nach der Scheidung von Henry wieder offen. Zum ersten Mal sieht sie die Befreiung von ihm als Chance. Was mag das Leben für sie weiter bereithalten? Plötzlich blickt sie voller Neugier in die Zukunft.

♥

KAPITEL 22

Die restlichen Tage auf Helgoland nutzt Emma, um weiter ihre Lunge zu stärken. Mit den Atemübungen der Therapeutin klappt das inzwischen recht gut. Sie merkt, wie allmählich ihre Energie zurückkehrt. Ebenso wächst die Vorfreude auf ihre Familie. Vor allem das Wiedersehen mit Max und Sophie kann sie kaum mehr erwarten. Was Rainer betrifft, ist Emma etwas unsicher. Wird sie es tatsächlich schaffen, ihn nicht auf Paulas Beichte anzusprechen? Obwohl die Sache lange her ist, verspürt Emma einen Vertrauensverlust, der an ihrer Seele nagt. Auf der anderen Seite würde sie Paula verpetzen, die Rainer einst Verschwiegenheit versprochen hatte. Zunächst verdrängt Emma eine Entscheidung und konzentriert sich stattdessen auf ihre Gesundheit.

Fast täglich kommt Paula am Nachmittag nach Helgoland herübergeschippert, um mit Emma etwas zu unternehmen. Heute steht eine Führung durch die historischen Zivilschutzbunkeranlagen auf ihrem Programm. Dafür mussten sie sich bereits bei der Helgoland Touristik zuvor anmelden.

Emma trifft Paula am Eingang des Bunkers. Nach ihrer herzlichen Begrüßung schließen sie sich der Führung an. Zunächst geht es 92 Stufen in die kalte und feuchte Unterwelt hinab.

„Mich gruselt es“, gibt Emma zu.

„Mich auch.“

Sie erreichen die authentische Stollenanlage, in der anhand von Illustrationen der Eindruck vermittelt wird, wie die Helgoländer den Zweiten Weltkrieg überlebten.

„Ich möchte mir gar nicht vorstellen, welche Angst die

Insassen hatten, wenn der Bombenalarm losging." Emma fröstelt es, was auch daran liegt, dass es im Stollen sehr kühl ist.
„Ja, das war sicher grauenhaft und außerdem nicht zu wissen, ob man nach dem Angriff sein Dach über dem Kopf unversehrt vorfindet."
„Ich bin froh, dass wir so etwas nie erleben mussten und hoffe, dass das so bleibt." Automatisch hakt sich Emma bei Paula unter, als wollte sie ihre Schwester in dem düsteren Gang nicht verlieren.
Zurück an der frischen Luft atmet Emma erst einmal tief durch. „Puh, dieser Ausflug hat mir zugesetzt. Wollen wir uns etwas Gutes gönnen?"
„Sowieso, denn heute ist unser letzter Nachmittag. Wie wäre es mit Waffeln?", schlägt Paula vor.
„Bitte nicht. Die erinnern mich sofort an Ferdinand von Osterlund."
Paula kichert. „Okay, das sehe ich ein. Auf was hast du denn Lust?"
„Auf ein Stück Käsekuchen im Panoramacafé."
„Einverstanden."
Sie schlendern durch die Straßen und ergattern im Café einen kleinen Tisch.
Bei Käsekuchen und Tee lassen Paula und Emma ihren Aufenthalt auf Helgoland Revue passieren.
Natürlich überragen die Themen Fiete und Ferdinand. An beiden Männern lassen sie kein gutes Haar. Trotzdem lachen sie inzwischen über ihre Erlebnisse, die für immer als bleibende Erinnerung in ihren Köpfen sein werden.
Paula begleitet Emma anschließend beim Einkaufen von Souvenirs für ihre Familie.
Sie staunen immer wieder über all den Kitsch, der angeboten wird.
Emma tut sich schwer, etwas Schönes zu finden. Endlich hat sie ihre Mitbringsel beisammen.
„Ich muss noch packen. Deshalb fahre ich heute eher zur Düne", meint Paula.

„Nicht ohne das Foto für Frau Bichler. Wir haben es ihr versprochen."
„In Ordnung. Ich komme kurz mit zu dir ins Hotel, aber wir sollten uns ein bisschen beeilen, sonst erwische ich das Schiff nicht mehr, das ich mir ausgesucht hatte."
Wenige Minuten später treffen Paula und Emma an der Rezeption ein.
Frau Bichler strahlt über beide Wangen. Offenbar ahnt sie, dass die Stunde des Fotos geschlagen hat.
Emma bremst ab: „Wir richten uns erst ein wenig her. Danach dürfen Sie uns gerne fotografieren."
„Alles klar. Ich freue mich und hole die Kamera", sagt Frau Bichler.
Kurze Zeit später sollen sich Paula und Emma vor dem Hoteleingang postieren.
Frau Bichler schießt mehrere Aufnahmen und bedankt sich danach überschwänglich. „Darf ich Ihr Foto auf unsere Prominentenwand hängen?"
Emma stutzt. Davon war nicht die Rede. Sie wirft ihrer Schwester einen fragenden Blick zu.
„Wenn wir nicht allzu hässlich rüberkommen, habe ich nichts dagegen", erklärt Paula.
Notgedrungen stimmt Emma ebenfalls zu. „Dürfen wir das Foto, das Sie auswählen, vorher sehen?"
Frau Bichler nickt. „Selbstverständlich, und wenn Sie wieder einmal bei mir buchen, gewähre ich 5 % Rabatt auf den Zimmerpreis." Sie verabschiedet sich von Paula, der es nun eilt. „Gute Reise und beehren Sie uns bald wieder." Dann verschwindet Frau Bichler im Haus.
„Öffentlich aushängen wollte ich nicht", beschwert sich Emma.
„Ist doch wurscht. Es weiß niemand, warum wir zu den Promis gehören. Ich finde das eher lustig."
Emma lässt es dabei bewenden. „Okay, wir treffen uns morgen am Anleger. Verpass bloß deine Fähre nicht."
„Ich gebe mir Mühe." Paula haucht Emma einen Kuss auf die Wange. „Dir einen letzten schönen Abend auf

Helgoland."
„Danke. Wie wirst du ihn verbringen?"
„Jedenfalls nicht mit Fiete." Paulas ironischer Unterton ist nicht zu überhören.
Emma verkneift sich ein Grinsen und winkt Paula hinterher, bis diese um die Ecke gebogen ist.
Nach dem Abendessen im Hotel beginnt Emma mit dem Packen ihres Koffers. Das ist flott erledigt. Was fängt sie mit dem Rest des Tages an? Allein in eine Bar zu gehen, kommt für sie nicht infrage. Nicht, dass ein Kerl wieder Geld von ihr leihen will.
Stattdessen schreibt Emma Nachrichten an ihre Kinder und Rainer, die ebenfalls am nächsten Morgen die Heimreise antreten werden. Mal sehen, wer zuerst zuhause ankommt.
Sophie antwortet Emma sofort, wie sehr sie sich auf sie freut. Die Zeit mit den drei Männern war wohl anstrengend für ihre Tochter, wie sie ihren Zeilen entnimmt. Emma kann es kaum erwarten, Sophie in die Arme zu nehmen und zu liebkosen.
Dagegen scheint Max nicht genug vom Surfen zu bekommen. Ihn hat offenbar die Leidenschaft für diesen Sport ergriffen. Am liebsten würde er an der Adria bleiben, wie er schreibt. Trotzdem beteuert er Emma, Sehnsucht nach ihr zu haben.
Nur von Rainer hört Emma nichts. Wahrscheinlich ist er mit den Vorbereitungen für die Rückreise beschäftigt.

♥♥♥

Auch Paula forscht nach dem Packen in ihrem Handy nach Nachrichten.
Oliver hat sich länger nicht mehr gemeldet. Hat er sein Interesse an ihr verloren?
Paula lässt einen Versuchsballon an ihn los:

Hi Oliver,
seid ihr startbereit für morgen? Wir nehmen das erste Schiff, das nach Cuxhaven fährt. Die lange Autoreise liegt mir ein wenig im Magen, nachdem wir auf dem Hinweg in das Abenteuer an der Tankstelle geraten sind. Allerdings ist es unwahrscheinlich, dass sich das wiederholt.
Wie fällt dein Fazit des Urlaubs aus? Hattet ihr alle Spaß miteinander? Ich kann von mir behaupten, mich erholt zu haben. Emma und ich sind uns nach den vielen Jahren der Distanz als Schwestern wieder näher gekommen. Helgoland und die Düne sind auf jeden Fall eine Reise wert. Ich habe die beiden konträren Inseln genossen. Der Höhepunkt für mich war der Rundflug. Jetzt nehme ich aber nicht alles vorweg.
Bestimmt haben wir bald die Gelegenheit, uns über unsere Erlebnisse auszutauschen und die Fotos anzuschauen.
Euch morgen eine gute Fahrt.
Bis bald,
Paula

Mehrmals liest sich Paula ihre Zeilen durch. Soll sie sie wirklich abschicken? Oder könnte Oliver ihre Nachricht als aufdringlich empfinden, weil sie sich ohnehin morgen sehen werden?
Ihr Finger entscheidet sich fast selbstständig, auf *Absenden* zu drücken.
Gespannt wartet Paula in der nächsten halben Stunde auf eine Antwort. Vergeblich.
Womöglich hat Oliver Besseres zu tun.
Stattdessen meldet sich Fiete über WhatsApp. Auch das noch. Damit hat Paula nicht im Entferntesten gerechnet. Was will er?

Hallo Paula,
soweit ich in Erinnerung habe, reist du morgen ab. Kann ich dich nicht überreden, den Job anzunehmen? Mir ist heute jemand abgesprungen. Du würdest mir und den Tieren einen großen Gefallen tun. Wenn es dir nicht zu spät ist, komme ich zu dir, um alles

Weitere zu besprechen. Du könntest sogar eine Weile in deinem jetzigen Bungalow wohnen bleiben, weil er erst in der Hochsaison wieder gebucht ist.
Überleg es dir.
In Erwartung,
Fiete

Paula lacht spöttisch. Das ging ja rasch. Ist Vally bereits abgesprungen? Wie dreist von Fiete, auf Paula zurückgreifen zu wollen. Demnach ist sie seine zweite Wahl gewesen. Wütend leitet Paula sein Ansinnen an Emma weiter, die sich ebenfalls entrüstet und ihr vorschlägt, Fiete gar nicht zu antworten.
Das hält Paula allerdings für zu gefährlich.
Fiete könnte plötzlich vor ihrer Tür stehen. Das gilt es, unbedingt zu verhindern.
Deshalb antwortet sie ihm:

Hat Vally dir einen Korb verpasst? Das tut mir nicht leid. Du musst dir eine neue Dumme suchen, die dich unterstützt. Das fällt dir bestimmt nicht schwer, so wie ich dich kennengelernt habe. Auf mich musst du verzichten.
Lebewohl,
Paula

Für Paula bedeutet es eine Genugtuung, ihre Abfuhr an Fiete zu schicken. Er hat es nicht anders verdient. Ihr tun all die Touristinnen leid, die in Zukunft auf ihn hereinfallen werden. Zum Glück hat sie ihm ihr Herz nicht geschenkt.
Umso mehr fiebert Paula dem Wiedersehen mit Oliver entgegen. Ob er genauso empfindet? Ihre Korrespondenz ist im Laufe der vergangenen zwei Wochen immer vertrauter geworden. Ist ihre aufkeimende Freundschaft ausbaufähig?
Mit diesem Gedanken löscht Paula das Licht, um für den nächsten Tag ausreichend Schlaf zu tanken.

♥

KAPITEL 23

Die Rückreise von Emma und Paula verläuft ohne nennenswerte Zwischenfälle. Ab und zu ein kleiner Stau ist alles, was sie erwartet. Kein Vergleich zur Hinfahrt mit dem Abenteuer an der Tankstelle und dem entlaufenen Häftling Ferdinand von Osterlund. Damals ahnten sie nicht, ausgerechnet diesem Mann auf Helgoland zu begegnen und dafür zu sorgen, dass er zurück in den Knast wandert. Wirklich verrückt. Das sind die Geschichten, die das Leben zwar schreibt, aber einem niemand glaubt.

Gegen Mittag gönnen sich Paula und Emma eine Rast mit einem Restaurantbesuch. Wer weiß, wann sie in Regensburg eintrudeln und noch etwas einkaufen können.

Wie Rainer Emma meldet, stehen sie am Gardasee in einem längeren Stau. Womöglich treffen sie erst nach ihnen zuhause ein.

„Hoffentlich essen sie unterwegs eine Kleinigkeit“, meint Emma. „Nicht, dass ich gleich wieder am Herd stehe.“

„Notfalls bestellen wir für alle eine Pizza. Ich lade euch ein“, bietet Paula an.

Emma lacht. „Auf keinen Fall. Ab sofort gibt es wieder gesunde Ernährung auf den Tisch. Pizzen haben die Kinder bestimmt jeden Tag vertilgt.“

„Ich habe vergessen, wie streng du bist.“ Demonstrativ beißt Paula in einen Müsliriegel, den sie im Restaurant-kiosk gekauft hat. „Magst du mal kosten?“

„Igitt, nein danke“, täuscht Emma mit grimmiger Miene Entsetzen vor. „Bitte verrate meiner Familie nicht, dass ich auf Helgoland gesündigt habe. Ansonsten bin ich für meine Kinder kein Vorbild mehr.“

„Meine Lippen bleiben diesbezüglich versiegelt", verspricht Paula.
Entgegen der aktualisierten Stauprognose im Navi erreichen Emma und Paula Regensburg am frühen Abend.
Wie vermutet, sind die Adria-Urlauber noch nicht eingetroffen.
Emma und Paula nutzen die Zeit gleich, um das Auto auszuräumen und die Koffer auszuleeren. Ein Teil wandert in den Waschkeller, der andere in die Schränke.

♥♥♥

Als die Dämmerung hereinbricht, erschallt ein lautes Hupen draußen.
„Das sind sie", ruft Emma und stürzt zum Vorplatz.
Paula hält sich im Hintergrund. Erst darf sich die Familie um den Hals fallen. Seltsamerweise beschleunigt sich Paulas Puls. Wo steckt Oliver? Sie entdeckt ihn nicht.
Rainer klärt sie aufgrund ihrer Nachfrage auf: „Wir haben ihn bei sich zuhause abgesetzt."
Paula versucht, ihre Enttäuschung zu verbergen, und umarmt stattdessen nacheinander Sophie und Max.
Ihre Hautfarbe verrät, dass sie sich länger in der Sonne aufgehalten haben.
Sofort schnattern die Kinder los.
„Ich kann richtig toll surfen, Paula. Echt krass, was mir Oliver alles beigebracht hat."
„So gut bist du gar nicht", mischt sich Sophie ein. „Ich schaffe auch eine Wende."
Emma fährt dazwischen: „Jetzt streitet euch nicht. Kommt erst einmal ins Haus. Bestimmt habt ihr Durst und Hunger."
„Nee", widerspricht Max. „Wir haben unterwegs eine Pizza gegessen und eine Cola getrunken."
Emma seufzt leise. „Das habe ich befürchtet." Allerdings zwinkert sie Paula zu.

Nachdem Emma die Kinder schließlich ins Bett gebracht hat, hockt sie sich zu Rainer und Paula ins Wohnzimmer. Eine Weile tauschen sie ihre Erlebnisse aus.
Natürlich will Rainer alles über das Abenteuer mit Ferdinand von Osterlund alias Fritz Müller wissen.
Weitestgehend führt Paula das Wort, erwähnt aber die Geschichte zwischen Emma und dem Betrüger zum Glück nicht. Sie überlässt Emma demnach die Entscheidung selbst, es Rainer zu sagen.

♥♥♥

Dazu ergibt sich später die Gelegenheit im Bett.
Emma und Rainer sind zu aufgedreht, um gleich einzuschlafen. Sie kuschelt sich an ihn. „Hast du mich vermisst?"
„Und wie. Und du mich?"
„Auch." Emma zögert. Plötzlich verspürt sie das Bedürfnis, ihr schlechtes Gewissen zu erleichtern. „Ich muss dir etwas beichten."
„Hat es mit diesem Ferdinand zu tun?", trifft Rainer unerwartet den Nagel auf den Kopf.
Emma rückt etwas von ihrem Mann ab. „Woher weißt du?"
„Reines Bauchgefühl. Du hast dich so zurückgehalten, als die Rede von diesem Häftling war. Das kam mir komisch vor. War er dein Kurschatten?"
„Nein, natürlich nicht", verteidigt sich Emma entrüstet. „Er hat mir aber über einhundert Euro abgeluchst, die ich vermutlich nie wiederbekomme."
„Was bedeutet das bisschen Geld? Hauptsache, du hast mich nicht betrogen." Rainer liebkost Emmas Wange.
Ihre Muskeln verkrampfen sich. Soll sie Rainer wegen der Sache mit Paula zur Rede stellen? Allerdings würde sie ihre Schwester damit verraten. Dadurch könnten die zarten Bande, die sie als Geschwister auf Helgoland endlich

wieder geknüpft haben, zerstört werden. Will Emma das riskieren?
„Ich habe dir etwas nie gebeichtet“, beginnt Rainer plötzlich. „Insofern sind wir quitt.“
„Wie meinst du das?“ Natürlich ahnt Emma, was Rainer auf dem Herzen hat. „Sag schon.“
„Es liegt sehr lange zurück und hatte auch nie eine Bedeutung für mich. Bitte glaub mir das.“
Emmas Körper versteift sich, als sie Rainers Geständnis lauscht, und lässt sich dabei nicht anmerken, längst Bescheid zu wissen.
„Warum sagst du nichts dazu?“, fragt Rainer, als er geendet hat. „Schlag mich, beschimpf mich, aber schweige bitte nicht.“
Emma wendet sich zu ihm. „Das ist Schnee von gestern. Trotzdem danke, dass du es erzählt hast. Zum Glück war es bloß ein Kuss im Alkoholrausch. Verzeihen wir uns einander unsere Fehltritte.“
Rainer reagiert erstaunt: „Kein Drama, keine Vorwürfe?“
„Nein. Du machst mir wegen des Betrügers ja auch keine.“
„Also, alles gut zwischen uns?“
„Ja.“
Rainer umschlingt Emma, und sie versinken in einem Versöhnungskuss. Was in dieser Nacht außerdem geschieht, bleibt ihr süßes Geheimnis.

♥♥♥

Auch Paula findet nicht gleich in den Schlaf. Stattdessen holt sie sich ihren Laptop ins Bett, um eingegangene Mails zu checken.
Zu ihrer Freude ist sie zu einem Vorstellungsgespräch eingeladen. Die Bewerbung an die Firma hatte sie von der Düne aus abgeschickt. Umgehend bestätigt sie den Termin. Schließlich ist ein neuer Job Voraussetzung für die Anmietung einer Wohnung. Zwar möchte Paula auf Dauer

eine Immobilie kaufen, aber dazu ist es im Moment zu früh.
Trotz der Enttäuschung, Oliver heute nicht begegnet zu sein, schließt der Tag somit positiv ab. Paula rechnet sich gute Chancen aus, die Stelle zu erhalten. Sie besitzt jede Menge Erfahrung, die sie in die Waagschale werfen kann. Aus der euphorischen Laune heraus schreibt sie Oliver über WhatsApp:

Hi Oliver,
leider haben wir uns heute nicht mehr gesehen. Wahrscheinlich warst du nach der langen Fahrt zu müde. Ich wünsche dir einen guten Start in den Alltag.
Gruß von Paula

Tatsächlich erhält sie umgehend Antwort, als hätte Oliver auf ein Zeichen von ihr gehofft:

Du hast recht. Ich war zu k.o., um mit zu euch zu kommen. Außerdem lag mein Haus auf dem Weg, ansonsten hätte mich Rainer noch einmal extra zurückbringen müssen. Das wollte ich ihm ersparen. Schade nur, dass ich jetzt nicht dabei war, als Emma und du von euren Abenteuern auf Helgoland berichtet habt. Ich hoffe, du erzählst mir bald davon separat. Spontan gefragt: Hast du morgen Nachmittag Lust, bei mir vorbeizuschauen? Ich würde mich über deinen Besuch sehr freuen.
Eine gute Nacht wünscht dir Oliver

Paulas Puls beschleunigt sich. Mit einer Einladung hat sie nicht gerechnet. Umso erfreuter ist sie. Allerdings wartet sie mit einer Zusage bis zum nächsten Tag. Bloß nicht zu viel Interesse an Oliver zeigen.

♥♥♥

Am folgenden Morgen findet Paula ihre Schwester allein

am Frühstückstisch vor. „Hallo, Emma, wo ist der Rest der Mannschaft?“ Sie setzt sich mit an den Tisch. Automatisch gießt Emma ihr Kaffee in eine Tasse. „Rainer und die Kinder schlafen noch. Wie war deine Nacht?“
„Sehr gut. Endlich wieder eine weichere Matratze. Die im Bungalow auf der Düne war mir zu hart. Ab und zu hatte ich Kreuzschmerzen.“
„Du wirkst so entspannt.“ Paula kann Emma einfach nichts vormachen. Die Schwester kennt sie eben zu genau.
„Ich habe ein Vorstellungsgespräch eingetütet“, gibt Paula preis.
„Hey, das ist ja fantastisch. Hier in Regensburg?“
„Ja.“ Paula nennt Emma die Firma.
„Ein renommierter Laden. Gratuliere.“
„Mal abwarten. Ich werde wahrscheinlich einige Konkurrenten haben“, bremst Paula Emmas Euphorie ein.
„Du machst das Rennen. Das sagt mir mein Bauchgefühl.“
„Okay, wir werden sehen. Nun zu dir, Schwesterherz. Du strahlst irgendwie große Zufriedenheit aus. Bist du froh, wieder zuhause und bei deiner Familie zu sein?“
„Klar, und ich kann dir eine Last von deinen Schultern nehmen.“
„Wie meinst du das?“ Paula schaut skeptisch.
„Ich habe Rainer die Geschichte mit mir und Ferdinand gebeichtet und er im Gegenzug seinen Lapsus mit dir. Wir haben einander verziehen. Du darfst die Sache also ebenfalls aus deinem Kopf streichen.“
„Puh ... da bin ich echt froh. Es hat mich immer belastet, dir damals nichts davon erzählt zu haben.“
„Ich weiß. Ab sofort steht es nicht mehr zwischen uns. Darauf trinken wir.“ Emma hebt ihre Kaffeetasse und stößt mit Paula an. „Ein ganz anderes Thema. Was essen wir heute? Sollen wir in den Biergarten gehen? Das Wetter passt.“
„Hm ... ich klinke mich aus“, gesteht Paula.
„Warum? Hast du etwas anderes vor?“ Emma zieht eine Augenbraue hoch.

„Ja. Oliver hat mich zu sich eingeladen."
„Ach? Wann denn das?"
„Gestern Abend, und eben habe ich ihm zugesagt."
Emma grinst. „Aha, ich habe offensichtlich etwas verpasst."
„Wir haben uns in den beiden Wochen ein bisschen hin- und hergeschrieben", erläutert Paula mit einem schlechten Gewissen, weil sie Emma gar nichts davon gesagt hat.
Ihre Schwester reagiert anders als vermutet: „Super. Ich habe mir gerade neulich überlegt, dass ihr sehr gut zusammenpassen könntet. Oliver ist ein toller Typ. Zwar ist er Rainers Freund, aber ich mag seine Gesellschaft auch sehr. Vor allem die Art, wie er mit unseren Kindern umgeht. Er wäre ein idealer Vater."
Paula kichert. „Du galoppierst mal wieder vor wie ein Rennpferd. Wir beschnuppern uns erst."
„Also, Oliver fand dich wohl immer toll. Jedenfalls hat er oft in der Vergangenheit nach dir gefragt. Als ich ihm von deiner Scheidung berichtet habe, huschte ein Lächeln über sein Gesicht. Ich glaube, er mag dich." Emmas Stimme klingt überzeugt.
„Womöglich interpretierst du seine Nachfragen falsch. Was Männer anbetrifft, bin ich vorsichtig geworden."
Insgeheim tun Emmas Worte Paula gut. Dass Oliver an ihr Interesse hat, zeigte seine Reaktion, als sie den Job bei Fiete annehmen wollte. Danach hatte er sich gleich in sein Schneckenhaus verkrochen. Offensichtlich wäre er enttäuscht gewesen, wenn Paula auf Helgoland geblieben wäre.
Ihr Dialog findet ein jähes Ende, als Sophie im Nachthemd in die Küche stürzt. „Ich habe so einen Durst, Mama. Darf ich einen kalten Kakao haben?"
„Sicher, mein Schätzchen. Erst bekomme ich aber einen Begrüßungskuss von dir."
Sophie verabreicht ihrer Mutter einen Schmatzer auf die Wange."
„Danke. Setz dich zu Paula. Ich bringe dir einen Becher

Kakao."
Nach und nach gesellen sich Rainer und Max dazu. Sie lassen sich die aufgebackenen Brötchen aus der Tiefkühltruhe mit Marmelade aus der Vorratskammer schmecken.
„Da wir heute nichts einkaufen können, schlage ich den Besuch eines Biergartens vor", verschafft sich Emma Gehör.
„Juchu", rufen Max und Sophie aus einem Munde.
„Erst wird das Wohnmobil geputzt. Morgen muss ich es sehr früh zurückgeben", wendet Rainer ein. „Danach belohnen wir uns im Biergarten. Was ist mit dir, Paula? Hast du auch Lust darauf?"
Sie räuspert sich: „Ich bin verabredet und zwar mit Oliver."
„Echt jetzt?" Rainer scheint erstaunt zu sein.
„Paula hat ein Date, Paula hat ein Date", schreit Sophie.
„Warum kommt ihr nicht beide mit in den Biergarten?", fragt Max. „Das wäre mega lustig."
Emma fährt dazwischen: „Das machen wir ein anderes Mal. Heute lassen wir Oliver und Paula allein. Sie kennt sein Haus gar nicht. Bestimmt möchte er es ihr gerne zeigen."
Paula wirft ihrer Schwester einen dankbaren Blick zu. Das familiäre Band funktioniert also. Jeder stärkt dem anderen den Rücken.
Nach dem Frühstück schickt Emma Rainer und die Kinder zum Koffer auspacken. „Die schmutzigen Sachen bringt ihr bitte gleich in den Keller."
Anschließend hilft Paula Emma beim Aufräumen des Frühstücksgeschirrs.
„Darf ich Oliver eine Flasche Wein aus euren Beständen mitnehmen? Ich ersetze sie natürlich."
„Logisch. Bedien dich in der Vorratskammer. Er mag Rotwein."
„Danke, auch dafür, dass du mir eben den Weg zu Oliver allein gebahnt hast. Ich hätte keine plausible Antwort auf

Max‘ Frage gewusst, warum wir nicht mit euch kommen.“
„Das habe ich gleich gespannt.“ Emma zwinkert Paula mit einem Auge zu. „Nun mach dich hübsch. Ich wünsche dir einen wunderbaren Nachmittag mit Verlängerung in den Abend.“
„Darf ich mir dein Fahrrad ausleihen?“, bittet Paula.
„Sowieso. Weißt du, wo Oliver wohnt?“
„Ungefähr.“
Emma erklärt ihr den Weg.
„Ich bin ein bisschen aufgeregt.“ Paula umarmt ihre Schwester, bevor sie sich für den Besuch bei Oliver umzieht.

♥

KAPITEL 24

Paula steckt eine Bürste in ihre Tasche, die sie am Gepäckständer von Emmas Fahrrad befestigt. Nichts stört sie mehr als vom Helm zusammengedrückte Haare. Trotzdem ist er für die Sicherheit unverzichtbar.
Da es sich bei Emmas Drahtesel leider nicht um ein E-Bike handelt, kämpft sich Paula den Anstieg hoch. Hoffentlich weist ihr T-Shirt keine Schweißflecke auf. Als es ihr zu anstrengend wird, steigt sie ab und schiebt den Drahtesel ein Stück. Dadurch büßt sie einige Minuten ein. Das nimmt sie lieber in Kauf, als bei Oliver in untrainierter Verfassung aufzutauchen.
Endlich erreicht sie die Spitze des Hügels. Laut Emmas Wegbeschreibung befindet sich Paula nicht mehr weit von Olivers Haus entfernt.
Ohne Probleme identifiziert sie es und staunt nicht schlecht. Auf den ersten Blick mutet das Grundstück für ein Reiheneckhaus sehr groß an, als sie es halb umrundet hat. Ihre innere Anspannung wächst.
Das Tor zum Vorhof steht bereits offen, sodass Paula direkt bis vor den Eingang fährt. Zwei mit Buchsbaumfiguren gefüllte Töpfe flankieren die Treppe zur Haustür. Wer mag die in Olivers Abwesenheit gegossen haben? Eine gute Freundin? Die Nachbarn? Was interessiert Paula das überhaupt? Wichtiger ist es, ihre Haare zu ordnen.
Gerade, als sie die Bürste zurück in die Tasche gestopft und die Rotweinflasche herausgenommen hat, fliegt die Tür auf.
Zwei saphirblaue Augen, die sich von der gebräunten Gesichtshaut und dem blonden Wuschelkopf abheben, starren Paula freudig an. Oliver sieht umwerfend attraktiv

aus.
„Hallo, Paula, schön, dich wiederzusehen. Hast du den Weg gut gefunden?“
„Grüß dich. Ja, Emma hat ihn mir super beschrieben.“
„Komm rein. Du hast bestimmt Durst von der Radtour“, fordert Oliver sie auf, ins Innere zu treten.
„Du kannst mir wohl mein Bedürfnis von der Stirn ablesen“, witzelt Paula. Sie überreicht Oliver die Flasche, für die er sich bedankt. „Soll ich meine Schuhe ausziehen?“
„Die darfst du anbehalten. Morgen kommt sowieso die Putzfrau. Sie hat auch in meiner Abwesenheit den Garten und meine Pflanzen versorgt.“
Warum ist Paula erleichtert, dass dies keine gute Freundin erledigt hat? Scheinheilig sagt sie: „So eine Perle zu haben, ist ein Glücksfall.“
„Allerdings.“
Oliver führt Paula vom Flur aus zunächst in den Wohnbereich, der sich über zwei Ebenen erstreckt. Auf der Ersten befindet sich die Küche mit Essplatz. Einige Treppenstufen tiefer schließt sich das Wohnzimmer mit großen Panoramascheiben an, die den Blick in den Garten ermöglichen.
„Wow, nennt man das Split-Level-Design?“, tastet sich Paula vor.
„Genau. Ich habe alles selbst entworfen. Gefällt es dir?“
„Mega.“
Nachdem sich Paula mit einer kühlen Apfelsaftschorle erfrischt hat, bietet Oliver an: „Magst du das komplette Haus besichtigen?“
„Nichts lieber als das. Ich bin total neugierig.“
Die oberen Ebenen des Hauses beherbergen mehrere Zimmer, die einer großen Familie Platz bieten könnten.
Das Hauptschlafzimmer, auf einer halben Ebene höher gelegen als die anderen, verfügt über ein eigenes Marmorbad und einen begehbaren Kleiderschrank.
Ein weiteres Highlight dieses außergewöhnlichen Hauses

stellt eine zweite Etage dar. Sie mutet wie eine separate Einliegerwohnung an, bestehend aus zwei Zimmern, einem Bad und einer Mini-Küche.
Offenbar bemerkt Oliver Paulas erstaunten Gesichtsausdruck. „Du wunderst dich wahrscheinlich, warum ein Single wie ich sich solch ein großes Haus leistet, stimmt's?"
Paula nickt.
Er erklärt es ihr: „Ursprünglich hatte ich diese Etage als Architekturbüro vorgesehen, um mich selbstständig zu machen. Es kam jedoch anders, weil ich ein sensationelles Angebot von einem renommierten Architekten erhielt. An Großprojekte komme ich allein nicht heran. Deshalb habe ich meine Selbstständigkeit erst einmal auf Eis gelegt."
„Verstehe. Was hast du jetzt mit den Räumen vor? Wie ich sehe, hast du sie möbliert."
„Mal schauen. Ich könnte die Etage untervermieten, da sie eine eigene Wohnungstür besitzt."
„Magst du denn wildfremde Leute bei dir wohnen haben?" Paula blickt skeptisch.
„Das überlege ich mir in Ruhe. Im Moment eilt es mir nicht. Bis ich die neue Stelle antrete, möchte ich lieber allein hier sein."
Sie steigen wieder hinab und statten dem Garten einen Besuch ab.
Paula staunt über die Blütenpracht in mehreren Beeten und sogar einen kleinen Bachlauf, der in einen Miniteich mündet.
„Du hast alles wunderschön gestaltet. Beneidenswert", lobt sie Oliver.
„Danke. Es freut mich, dass es dir bei mir gefällt. Bitte mach es dir auf der Terrasse gemütlich. Magst du Kaffee oder Tee zum Kuchen?"
„Hm ... zur Abwechslung mal Tee, bitte. Ich trinke zu viel Kaffee."
Oliver lacht. „Geht mir ähnlich." Er zählt seine Sorten auf.
„Früchtetee, bitte. Kann ich dir helfen?"
„Nein, entspann dich. Ich habe alles im Griff." Oliver

verschwindet im Haus, während es sich Paula in einem der wetterfesten Lounge-Sessel bequem macht.
Eine Weile später erscheint Oliver mit einem Tablett. „Entschuldige, dass der Kuchen gekauft ist. Ich koche zwar leidenschaftlich gerne, aber zu backen beherrsche ich nicht."
„Ich esse jegliche Art von Kuchen, egal, ob gekauft oder selbst fabriziert." Anschließend wählt Paula ein Stück Apfelkuchen mit Sahne aus.
Oliver bevorzugt den gemischten Obstkuchen.
Weitere vier Stücke bleiben im Angebot.
„Jetzt erzähl mal von Helgoland und eurem Abenteuer mit dem Betrüger", fordert Oliver Paula auf, die ihm bereitwillig Bericht erstattet.
Umgekehrt schildert er die Erlebnisse mit Rainer und den Kindern an der Adria.
„War es nicht anstrengend für dich mit Max und Sophie?", hakt Paula nach. „Wenn man Kinder nicht gewohnt ist, können sie ganz schön nerven."
„Mich nicht. Ich kenne die beiden schließlich von Geburt an und begleite sie seitdem als Onkel. Emma und Rainer beziehen mich oft in die Familie ein. Deshalb habe ich wahrscheinlich gar keine eigenen nötig." Er schaut Paula direkt in die Augen. „Hast du deine Scheidung einigermaßen verkraftet?"
„Der Aufenthalt auf Helgoland und der Düne hat mir tatsächlich geholfen, Abstand zu gewinnen. Allmählich lässt der Kontakt zu Henry zudem nach, der mich oft zu Abläufen in der seiner Firma befragt hat. Vermutlich hat sich meine Nachfolgerin inzwischen eingearbeitet."
„Vermisst du ihn manchmal?" Oliver setzt einen Dackelblick auf.
„Sicher denke ich ab und zu an Henry, aber wir hatten uns durch das enorme Arbeitspensum bereits vor längerer Zeit auf zwischenmenschlicher Ebene voneinander entfernt. Unser Alltag war Routine, und unser Eheleben auch. Um deine Frage ehrlich zu beantworten: Nein, ich vermisse

Henry nicht."

Ein Lächeln huscht über Olivers Gesicht. Wohl aus Verlegenheit bietet er Paula eilig ein weiteres Stück Kuchen an.

Sie lacht. „Willst du mich mästen?"

„Das liegt mir fern. Ich möchte, dass du dich wohl bei mir fühlst."

„Das tue ich, Oliver. Dann gib mir bitte den Käsekuchen."

Der Gesprächsstoff geht ihnen den restlichen Nachmittag nicht aus. Sie plaudern über sich, über Politik, über Urlaubsträume und berufliche Zukunftspläne.

Plötzlich hält Oliver inne. „Ich habe eine Überraschung für dich."

„Was denn?" Paula spitzt die Ohren.

„Ich habe uns einen Tisch auf einem Donauschiff reserviert. Dort gibt es heute Abend ein Candle-Light-Dinner."

Paula findet erst nach einigen Sekunden zu ihrem Sprachzentrum zurück. „Wie kommst du auf die Idee, ich hätte Zeit?"

Oliver grinst. „Ich habe Emma um Rat gefragt, ob ich einen Korb von dir zu erwarten habe oder nicht.

„Du steckst mit Emma unter einer Decke?" Paula weiß im ersten Augenblick nicht, ob sie das gut heißen soll.

„Bitte sei deiner Schwester nicht böse. Sie hat mich in meinem Plan bestärkt. Sonst hätte ich mich nicht getraut."

„Na, ja, ich werde ein Hühnchen mit ihr rupfen, aber trotzdem freue ich mich über deine Einladung. Allerdings bin ich wohl kaum für solch ein Event angezogen."

„Wir haben Zeit genug. Es ist kein Problem, dein Fahrrad mit meinem Auto zu transportieren, und du ziehst dir zuhause etwas Passendes an. Allerdings würde es mich überhaupt nicht stören, wenn du so bleibst wie du bist."

Paula ahnt, dass dies ein Kompliment sein soll. „So oft werde ich nicht zu einem Candle-Light-Dinner ausgeführt. Ich fühle mich in einem entsprechenden Outfit wohler. Also nehme ich dein Angebot gerne an, mich und Emmas

Rad nach Hause zu fahren."
„Okay, super. Bitte entschuldige mich kurz, denn ich möchte mich ebenfalls umkleiden."
Während Oliver sich in seinen begehbaren Kleiderschrank zurückzieht, räumt Paula das Tablett in die Küche.
Diese ist modern gestaltet und verfügt über teure Geräte, sowie viel Stauraum in Schränken und Schubladen.
Es verwundert Paula, dass ein Mann offenbar großen Wert auf solch eine Küche legt. Anscheinend kocht Oliver tatsächlich gerne.
Als er umgezogen zurückkehrt, verschlägt es Paula die Sprache.
Oliver trägt eine beige Stoffhose, darüber einen dunkelblauen Sakko, unter dem ein weißes Hemd hervorschaut. Sein Outfit bringt seine Adria-Bräune voll zur Geltung.
Paula mag den Blick von ihm gar nicht abwenden. Aus Verlegenheit sagt sie deshalb: „Lass uns aufbrechen. Ich benötige bestimmt ein wenig länger als du für mein Styling."
„Einverstanden."

Glücklicherweise sind Emma, Rainer und die Kinder noch unterwegs, als Paula sich in ihrem Zimmer zurechtmacht. Passend zu Oliver wählt sie ein blaues Kleid mit Blaser. Die vom Helm platt gedrückten Haare bereiten ihr Probleme. Um sie zu waschen, fehlt die Zeit. Sie entscheidet sich für eine Hochsteckfrisur. Ein leichtes Make-up komplettiert ihr Styling. Einigermaßen zufrieden präsentiert sie sich Oliver, der im Wohnzimmer auf sie gewartet hat. Er pfeift bei ihrem Anblick leise durch die Zähne. „Wow, du siehst umwerfend aus."
„Danke."

Eine halbe Stunde später weist ein Kellner Paula und Oliver ihren Zweiertisch direkt am Fenster auf dem Kreuzfahrtschiff zu. Sie nehmen jeweils auf den gegenüberliegenden Stühlen Platz.

Eine weiße Damasttischdecke bildet die Grundlage für das Candle-Light-Dinner. Passende Stoffservietten stecken kunstvoll gefaltet auf den Tellern. Mehrere Teelichter in kleinen Glasbehältern spenden eine warme, romantische Atmosphäre. Auf der Decke verteilte Rosenblütenblätter verströmen einen verführerischen Duft.
„Was möchtest du als Aperitif trinken?", fragt Oliver.
„Einen alkoholfreien Cocktail, bitte."
„Zum Essen dann einen Wein? Du darfst dir etwas gönnen. Ich trinke gar keinen Alkohol, wenn ich mich ans Steuer setze."
Dafür erntet Oliver gleich weitere Pluspunkte von Paula für sein Verantwortungsbewusstsein.
„Ich brauche keinen Alkohol", beteuert Paula.
Oliver gibt die Bestellung beim Kellner auf, während das Schiff ablegt und lautlos über die Donau in die Dämmerung gleitet.
Paula fühlt sich wie in einer Filmszene. Ein attraktiver Mann an ihrer Seite, der nicht mit Komplimenten spart, ein traumhaft romantisches Ambiente und ein kulinarisches Verwöhnprogramm versüßen ihr den Abend.
Mit einem *Virgin Mojito,* bestehend aus Minzblättern, Limette, braunem Zucker und Soda stoßen sie an.
„Auf was trinken wir?", fragt Paula.
„Auf unser Wiedersehen und einen unvergesslichen Sommerabend."
Paula nippt an ihrem Glas. „Wirklich köstlich und erfrischend."
„Ganz meine Meinung. Jetzt bin ich gespannt auf das Essen."
Das Menü beginnt mit gebratenen Jakobsmuscheln auf Rucola und Granatapfelkernen mit einem Zitronen-Ingwer-Dressing.
„Das war schon mal sehr lecker", sagt Paula und betupft sich nach dem ersten Gang mit der Serviette ihren Mund.
Es folgt als Hauptspeise ein zartes Rinderfiletsteak in Rotweinsauce, begleitet von grünem und weißem Spargel

und Kartoffelgratin.
Den Abschluss krönt eine weiße Schokoladenmousse mit frischen Himbeeren und einem Hauch von Minze, serviert in kleinen Glasschüsseln.
Paula löffelt das Dessert im Zeitlupentempo, um den Genuss so lange wie möglich auszukosten.
Inzwischen ist die Dunkelheit hereingebrochen, und am Ufer gehen nach und nach die Lichter an. Sie spiegeln sich sanft im ruhigen Wasser der Donau wider, während das Schiff gemächlich dahingleitet.
„Wollen wir an Deck?“, schlägt Oliver vor.
„Ja, gerne.“
Paula stülpt sich mithilfe von Oliver ihre Jacke über. Wie selbstverständlich nimmt er sie an der Hand, als sie die Treppe hinauf an die frische Luft steigen.
Seine Berührung löst ein wohliges Prickeln in Paula aus. Wieso fühlt sie sich so geborgen, wenn sie mit Oliver zusammen ist, als wären sie schon lange ein Paar?
Sie sind nicht die einzigen Gäste, die den Sternenhimmel betrachten. Deshalb zieht Oliver Paula an eine einsamere Stelle an der Reling.
Er legt den Arm um ihre Schulter, was sie widerstandslos geschehen lässt. Es ist einfach selbstverständlich, genau wie der Kuss, der folgt.
Sanft drücken sich seine Lippen auf ihre, und seine Zunge begehrt Einlass.
Paula genießt jede Sekunde und schmiegt sich an Oliver.
Als sich ihre Lippen endlich wieder voneinander lösen, flüstert er: „Weißt du, wie lange ich mich nach diesem Moment gesehnt habe?“
Als Paula nicht antwortet, fährt er fort: „Ich liebe dich schon viele Jahre. Keine Frau, die ich seither kennengelernt habe, konnte dir das Wasser reichen. Ich war todunglücklich, als Rainer mir damals von deiner überstürzten Hochzeit mit dem Amerikaner erzählte.“
„Du hast mir deine Zuneigung nie gezeigt“, verteidigt sich Paula.

„Ich habe mich nicht getraut und mir zu lange Zeit gelassen, bis du plötzlich in die USA verschwunden warst."
„Dann haben wir jede Menge nachzuholen", meint Paula und küsst Oliver erneut.
„Soll ich dich wirklich nachher bei Emma und Rainer absetzen?", fragt er.
„Nein, ich bewerbe mich hiermit als deine Untermieterin im Dachgeschoss, vorausgesetzt du verlangst keinen Stellennachweis von mir. Mein Vorstellungsgespräch habe ich erst nächste Woche."
Oliver lacht. „Du darfst zur Probe bei mir übernachten. Über weitere Modalitäten denken wir in Ruhe nach."
„Klingt vielversprechend." Paula kuschelt sich an Olivers Brust.
Nach der romantischen Donaufahrt folgt eine unvergessliche Nacht für Paula.
Oliver verwöhnt sie nach allen Regeln der Liebeskunst. Diesen besonderen Mann wird sie nie mehr loslassen, da ist sie sich ganz sicher.
Ihre Vergangenheit rückt in weite Ferne, als Paula eng umschlungen im Morgengrauen einschläft und von einer gemeinsamen Zukunft träumt.

♥

EPILOG

Knapp zwei Jahre später geleitet Paulas Vater sie zum Traualtar, so, wie sie es sich immer gewünscht hat.
Oliver erwartet sie dort mit einem gerührten Lächeln um die Lippen. Es ist ihm anzusehen, wie sehr er Paula liebt. Sein Blick bleibt an ihrer kleinen Bauchwölbung hängen. In vier Monaten kommt ihr erster Sohn zur Welt.
Emma und Rainer fungieren als ihre Trauzeugen, und Max hütet das Kissen mit den Ringen wie einen Schatz.
Sophie darf während der Trauzeremonie den Brautstrauß halten.
Viele Gäste füllen die Kirche. Neben Verwandtschaft und Freunden geben auch Arbeitskollegen Paula und Oliver die Ehre.
Paula hatte die Stelle tatsächlich ergattert, auf die sich von Helgoland aus damals bewarb. Die Insel, beziehungsweise die Düne, hatte ihr Glück gebracht.
Strahlend gibt sie Oliver nun ihr Eheversprechen, das er umgekehrt mit bewegenden Worten bestätigt.
Nach einem rauschenden Hochzeitsfest fahren Paula und Oliver in die Flitterwochen. Wohin wohl? Keine Frage, es geht natürlich nach Helgoland in Frau Bichlers Hotel, in dem sie zwei wunderschöne Wochen verbringen.
Auch später wird die Insel immer wieder der Ort für gemeinsame Familienurlaube.
Emma arbeitet inzwischen stundenweise als Juristin in der Rechtsabteilung einer großen Versicherung. Paula hat sie darin bestärkt, wieder einer Tätigkeit nachzugehen. Es fühlt sich für Emma gut an, nicht mehr nur Hausfrau zu sein, sondern Anerkennung auf beruflicher Ebene zu erhalten.
Genau wie Paula bleibt sie Helgoland treu.
Wer diese Insel einmal liebt, tut es ein Leben lang.

Zur Autorin:

Rike Stienen schreibt am liebsten romantische Geschichten, die im Alpenvorland oder vor exotischer Kulisse spielen. Dabei ist es ihr wichtig, zwischenmenschliche Konflikte auf humorvolle Weise zu lösen.
Die Autorin lebt und arbeitet in der Nähe des Chiemsees und gehört verschiedenen Autorenverbänden an. Ihre Kreativität schöpft sie aus ihrem eigenen Gartenparadies.
Die Autorin freut sich auch über Ihre Rezension auf Amazon und über Ihren Besuch auf ihrer Homepage unter:
www.rike-stienen.de

Wollen Sie direkt über Neuerscheinungen informiert werden, abonnieren Sie gerne den Newsletter der Autorin auf Amazon:

https://www.amazon.de/Rike-Stienen/e/B0064803XG

Die im Inhalt genannten Personen und Handlungen sind frei erfunden. Sollten Ähnlichkeiten mit tatsächlich existenten Personen oder stattgefundenen Handlungen entstanden sein, oder sollte ein solcher Eindruck erweckt werden, so ist dies von der Autorin auf keinen Fall gewollt oder beabsichtigt.

Printed in Poland
by Amazon Fulfillment
Poland Sp. z o.o., Wrocław

34809890R00127